Call Me by Your Name

by André Aciman

君の名前で僕を呼んで

アンドレ・アシマン
高岡　香=訳

マグノリアブックス

CALL ME BY YOUR NAME
by André Aciman

わが心の友（アルマ・デ・ミ・ヴィダ）、
アルビオに

主な登場人物

エリオ――――十七歳の少年。
オリヴァー――――二十四歳の若手研究者。
マファルダ――――家政婦。
マンフレディ――――運転手。マファルダの夫。
アンチーゼ――――庭師。
マルツィア――――エリオの家の近所に住む少女。
キアラ――――エリオの家の近所に住む少女。
ヴィミニ――――エリオの隣人。十歳。白血病。

第一部
あとでなければ、いつ？

「あとで！」あの言葉、あの声、あの言い方。

人が別れの挨拶として「あとで」なんて言うのは、それまで聞いたことがなかった。乱暴で無愛想でそっけなくて、もう二度と会ったり話したりしない相手に関心はない、という冷淡な響き。

それが、彼についてまっさきに思い出すことだ。今でも聞こえてくる。「あとで！」目を閉じてその言葉を口にしたとたん、僕の記憶は何年も前のイタリアに戻る。並木道を歩きながら、タクシーから出てくる彼を見つめていた。風に吹かれて波打つ青いシャツ、大きく開いた襟もと、サングラス、麦藁帽、露出した肌。気がつけば彼は僕と握手をし、バックパックを僕に渡し、タクシーのトランクからスーツケースを出し、お父さんは家にいるかと尋ねてきた。

そのとき、その場で始まったのかもしれない。シャツ。まくり上げた袖。わが家までの小道に敷かれた砂利の熱さを確かめようとするかのように、くたびれたエスパドリーユを出入りする踵の丸み。その足取りは問いかけていた。〝海岸はどっちだい？〟

今年の夏の客。今度もつまらない人間だろう。

すると、すでにタクシーに背を向けていた彼はふと思いついたように手を振り、駅から相乗りしてきたらしい車内の乗客に無頓着に「あとで！」と言った。名前はなし、ぞんざいな挨拶を取り繕う冗談もなし、何もなし。ほんの短い別れの言葉――ぶっきらぼう、不遜、無礼、なんとでも呼ぶがいい。どうせ彼は気にしないんだから。

見てろよ、と僕は思った。帰国するときが来たら、あいつはそうやって別れの挨拶をするんだ。愛想もなく、どうでもよさそうに、「あとで！」。

そのときまで六週間の辛抱だ。

僕は心底うんざりした。付き合いにくそうなやつだ。

いや、好きになれるかもしれない。丸みのある顎、丸みのある踵。でも何日かしたら、また大嫌いになるだろう。

これが、数カ月前に申込書類を見たとき写真が目に飛び込んできて、すぐに親しくなれそうだと思った男との出会いだった。


両親はいつも夏休みに、若い研究者が出版前に原稿を見直すのに協力するため自宅に泊めていた。毎年夏になると、僕は六週間寝室を明け渡し、昔祖父が使っていたもっと狭い隣の部屋に移らなければならなかった。冬のあいだは一家で田舎を離れて都会に行き、この家は物置小屋や貯蔵室となる。噂では、僕が名前をもらった祖父は、今も屋根裏部屋で永遠の眠りにつきながら歯ぎしりをしているそうだ。夏の客は家賃を払う必要がなく、家を自由に使え、基本的にはなんでもしたいことができる。条件は、一日一時間程度、父が研究者仲間と書簡を交換したりたまった書類を整理したりするのを手伝うこと。彼らは家族の一員となる。

十五年ほどこれを続けているので、うちはクリスマスだけでなく一年じゅう葉書や贈り物を受け取っている。彼らは僕の家族への恩を忘れず、ヨーロッパに来たときには足を延ばして家族連れで僕たちが住むB市に立ち寄り、一、二日滞在して、若い頃に逗留した土地をなつかしく見てまわる。

食事時にはそれ以外に客が数人いることも多い。隣人、親戚、同僚、弁護士、医者、夏の別荘へ行く途中で父に会いに寄った金持ちの有名人。由緒ある屋敷のことを聞いてちょっと見に来た観光客の夫婦を夕食に招待するときもある。一緒に食事をして話を聞かせてくれと言われた人たちは大喜びする一方、直前に人数の変更を知らされた家政婦のマファルダはいつも文句を言う。あまり人前に出たがらないシャイな父は、自らは夏の太陽の下でロザテロワイン数杯を飲んでのんびり午後を過ごし、そのあいだ数カ国語による会話は頭角を現してきた若き専門家にまかせておくのが何よりも好きだ。僕たちはそれを〝午餐のお仕事〟と名づけ、しばらくすると六週間滞在する客もそう呼ぶようになる。

もしかすると、彼の到着後間もない頃の、そういう退屈な昼食のときに始まったのかもしれない。彼は僕の隣に座っていた。ここへ来る前に短期間シチリア島にいたので浅黒く日焼けしている。でも、てのひらが足の裏や喉や腕の内側の柔らかい皮膚と同じく、あまり太陽にさらされないため白いことには、それまでまったく気づいていなかった。白というより淡いピンクで、トカゲの腹みたいにすべすべでつややか。目立たず控えめで、めったに人目に触れないもの。たとえばアスリートの赤面とか、嵐の夜のあとの曙光のような。彼に関していくつも疑問が浮かんだけれど、どう訊いていいのかわからなかった。

あるいは、昼食後のだらだらした時間に始まったのかもしれない。皆が水着姿になって家の内外でくつろぎ、あちこちで寝そべって暇をつぶすときに。そのうち誰かが岩場まで泳ぎに行こうと言い出す。親戚、隣人、友達、友達の友達、同僚、とにかく誰でも、うちのテニスコートを使わせてくれと言ってくる人なら大歓迎だ。くつろぐなり、泳ぐなり、食べるなり、長く滞在するのなら来客用の離れを使うなり、なんでもありだった。

それとも、海岸で始まったのかもしれない。またはテニスコートで。あるいは最初の日、このあたりを案内するよう頼まれて初めて一緒に歩いたときに。あのときはいろいろ見てまわったあと、広大な空き地の奥にある錬鉄製のゲートを越え、昔B市とN市を結んでいた廃線まで行った。「どこかに廃駅はあるのか？」灼熱の太陽の下、彼は木々のあいだに目を凝らして尋ねた。たぶんそれが、土地の所有者の息子に訊くのにふさわしい質問だと思ったんだろう。「ううん、もともと駅舎はなかったんだ。列車は乗客が止まってと言った場所で止まったから」彼は列車のことを知りたがった。線路はひどく狭く見える。列車は王室の紋章をつけた二両編成だった、と僕は説明した。現在では列車にロマの人たちが住みついている。

僕の母がここで夏を過ごした少女時代からずっと。ロマは線路から外した車両二両をもっと内陸のほうまで引っ張っていった。見に行く？「そうだね、あとで」遠まわしの拒絶。喜んでもらえると僕が思い込んではしゃいでいるのに気づいた彼は、僕を突き放したんだ。

　心が痛んだ。

　すると彼は、B市にある銀行のどれかで口座をつくりたいと言った。それからイタリアで彼の本を刊行する出版社が雇ったイタリア語翻訳者に会いに行きたい、と。

　僕は自転車で案内することにした。

　自転車でも、会話は歩いているときと同じくぎこちなかった。途中で止まって何か飲むことにした。雑貨店兼軽食堂（バール・タバッケリア）の中は真っ暗で客はいなかった。店の主人は強いアンモニア溶液で床にモップをかけていたので、僕たちはあわてて外に出た。イタリアカサマツに止まった一羽のクロウタドリのさえずりは、直後にセミの鳴き声にかき消された。

　僕はミネラルウォーターの大瓶から水を飲み、彼に渡し、そのあとまた飲んだ。少量の水を手に取ってそれで顔をこすり、濡れた指で髪をすく。水はぬるくてまずく、渇きはまだ癒えなかった。

　夏のあいだ、このあたりの人は何をするんだい？

　何も。夏が終わるのを待つだけ。

　じゃあ冬になったら？

僕が答えを思ってにやりとすると、彼は察した。「言うなよ。夏が来るのを待つ、だろ?」彼はのみ込みが早い。これまでの客より早く、〝午餐のお仕事〟を理解してくれそうだ。

「実のところ、ここの冬はどんよりして暗いんだ。僕たちはクリスマスだけここに来る。それ以外のときはゴーストタウンだよ」

「ここのクリスマスは何をするんだい? 焼き栗をつくるのと、エッグノッグを飲む以外に」

彼は面白がっている。僕はさっきと同じ笑みを見せた。彼は察して何も言わず、僕たちは笑った。

君はここで何をするのか、と彼は尋ねた。テニス。海水浴。夜の外出。ジョギング。編曲。読書。

自分もジョギングをする、と彼は言った。朝早くに。この辺の人はどこを走る? たいていは海岸の遊歩道を。よければ僕が案内するけど。

僕が彼を好きになりかけたちょうどそのとき、彼はまたあの言葉を投げつけた。「うん、あとで」

さっき読書を最後にしたのは、ああいう自分勝手で不遜な人間なら読書に関心はないだろうと思ったからだ。でも数時間後、彼が古代ギリシャの哲学者ヘラクレイトスに関する本を書き終えたばかりなのを思い出し、〝読書〟は彼にとって無意味じゃないかもしれないと考え直した。だったらさりげなく態度を変えて、実は彼と共通の関心事があると知らせてもいい。けれど僕は心穏やかではなかった。うまく話を自分の思うように持っていけるかどうかが心配だったわけじゃない。そのときも線路のそばでの何げない会話のあいだも、僕は自覚しないいままそれとなく彼の気を引こうとしていた――そして失敗していた――ということをようやく悟って、気まずく不愉快になったんだ。

サンジャコモ寺院まで案内して、僕たち家族が〝至高〟と名づけた鐘楼のいちばん上まで一緒にのぼろうと言ったとき――客は皆それを喜んでくれた――どんな答えが返ってくるか予想しないいまま突っ立っていたのはバカだった。僕は彼をそこに連れていって、街や海、悠久の時間を味わってもらおうと考えていた。でも返事は、「うん、あとで！」

もしかすると僕は何も気づいていなくて、思っているよりずっと遅く始まったのかもしれない。相手は目の前にいるのに、実は何も見えていない。見えていても何も感じず、何もピンとこない。相手の存在を意識せず、心がざわめきもしないうちに、与えられた六週間が過ぎ去ろうとする。相手がもう行ってしまったか、今にも去ろうとするというとき初めて、何週間も自分の中で募っていたものを悟ってうろたえる。さまざまな兆候をようやく自覚して、ああ、これが欲望だったのかと思う。どうしてわからなかったのか？　欲望を感じたら自分でわかるはず――なのに今回は少しも気づいていなかった。彼が僕の心を読むたびにぱっと浮かべる皮肉っぽい笑みに魅せられてはいた。だけど本当に欲しかったのは、彼の素肌、とにかく素肌だけだったんだ。

三日目の夕食時、編曲していたハイドンの『十字架上のキリストの最後の七つの言葉』について説明しているとき、彼の視線を感じた。当時その場にいた中で最年少の十七歳だった僕は、あまり他人にじっくり話を聞いてもらえなかったから、できるだけ少ない言葉にできるかぎり多くの情報を詰め込もうとする癖があった。そのため早口になり、結局つっかえたり口ごもったりするのが常だった。編曲の説明が終わったあと、左側から視線が突き刺さるのを感じて、ぞくぞくしてうれしくなった。彼は興味を持っている――僕が好きなんだ。だったら、思ったより簡単に親しくなれそうだ。ところが目を合わせようと左を向くと、彼は氷のように冷たい目で僕をにらんでいた――冷酷とも言えるほどの敵意と嫌悪。

僕は完璧に打ちのめされた。ここまで嫌われるなんて、僕は何をしたんだろう？　前みたいに優しくしてほしい。二日前に廃線を見に行ったときや、その同じ日の午後に、B市がイタリアで唯一、キリストを乗せた路線バス(コリエーラ)が止まらず通過していく街だと説明したときみたいに、僕と一緒になって笑ってほしい。あのとき彼は、僕がカルロ・レーヴィの著書『キリストはエボリで止まった』を暗に引き合いに出したことをすぐさま察して笑ってくれたんだ。僕たちはものの考え方が似通っていて、互いに相手が言おうとして寸前で引っ込めた言葉を即座に推測できる。そういうところが僕にはうれしかったのに。

やっぱり彼と付き合うのは難しそうだ。距離を置いたほうがいい。ざらざらしたところに触れたことのなさそうな彼の手や胸や足の肌に——そして彼の目にも——恋しそうになったなんて、考えるだけで恥ずかしい。あの目に優しく見つめられたときは、復活の奇跡をまのあたりにしたみたいな気になったのに。あの目を長く見つめていることはできないけれど、どうしてできないのかを知るには、それでも見つめつづけないといけない。

だから僕も同じような悪意ある目つきで彼を見返した。

それから二日間、僕たちは話をしなかった。

僕と彼の部屋はひとつのバルコニーを共有していたけれど、完全に互いを避けた。やあ、おはよう、いい天気だね、そんな中身のない言葉を交わすだけだった。

ところがその後唐突に、また話をするようになった。

今朝はジョギングに行く？　いや、やめとく。じゃあ一緒に泳ごうか。

苦悩、胸騒ぎ、新しく人と知り合うぞくぞく感、すぐそこに幸せが待っているという期待感、相手の気持ちを誤解して嫌われたくないためあらゆる行動の裏を読もうとあたふたすること、求める人や求めてほしい人を相手にうまく立ちまわろうとする必死さ、自分と周囲のあいだに立てる一枚でなく何枚もの薄い衝立、もともとは単純だったものをあえて複雑でわかりにくくしたいという衝動——そういうものはすべて、あの夏、オリヴァーがうちに来たときに始まった。その夏流行したすべての歌に、彼の滞在中そして滞在後に読んだすべての小説に、暑い日のローズマリーの香りから午後のやかましいセミの鳴き声に至るあらゆるものに、その記憶は刻み込まれている。そのときまで毎年夏にかいでいたにおい、聞いていた音は、突然僕の五感を目覚めさせ、あの夏の出来事によって特別な意味を持つようになった。

あるいは、それは彼が来て最初の一週間が過ぎたあとに始まったのかもしれない。彼はまだ僕のことを覚えていた、無視しなかった、と思って大喜びしたときに。僕はもう、庭へ行こうとして彼を追い抜かすとき、知らんぷりをしなくてよくなった。僕たちは朝いちばんにジョギングをした――B市の市街地までの往復。翌日の早朝は海水浴。その次の日はまたジョギング。僕は牛乳配達車の横を駆け抜けるのが好きだった。開店準備をする食料品店やパン屋の前を走るのが好きだった。僕の家が遠くの蜃気楼のように見えるとき、人っ子ひとりいない海岸や散歩道を走るのは楽しかった。僕たちふたりの歩調がシンクロして同時に地面を踏むのがうれしかった。海岸に残った彼の足跡のところに戻って、こっそりそこに自分の足を置きたいと思った。

一日交代でジョギングと水泳をするのは、大学院における彼の〝日課〟だった。安息日にも走るの？　僕は冗談交じりに尋ねた。運動はいつもする、病気のときでも、と彼は答えた。必要ならベッドの中でも運動する。新しく付き合いはじめた女の子と前の夜に寝たときでも、やはり早朝にはジョギングに出る。彼が運動しなかったのは手術を受けたときだけだった。なんの手術かと訊いたとき、絶対に言ってほしくなかった返事が、薄気味悪い笑みをたたえたびっくり箱の人形のように僕に襲いかかった。「あとで」

　彼は単に息が切れていてあまり話したくなかったか、泳ぎや走りに集中したかっただけかもしれない。でも、自分と同じようにしろと僕にうながす、彼なりのやり方だったのかもしれない——あたりさわりのない話をしろ、と。

　けれど、予想もしないとき急によそよそしくされるのは、ひどく冷たい感じがして不愉快だ。彼はわざとそうしていたんだろうか。しばらく甘い顔を見せて喜ばせたあとで、急に他人行儀になるんだ。

　冷たい目つきは頻繁に現れた。ある日、僕が裏庭のプールサイドの〝僕のテーブル〟でギターを練習して、彼が近くの芝生で寝そべっているとき、視線を感じた。彼は一心に弦をはじく僕を見つめていた。演奏を気に入ってくれたのかと思ってふと顔を上げると、あの目つきがあった。辛辣で冷酷。まるで、獲物に気づかれた瞬間に引っ込めた、ぎらぎら光るナイフの刃。彼は心のこもらない笑みを見せた。〝まあ、今さら隠してもしかたないよな〟と言うみたいに。

　やっぱり彼とは距離を置いたほうがよさそうだ。

　僕の動揺に気づいて取り繕おうとしたのか、彼はギターについて質問してきた。警戒していた僕は、さりげなく答えられなかった。彼は僕が答えに窮しているのを見て、見かけ以上にうろたえているのではと思ったらしい。「説明はいいよ。とりあえずもう一回演奏してくれ」だけど君はこの曲を嫌いかと思った。嫌い？　なんでそう思ったんだ？　僕たちは言い合った。「いいから弾いてくれないか？」「さっきと同じ曲を？」「同じやつだ」

僕は立ち上がってリビングルームまで行った。ピアノの音が聞こえるよう、大型のフランス窓は開けておく。彼は途中までついてきて窓枠に寄りかかり、しばらく聞き入った。

「ちょっと変えただろ。さっきと同じじゃないぞ。何をした？」

「リスト風に編曲してみた」

「頼むから、さっきのをもう一度弾いてくれよ！」

彼が怒りを装っているだけだと気づいてうれしくなった僕は、また弾きはじめた。しばらくすると——。「信じられない。リスト風の編曲をブゾーニが演奏したらこうなるかなと思って」

「そんなに大きくは変えてないよ。また変えたな」

「バッハをバッハがつくったとおりに弾けないのか？」

「そもそも、バッハはこの曲をギター用につくってない。ハープシコード用にも。というか、これがバッハだと確定もしてない」

「もういい」

「わかった、わかったって。そんなに怒らないでよ」僕はしぶしぶ従うふりをした。「ブゾーニもリストも入らない、僕自身の編曲でバッハを弾く。これは、バッハがすごく若いときお兄さんに捧げた曲なんだ」

さっき曲のどの部分が彼の心を揺り動かしたのかはよくわかっていた。だから、その部分に差しかかるたびに、彼へのささやかな贈り物として演奏した。実際それは、僕の心にある思慕の表れとして彼に捧げた演奏だった。天才じゃなくても、その思いは読み取れただろう。僕は衝動に駆られて長い即興演奏（カデンツァ）を途中にはさんだ。彼だけのために。

こういうやりとりで、僕たちは——彼は僕よりずっと前に兆候に気づいていたはずだけど——たわむれていたんだ。


その夜、日記にこう書いた。〝君はこの曲を嫌いかと思ったと言ったとき、僕は言葉を偽ってた。本当に言いたかったのは、君は僕を嫌いかと思った、ということだ。君がそうじゃないと言ってくれるのを期待してた——実際、しばらくのあいだは、君に嫌われてないと信じられた。だったらどうして、明日の朝にはそれが信じられなくなるんだろう？〟

オリヴァーは氷から瞬時に太陽に変わる。彼はこういう人間なんだ、と僕は自分に言った。それは、僕も同じようにころころ変わるのか？　と自問したのも同然だった。

〝追伸　僕たちはひとつの楽器だけに向けて書かれた曲じゃない。僕は違うし、君も違う〟

僕は彼を気難しく近寄りがたい人間だと決めつけ、もうあいつとはかかわるもんかと思っていた。でもちょっと声をかけられただけで彼への敵意は溶解し、やめろと言われるまで、昼食の時間になるまで、指の皮膚がすりむけるまで、彼のためならなんでも演奏しようという気になった。だって、君のために何かするのが好きだから、君のためならなんでもしたいから。初めて会った日から君が好きだったんだ。たとえ、馴れ馴れしくしたあげく冷たい態度をとられたとしても、このときの会話は忘れない。雪嵐の中でも、心を簡単に夏の日に戻す方法はある。

僕が忘れていたのは、氷や冷淡さには、晴れた日の和解や決意を簡単に覆す力があるということだ。

七月のある日曜日の午後。家から急に人がいなくなって僕と彼だけが残され、僕の心は炎に焼き尽くされた——その夜のことを日記に書こうとしたとき、まず思いついた最もわかりやすい言葉が〝炎〟だった。恐怖と期待はあまりに大きく、僕は金縛りに遭ったみたいにベッドに釘づけになり、ひたすら彼を待った。情熱の炎でもなく、業火の炎でもなく、人の力を奪う炎。たとえばクラスター爆弾のようにあたりの酸素を一気に奪い、あらゆる生き物の肺を引き裂き口の中を乾燥させて呼吸できなくする炎。

誰も何も言わないでほしい。だって僕も話すことができないから。誰も動けと命令しないでほしい。だって胸は締めつけられて心臓は激しく打ち、狭くなった心室にガラスの破片が流れ込む前に吐き出してしまいたい気分だから。恐怖の炎、パニックの炎。彼がドアをノックしてくれなかったら、あと一分で死んでしまう。でも今ノックしないのなら永久にノックしてほしくない。僕はフランス窓を少し開けておき、水着姿でベッドに横たわった。全身が炎に包まれている。お願い、僕が間違ってると言って。何もかも僕の妄想だと言って。僕の思っていることを君が思っているはずはない。もし君もそういうことを思っていながら冷たくしてるんだとしたら、君は世界一残酷な人間だよ。今日の午後、僕の祈りに応えたかのようにオリヴァーがノックもせず部屋に入ってきて、どうしてみんなと一緒に海岸に行かないのかと質問したとき、僕にはひとつの答えしか考えられなかった――結局どうしても言えなかったけど。君と一緒にいるためだよ。君と一緒にいたいんだ、オリヴァー。水着は着たままでもいいし、脱いでもいい。僕のベッドで、君と一緒にいたい。君のベッドでもいい、夏以外の季節は僕のベッドだから。僕を好きにして。奪って。いいのかと僕に訊いて、返事を確かめて。僕にノーと言わせないで。

　その夜のことは夢じゃないと言ってほしい。部屋の外で音が聞こえたと思ったら、次の瞬間には誰かが部屋の中にいた。その誰かは僕のベッドの足もとに座ってしばらくじっとしていたあと、僕のほうにやってきた。うつ伏せになった僕の隣に横たわるんじゃなく、僕の背中に乗った。僕はとてもうれしかった。僕が目覚めていると知ったら彼は気を変えて帰っていくんじゃないかと心配で、ぐっすり眠っているふりをした。これは夢じゃない、夢のはずがない、夢であってほしくないと思いながら。目を閉じた僕の耳に言葉が聞こえてきた。故郷に帰ってきたみたいだ、と。長年トロイア人やラストリューゴーン人（ギリシャ神話に登場する人食い族）とともに暮らしたあとで帰ってきたみたいだ、と。人々が互いをよく知る故郷に帰ってきたみたいだ――すべてが解決し、十七年のあいだ間違った組み合わせで鍵を開けようと苦労していたことが突然わかって故郷に帰れたみたいだ、と。

そのとき僕は、筋肉をぴくりとも動かさずに気持ちを伝えようと決めた。君が求めてきたら僕は屈服するつもりだと。実際すでに屈服していると。僕のすべては君のものだと。ところが、君は突然消えてしまった。あれは夢と思えないほど現実的な出来事だった。そのとき確信した――その日からの僕の望みは、眠っているとき君がしたことをもう一度してくれることだけだ、と。

翌日はテニスでダブルスの試合をした。休憩時間にマファルダのつくったレモネードを飲んでいると、彼はあいた腕を僕の肩にまわし、親しい友人が肩揉みをするみたいに親指と人差し指で軽く握ってきた――友人同士の親密なしぐさ。でも僕はうっとりしたあと、あわてて彼の手を振りほどいた。このままだと、ぜんまいに触れられた瞬間倒れてしまう脚の壊れた木の人形みたいに、ぐったりとなってしまいそうだったから。彼は戸惑って謝罪し、「痛いツボでも押してしまったのか」と尋ねた――そんなつもりはなかったんだ、と。僕を痛がらせたり変な触れ方をしたりしたと思ったなら、彼はひどくうろたえただろう。でも僕は彼を落胆させたくなかった。だから「痛くなかったよ」みたいなことを口にして、そこで話を終わらせようとした。けれど、そんな反応を引き起こしたのが痛みでないとしたら、友人たちの前で乱暴に彼の手を振りほどいた理由が説明できない。それで僕は、痛みで顔をしかめそうになるのを我慢しようとして失敗した、というふりをした。

そのときは気づかなかったけれど、彼に触れられたときあわてふためいたのは、憧れの人に初めて触れられた処女がうろたえるのと同じようなことだった。彼の手は、僕自身がその存在を知らず、自分で触れたのでは得られない大きな快感をもたらす神経を刺激していたんだ。

オリヴァーはまだ僕の反応に戸惑いながらも、このお芝居を信じるふりをし、僕は肩の痛みを隠すふりをした。僕の反応の微妙な意味合いに少しも気づかないふりをすることで、彼は僕が恥をさらさないようにしてくれていた。のちにわかったことだけど、彼は嘘の兆候を読み取ることに長(た)けている。だからその時点で何かを察していたのは間違いない。「ほら、痛みを軽くしてやるよ」彼は肩を揉みつづけて僕を試した。「リラックスしろ」みんなの前で言う。「もうリラックスしてるよ」「このベンチみたいに硬いじゃないか。触ってみろよ」彼は近くにいた女の子のひとり、マルツィアに言った。「凝り固まってるぞ」彼女は僕の背中に手をやった。「ほら、ここだ」彼はマルツィアのてのひらを僕の背中に押しつけた。「わかるだろ？　こいつはもっとリラックスしなくちゃいけないんだ」彼は言った。「あんた、もっとリラックスしなさいよ」マルツィアも言った。

本音を隠して話すのが下手な僕は、そこで何をどう言っていいかわからなかった。手話も使えない聾唖者の気分。頭にあることを言わないでおこうとすると、どうしても口ごもってしまう。うわべを取り繕うことなんてできない。言うことを思いつけさえすれば、なんとか話せるのに。沈黙したら気持ちが顔に出てしまう——だから意味不明のたわごとであっても沈黙よりはいい。黙り込んだら、それだけで真意がばれる。でも人前で無理に沈黙を破ろうと奮闘したって、結局は本当の気持ちを知られてしまう。

自分にうんざりしたため、いらだちや口にできない怒りで僕の顔はゆがんでいたようだ。オリヴァーがそのいらだちや怒りの対象を自分だと誤解するなんて、そのときはちっともわかっていなかった。

彼がこちらを見るたびに僕が目をそらしたのは、恥ずかしくてどきどきしているのを知られないためだった。僕が視線をそらすのをオリヴァーが不愉快に思って仕返しのため敵意ある目つきで見てくるというのも、そのときはちっともわかっていなかった。

肩を握られたときの過剰反応に関して、どうしても彼に知られたくないことがあった。彼の腕を振りほどく前、僕は誘惑に負けて彼の手に身を預けそうになっていたんだ。あたかも——誰かが後ろを通るついでに肩を揉んだとき大人がしばしば言うように——やめないで、と言うみたいに。僕が屈服するだけでなく彼にもたれかかりそうだったことに、彼は気づいただろうか？

そういう気持ちもその夜日記に書き込み、それを〝恍惚〟と呼んだ。なぜ恍惚となったのか？　そんなに簡単に恍惚となれるのか――彼にどこかを触られただけで、正気を失ってぐったりとなる？　これが、いわゆる〝バターみたいに溶ける〟というやつ？

どうして自分がバターみたいだと彼に知られたくないのか？　そのあと起こることが怖いから？　それとも、彼が笑い飛ばしてみんなに言い触らすか、僕は若すぎて自分が何をやっているかわかっていないという口実で無視されるのが怖いから？　あるいは、彼が察していたとしたら――察していたとしたら彼も同じ性的指向を持っているということになる――その誘惑に乗って彼が行動するかもしれないから？　僕は彼に行動に出てほしいのか？　それとも、このちょっとしたピンポンゲーム――気づかないふり、気づかないふりに気づかないふり、気づかないふりに気づかないふりに気づかないふり――を続けながら憧れを抱いたまま一生を過ごすほうがいいのか？　静かにしろ、何も言うな、「イエス」と言えないなら「ノー」と言わずに「あとで」と言え、ということ？　だから人は「イエス」と言いたいとき「たぶん」と言い、それを相手が「ノー」の意味だと考えて何度も何度も頼んでくることを望むんだろうか？

あの夏を振り返ったとき、あれだけ〝炎〟と〝恍惚〟に耐えようと苦労しながら、それでも素晴らしい瞬間をいくつも持てたことには驚いてしまう。イタリア。夏。午後早くのセミの声。僕の部屋。彼の部屋。外界を遮断するバルコニー。庭から階段を通って僕の寝室まで吹き込んできたそよ風。あの夏、僕は釣りを大好きになった。彼が釣りを好きだったから。ジョギングを大好きになった。彼がジョギングを好きだったから。タコも、ヘラクレイトスも、伝説の王子トリスタンも大好きになった。あの夏、鳥のさえずりを聞き、植物の香りをかぎ、晴れて暑い日には足もとから立ちのぼる霧を感じた。いつも感覚を研ぎ澄ませていたから、常に彼の存在を感じ取っていた。

否定することもできただろう——太陽の下、ほかの人には見たことがなかったほど汗に覆われてきらめく彼の膝や手首に触れたかったことを。白いテニスショーツが絶えずコートの赤土で汚れて、数週間後には彼の肌と同じ色になるのを見て楽しんだことを。日に日に金色が濃くなる彼の髪が、夜明けの太陽の光を反射していたことを。風の強い日にプールサイドのパティオで着ているとさらに大きく波打つ青いシャツに彼の肌と汗のにおいが移ると考えただけで、股間が硬くなったことを。それらはすべて、否定しようと思えばできただろうし、自分でもその否定を信じられただろう。

でも、僕が彼に求めたどんなものより目を引いたのは、金のネックレスと、金色のメズーザー（ユダヤ教で用いる、聖句を記した小片をおさめたケース）にダビデの星がついたペンダントだった。これは僕たちを結びつけていた。それ以外のすべてが僕たちを分け隔てるとしても、これだけはあらゆる違いを超越していた。僕がダビデの星を目にしたのは、彼が来てすぐだった。その瞬間、僕は悟った——僕を惑わせたもの、彼を嫌いになるどころか親しくなりたいと思わせたのは、お互いが相手に求めるどんなものよりも大きく、したがって彼の魂より、僕の体より、大地そのものより素晴らしいもの、つまり同じユダヤ人同士という同胞意識なんだと。星とお守りをつけた彼の首を見ていると、僕や彼の中にある先祖代々伝わってきた悠久不変の精神を見ている気がした。その精神は、よみがえらせてくれ、二千年の眠りから目覚めさせてくれと訴えていた。

ところがなぜか彼のほうは、僕が同じものをつけていることをなんとも思わなかった、あるいは気づきもしなかった。僕が彼の水着に目をやって、僕たちを同胞たらしめるものの輪郭を見分けようとしているとき、彼がなんとも思わなかった、あるいは気づきもしなかったのと同じように。

僕たち一家を除けば、B市を訪れたユダヤ人は彼が初めてだった。だけど僕たちと違って、彼は最初からそれを公にしていた。うちの家族は自分がユダヤ人であることをおおっぴらに言い触らさない。世界じゅうのどこのユダヤ人とも同じく、ユダヤ教のしるしはシャツの下に入れる。隠すわけではないけれど、中にしまう。母の言葉を借りれば、それは〝ユダヤ人の慎み深さ〟だ。オリヴァーが自転車で街へ行くときシャツを大きく開けてユダヤ教徒のしるしを見せびらかしたのは衝撃的だった。でも、そんなふうにしてもいいんだと僕たちに教えてくれてもいた。僕は何度かまねようと試みたが、恥ずかしくてできなかった。たとえば、いくら裸でロッカールームを歩きまわるのが自然だと思おうとしても、結局自分が裸であるという事実を過度に意識してしまうようなもの。街ではユダヤ教徒として堂々とふるまおうとしたものの、それは自慢でなく、恥ずかしさの裏返しだった。けれどもオリヴァーは違う。自分がユダヤ人であることやカトリックの国でユダヤ人として生きることについて、彼が無頓着だったわけじゃない。長い午後のひととき、家じゅうの使用人や客がそれぞれの寝室で昼寝しているあいだ、作業の手を休めておしゃべりを楽しむとき、たまにそういう話をした。

長年アメリカのニューイングランドの小さな町で暮らしたオリヴァーは、仲間外れのユダヤ人であることがどういう感じかよく知っていた。それでも僕みたいにユダヤ教徒であることを悩んでいなかったし、世の中との関係において不愉快さを感じつづけてはいなかった。ユダヤ教徒は神によって罪を許されるという神秘論的な暗黙の約束にすがっているわけでもなかった。ユダヤ人であることを居心地悪く思わず、子どもが邪魔なかさぶたを取ろうとするみたいに常にそれを気にするようなこともなかった。彼にとって、ユダヤ教徒でいることは〝オーケー〟だった。自分自身、自分の体、自分の顔、不格好なバックハンド、本や音楽や映画や友人の選択、すべてオーケーだった。大事にしていたモンブランのペンをなくしてもオーケーだった。「また買えるからね」彼は批判もオーケーだった。

書き上げた原稿の数枚を意気揚々と父に見せたところ、父はヘラクレイトスについての見識は素晴らしいがもっと掘り下げる必要がある、ヘラクレイトスの逆説的な性質を説明するだけでなく解釈しなければならない、と言った。オリヴァーは掘り下げるのもオーケーだったし、逆説についてもオーケーだった。話を戻すと――そういえば、彼は話を振り出しに戻すのもオーケーだった。オリヴァーは僕の年若い叔母をモーターボートでのふたりきりの夜中の外出に誘い、断られたけど、それもオーケーだった。彼は数日後にもう一度挑戦してまた断られ、また平気な顔をしていた。叔母もそれでオーケーで、あと一週間長くわが家に滞在していたら、夜中から朝まで海に出ることを承知したかもしれない。

オリヴァーは強情だけど愛想がよくのんびりして気楽で、落ち着き払ってものに動じず、たいていのものには無頓着な二十四歳だった。そんな彼が、うちに来て最初の数日で一度だけ、非常に用心深く冷静に他人や状況を鋭く判断する面を見せたことがある。彼は、準備もせず思いつきで発言したり行動したりすることがなかった。そして人の本質を正確に見抜いた。彼が人を見るときまず気づくのは、彼自身の中にもあるもの、他人には見てほしくないであろうものだった。母がある日知って憤慨したのだが、オリヴァーはポーカーが得意で、週に二回ほど夜中に街に出ては「ちょっと二、三勝負」していた。彼は到着したその日に銀行口座を開きたいと言って僕たちをびっくりさせたけれど、ポーカーで勝った金を預けるためだったらしい。僕たちの家に逗留した人で、いまだかつて地元の銀行に口座を開いた人はいなかった。たいていは一文なしだった。

ある日、父がジャーナリストを昼食に招いた。そいつは若い頃に哲学をかじったことがあって、ヘラクレイトスについて何か書いたことなどないくせに、どんな問題についても論じられることを示そうとした。結局彼とオリヴァーとは話が合わなかった。あとで父は言った。「非常に頭の切れる男だ――賢いやつだよ」「ほんとにそう思うんですか、せんせ(プロ)？」父はのんきな人間ではあるけれど、反論されるのを好まず、ましてや〝プロ〟などと軽く呼ばれるのを気に入っていないことを、オリヴァーは知らなかった。といっても、それで父が腹を立てることもなかったけれど。「そう思うよ」「僕は賛成できませんね。あいつは傲慢で、つまらなくて退屈で、しかも下品だ。ユーモアと声」――オリヴァーは男のもったいぶった話し方をまねた――「それに大きな身ぶりで聴衆に訴えかけようとする。それは論理で勝てないからです。あの話し方は、ほんとにおおげさですよ。人がやつのユーモアに笑うのは、面白いからじゃなく、やつが面白くしようとしてるのを察知するからです。あいつのユーモアは、論理で説き伏せられない相手を味方につける手段にすぎません。

人が話してるとき、あいつはいつも顔をそらしてて、相手を見てません。人が話してるあいだに心の中で自分の言いたいことを練習して、それを忘れる前に言おうと手ぐすね引いてるんです」

他人の考え方を直観的に理解できるのは、彼自身そういう考え方をしているからでは？他人のひねくれた性質に気づけるのは、彼自身そういう傾向があるからでは？

僕が感心したのは、人の思いを見抜き、人の内面を探って性格を正しく見きわめる彼の驚くべき才能だけではなく、物事を僕とまったく同じようにとらえられることだった。結局のところ、制御しがたいほど強く僕を引きつけたのは、欲望や、友情や、同じ宗教を信じる仲間意識以上に、そのことだった。「映画でも見に行かないか？」ある夜、皆の前でオリヴァーは言った。屋内で退屈に過ごすことになりそうな夜の解決策を不意に思いついたかのように。それは夕食の直後だった。父は食事中いつものように、特に夜はもっと友達と出かけろと僕に説教していた。オリヴァーは来たばかりでまだ街に知り合いがいなかったので、映画を見に行く連れとして僕が適当に思えたんだろう。彼はその質問をすごくさりげなく軽い調子で発していた。映画に行くことに固執しているわけではなく、別に家にいて原稿の見直しをしていても構わない、と思わせたがっていたようだ。でもその無頓着な誘い方は両親に向けたジェスチャーでもあった。今ふと頭に浮かんだ、というふり。実際には、そのどうでもよさそうな態度は、夕食の席での父の助言を耳にしたオリヴァーが僕のために誘っているというのを僕に知られることなく両親に告げる、彼なりの方法だった。

僕がそれに対して微笑んだのは、誘われたからではなく、彼の戦略を見抜いたからだった。オリヴァーはすぐさま僕の笑みの意味を察して微笑み返してきたが、それは自嘲の笑みにも思えた。僕に戦略を見抜かれたことを感づいたという気持ちを表情に出したら、自分の罪を認めることになる。でも僕が気づいているのは明らかなのにそれを否定したら、ますます罪を重くすることになる。だから彼は微笑みによって、僕の思ったとおりだと白状した。それと同時に、作戦だったのは認めるけれど実際一緒に行きたいんだ、という気持ちも示していた。こういう無言のやりとりに、僕は胸をときめかせた。

あるいは彼の笑みは、あの誘いがさりげなさを装ったものであることを無言で認めると同時に、彼は僕の中に笑みを誘うもの――ふたりのちょっとした共通点を見いだすことに僕が感じるひねくれた喜び――を見たと暗黙のうちに示唆していたのかもしれない。でも、すべては僕の思い込みで、特になんの意味もなかったのかもしれない。いずれにせよ僕たちは、お互いに相手が何を見たかをわかっていた。その夜、自転車を並べて映画館に向かうとき、僕は――隠そうともしなかったが――有頂天だった。

それだけの洞察力がありながら、僕が触れられて急にたじろいだ意味が彼にわからなかった？　僕が彼の手に一瞬身を預けたことに気づかなかった？　僕が彼に手を離してほしくなかったことを知らなかった？　彼に肩を揉まれたとき僕がリラックスしなかったのは自尊心を保つためだけであり、実際には抵抗しておらず、抵抗したのは見せかけで、彼が何をしても何を頼んできても僕には拒めないし拒む気もないということを、感づかなかった？　家じゅうが留守だったあの日曜日の午後、彼が部屋に入ってきてどうしてほかの人と一緒に海岸に行かないのかと尋ねてきたとき、僕が返事を拒んで彼に見つめられながら肩をすくめたのは、呼吸が乱れて話ができず、口を開いたら希望のない告白をするか泣いてしまっただろうからであることを、彼は知らなかった？　生まれてこの方、僕にそんな思いをさせた人はひとりもいなかったんだ。あのとき僕は、アレルギー体質だと言った。僕もさ、とオリヴァーは答えた。同じ種類のアレルギーかもしれないな。僕は再び肩をすくめた。

オリヴァーは片方の手で僕の古いテディベアをつかんで顔を自分のほうに向け、耳に何かささやきかけた。そしてテディベアの顔を僕に向けて声色を用いて尋ねた。「どうしたの？ご機嫌悪いよ」そのとき彼は僕の水着に気づいたようだ。僕は下品なほど水着を低くずらしてはいていなかったか？「泳ぎに行く？」オリヴァーは尋ねた。「あとで」僕が彼の口癖をまねてそっけなく答えたのは、息が荒いのを知られないためだった。「今行こうよ」オリヴァーは僕を立たせようと手を出した。僕はその手をつかんだけれど、彼に見られないよう壁のほうを向いて「どうしても？」と尋ねた。本当に言いたかったのはこういうことだ——ここにいて。僕と一緒にいて。どこでも好きなところにその手で触れて、僕の水着を脱がせて、奪って。音はたてない。誰にも言わない。僕がこんなに硬くなってるのは知ってるだろう。君がしないのなら、僕が君の手を僕の水着の中に引き入れて、何本でも僕の中に指を入れてもらうよ。

そんな気持ちにオリヴァーが気づかなかったなんて、絶対にありえない。

オリヴァーは着替えをすると言って僕の部屋を出た。「下で待ち合わせよう」僕は自分の股間に目をやった。恥ずかしいことに、水着の前部は濡れていた。彼は見ただろうか？当然見たはずだ。だからこそ僕を泳ぎに誘ったんだ。だからこそ部屋を出ていったんだ。僕はげんこつで自分の頭を殴った。どうしてそんなに不注意で、軽率で、バカだったんだろう？

彼は見たに決まっている。

彼みたいになりたかった。肩をすくめ、先走り液が出たことも〝オーケー〟だと思いたかった。でも、僕には無理だ。〝彼に見られたからって、それがどうした？　もう彼は知ってるってことだ〟なんて、僕には絶対に言えない。

うちに泊まっている人、母とトランプをし、うちの食卓で朝食と夕食を食べ、金曜日には面白がってヘブライ語の祈りを唱え、うちのベッドで眠り、うちのタオルを使い、わが家の友人と交流し、雨の日には寒いからとリビングルームで毛布にくるまってテレビを見て窓にあたる雨の音を聞いて皆とともに心地よく過ごす人――僕の狭い世界にいるそんな他人が、僕の好きなものを好きだと思い、僕が欲しいものを欲しがり、僕とよく似ているかもしれないなんて、夢にも思っていなかった。頭をよぎりもしなかった。だって僕は、本で読んだり噂から推測したり猥談で漏れ聞いたことはあっても、僕の年齢で男でも女でもありたい――男も女も相手にしたい――人間など自分以外にはいないと思い込んでいたから。僕はそれまでにも同年代の男子に恋したことがあり、数人の女子と寝ていた。だけどオリヴァーがタクシーからおりてきてわが家に入ってくるまでは、あんなに若くて自分自身に満足している人間が、僕が体を捧げたがっているのと同じくらい熱心に僕に求められたがることがありうるなんて、夢にも思っていなかった。

なのに彼が来て二週間ほどたった頃から、僕は毎晩、彼がドアからじゃなくバルコニーに面したフランス窓から部屋を出てくることを願っていた。家じゅうが寝静まったあと、彼の部屋のフランス窓が開く音、バルコニーを歩くエスパドリーユの足音、鍵のかかっていない僕の部屋のフランス窓が押し開けられる音を聞きたかった。彼が僕のベッドに入ってきて許可を求めることなく僕の服を脱がせ、想像もできないほど僕を興奮させ、優しく、そっと、ユダヤ人同士として気遣いながら、僕の体を奪うことを求めた。そうしたら僕は何日ものあいだ練習してきた言葉を口にしただろう——お願い、僕を傷つけないで。でもその真の意味は、好きなだけ傷つけて、ということだった。

僕は日中ほとんど部屋にいなかった。この数年間、夏には裏庭のプールサイドにあるパラソルつきの丸テーブルを自分のものにしていた。前年の客だったパヴェルは自室で勉強するのを好み、たまにバルコニーに出てきては海を眺めたりタバコを吸ったりするだけだった。その前の年のメイナードも部屋にこもっていた。でもオリヴァーは仲間を求めて部屋を出た。最初は僕と同じテーブルについていたけれど、そのうち芝生に大きなシートを広げて、原稿と、彼の言う〝あれこれ〟に囲まれて横になるのを好むようになった——レモネード、サンオイル、本、エスパドリーユ、サングラス、カラーペン、そしてイヤホンで聞く音楽。イヤホンのせいで、彼のほうから声をかけてこないかぎり、彼と話すことはできなかった。ときどき、僕が朝に楽譜やほかの本を持って階下におりると、彼はすでに赤か黄色の水着姿で寝そべって汗をかいていることがあった。僕たちはジョギングか海水浴に行き、帰ってくると朝食ができていた。そのあと彼はいつものように芝生に〝あれこれ〟を置いてプールサイドに寝そべった。彼はそれを〝天国〟と呼んだ。〝ここは天国だ〟の省略形。昼食後はよく「ちょっと天国に行ってくる」と言い、ラテン文化研究者の内輪のジョークとして「日光浴しに（アプリケイト）」と付け加えた（アプリケイトはラテン語アプリクスに由来する英単語だが、めったに使われない）。彼がサンオイルを塗りたくってプールサイドの同じ場所で何時間も横たわっていることについて、僕たちはよく冗談を言った。「今朝は何時間〝天国〟で過ごしたの？」母はそう尋ねた。「丸々二時間です。だけど昼からはもっと長い時間アプリケイトするつもりですよ」〝天国の縁へ行く〟というのは、プールの縁で、片方の足を水中でぶらぶらさせ、イヤホンをつけて麦藁帽を顔に載せて仰向けになることを意味した。

彼はすべてにおいて満足していた。僕にはその感情が理解できず、彼をねたんだ。

「オリヴァー、寝てる？」プールのあたりの空気が焼けつくように暑くなり、沈黙が重苦しくなると、僕はそう声をかけたものだ。

無言。

やがて返事が来る。ため息をつくように、筋肉ひとつ動かさず。「寝てた」

「ごめん」

片方の足は依然として水中にあった——僕はそのすべての指にキスをしたかった。足首、そして膝にも。彼の顔が帽子で覆われているあいだ、僕は何度あの水着を見つめただろう？　僕が見ているのを、彼が知っていたはずはない。

あるいは——。

「オリヴァー、寝てる？」

長い沈黙。

「いいや。考えてた」

「何を？」

水中の足の指がぴくぴく動く。

「ヘラクレイトスの言葉についてのハイデガーの解釈」

あるいは、僕がギターの練習をせず、彼はイヤホンで音楽を聞いていないけれど顔に麦藁帽を置いているとき、彼が急に沈黙を破ることがあった。

「エリオ」

「うん？」

「何してる？」

「読書」

「違うだろ」

「だったら考えごと」

「何について?」

僕は言いたくてたまらなかった。

「内緒」

「教えてくれないのか?」

「教えてあげない」

「教えてくれないんだ」オリヴァーは残念そうに、ほかの人に僕のことを説明するみたいに言った。

僕が彼の言葉を繰り返し、それを彼がまた繰り返すのは楽しかった。愛撫や、ちょっとした触れ合いに思えた。最初はまったく偶然だったものが次のときには意図的となり、三回目にはもっとあからさまになる、そんな触れ合い。僕はマファルダが毎朝ベッドを整えるところを思い描いた。最初は上のシーツを毛布の上でたたみ、それで毛布の上に置いた枕を包みこみ、今度はベッドカバーの上で全体をたたむ——そうして折り目の中に、神聖でもあり卑俗でもあるものの証拠をすっかり隠してしまう。情熱の瞬間を黙認するかのように。

こういう午後、沈黙はそれほど重苦しいものではなかった。

「教えてあげない」

「なら、僕はまた寝る」

僕の心臓はどきどきしていた。きっと彼には僕の思いがわかっているんだ。

再び沈黙。数秒後――。

「ここは天国だ」

そのあと一時間以上、彼は何も言わなくなる。

僕は自分のテーブルで編曲した楽譜を眺め、そのあいだオリヴァーは、うつ伏せになってB市に住む翻訳者シニョーラ・ミラーニから毎朝受け取る翻訳原稿をチェックする。そんな時間は僕にとってかけがえのないものだった。

「ちょっと聞いてくれ」たまにオリヴァーはそう言って耳からイヤホンを抜き、うだるような夏の長い朝の重たい沈黙を破った。「とにかく、このたわごとを聞いてくれよ」そして自分が数カ月前に書いたのが信じられない部分を声に出して読み上げた。

「理解できるか？　僕にはさっぱりだ」

「君が書いたときには理解してたんだと思うよ」

僕の言葉を噛み締めるかのように、オリヴァーはしばらく考え込んだ。

「そんな思いやりのある言葉は、長いあいだ聞いたことがなかった」――彼は真顔で言った。突然天啓に打たれて、僕の言葉に僕の意図した以上の意味を見いだしたかのように。僕は居心地悪くなって顔をそむけ、最初に頭に浮かんだことを口にした。「思いやり？」

「ああ、思いやりだ」

思いやりがどうかかわってくるのか、僕にはわからなかった。というか、話の行き先がよく理解できなかったので、この話はそのまま立ち消えにさせた。また沈黙。次にオリヴァーが口を開くまで。

彼が沈黙を破って何か――なんでも――言ったり、これこれをどう思うかと訊いたり、何々について聞いたことがあるかと尋ねたりするのがうれしかった。家の人間は誰ひとり僕に意見を求めなかったから。それがなぜなのか、そのときはまだ知らなかったとしてもオリヴァーにもいずれわかっただろう――僕が家族の中でいちばん幼いということを。オリヴァーが皆の意見に同調するのも時間の問題だと思っていた。ところがここへ来て三週間目、オリヴァーはアタナシウス・キルヒャー（十七世紀ドイツの学者）やジュゼッペ・ベッリ（十九世紀イタリアの詩人）やパウル・ツェラン（二十世紀ユダヤ人の詩人）について聞いたことがあるかと尋ねてきた。

「あるよ」

「僕は君より十歳近く年上なのに、ほんの二、三日前まで三人とも全然知らなかったんだぞ。信じられない」

「そう？　お父さんは大学教授だよ。僕はテレビなしで育った。これで信じられる？」

「この生意気坊主、ギターでも弾いとけ！」彼はタオルをくしゃくしゃと丸めて僕の顔に投げつけるふりをした。

そんなふうに彼が僕に文句をつけるところも好きだった。

ある日、僕はテーブルの上でノートを動かし、うっかりグラスを倒してしまった。グラスは草の上に落ちたけれど割れなかった。近くにいたオリヴァーは立ち上がってグラスを拾い、もとの場所に戻した。単にテーブルにではなく、ノートのすぐ横に置いてくれた。

僕は感謝の言葉もなかった。

「そんなことしなくてよかったのに」やがて僕は言った。

彼はうわべだけでなく心からの返事であることをわからせるため、少し時間を置いてから答えた。

「そうしたかったんだ」

彼はそうしたかった。

〝そうしたかった〟彼がその言葉を繰り返して言うところを想像した——優しく、愛想よく、感情を込めて。急に上機嫌になったみたいに。

大きなパラソルが僕の楽譜の一部を日光から守り、レモネードの氷がグラスにあたって音をたて、そう遠くないところで波が大岩に打ち寄せ、どこか近隣の家からヒット曲のメドレーが雑音混じりのくぐもった音で繰り返し流れてくる。そんなとき裏庭の木の丸テーブルで過ごす時間は、時間よ止まれと祈った朝の記憶として脳裏に刻み込まれている。夏が終わりませんように、オリヴァーが行ってしまいませんように、音楽が永遠に繰り返し再生されますように。僕の望みはささやかなものです、これ以上何も願わないと誓います。

僕は何を求めていたんだろう？　それがなんであっても率直に認めるつもりだったのに、どうして自分の求めるものがよくわからなかったんだろう？

たぶん僕が最低限彼に望んでいたのは、僕に何も悪いところはない、同年代のどんな若者とも変わらぬ同じ人間だ、と言ってくれることだった。そうしたら僕は満足して、僕が足もとにさりげなく投げた威厳を彼が屈み込んで拾い上げてくれる以上のことは求めなかっただろう。

僕はグラウコス、彼はディオメーデース（どちらもギリシャ神話の登場人物で、ふたりが武器を交換したという逸話がある）。男同士の不可解な儀礼により、僕は黄金の武具を差し出し、彼の青銅の武具を受け取った。公平な交換だ。お互い損得は考えず、不満を言うことはなかった。

〝友情〟という言葉が思い浮かぶ。でも一般的に用いられる友情という概念は僕にはよく理解できず、関心も全然なかった。彼がタクシーをおりた瞬間からローマでの別れのときに至るまで、僕が求めていたのは、どんな人間同士でもお互いに求めるもの、人生を生きやすくしてくれるものだった。それはまず彼から与えられることになるだろう。そしてもしかすると僕からも。

世の中には、ある人が相手に夢中になっているとき、相手も必然的にその人に夢中になる、という法則がある。〝愛された者に愛させずにはいられない愛（アモール・チャ・ヌーロ・アマート・アマール・ペルドーナ）〟ダンテの『神曲』地獄篇におけるフランチェスカの言葉。希望を持って待っているだけでいい。僕は希望を持っていた。

そもそもこれが僕の望みだったんだ。永遠に待つことが。

朝に丸テーブルで編曲に励んでいるとき、僕は彼との友情を望んでいるわけではなかった。顔を上げたとき彼がそこにいればよかった。サンオイル、麦藁帽、赤い水着、レモネード。顔を上げたとき君がそこにいるだけでよかったんだよ、オリヴァー。だっていずれ、顔を上げても君がそこにいない日が訪れるんだから。


昼前には友人や近所の人々がしょっちゅう顔を出した。皆で庭に集まって、そろって下の海岸に向かった。うちが海にいちばん近く、手すりの横の小さい門を開けて狭い階段から絶壁をおりていくと岩場に出られた。女の子の中に、キアラという少女がいた。三年前は僕より背が低く、去年の夏は僕につきまとっていた。でもその年には一人前に成熟していて、僕に会っても必ずしも挨拶をしなくなっていた。一度妹と一緒に訪ねてきたとき、芝生に落ちていたオリヴァーのシャツを拾い上げて彼に投げつけた。「勉強はそこまで。あたしたちは浜辺に行く。だからあんたも行くのよ」

オリヴァーは素直に応じた。「ちょっとこの原稿を片づけさせてくれ、そうしないと、こいつのお父さんが」——彼は両手で原稿を抱えて僕を顎で示した——「僕の生皮をはぐ」

「皮といえば、ちょっと来て」キアラは爪で、彼の日焼けした肩の皮をそっと、ゆっくりむこうとした。その肩は、六月下旬の小麦畑のような淡い黄金色になっていた。僕もあんなふうに彼の肩に爪を立てたくてたまらなかった。

「この人のお父さんに、あたしが原稿をくしゃくしゃにしたと言ってみて。そしたらなんて言われるかな」

オリヴァーが二階へ行く途中大きなダイニングテーブルに置いた原稿を眺めたキアラは、下から、自分だったら地元の翻訳者より上手に訳せるのにと叫んだ。僕と同じくキアラもイタリア人の母親とアメリカ人の父親を持つ外国籍で、英語とイタリア語の両方を話せる。

「タイプもうまい？」二階のベッドルームで別の水着を探すオリヴァーの声がした。彼はそのあとシャワー室に行き、ドアをバタンと閉め、水着を脱ぎ、靴を脱いだ。

「うまいよ」キアラは誰もいない階段を見上げて声を張りあげた。

「しゃべるのと同じくらい？」

「もっと。それに、もっと安くやったげる」

「一日に五ページ訳してほしいんだ。それを毎朝取りに行くから」

「だったらやめとく。別の人を探すのね」

「やっぱりシニョーラ・ミラーニに頼むよ。彼女は金を必要としてる」オリヴァーはおりてきた。波打つ青いシャツ、エスパドリーユ、赤い水着、サングラス、常に手もとに置いている哲学者ルクレティウスのロープ古典文庫赤バージョン。「僕は彼女でいい」肩にサンオイルを塗り込みながら言う。

「〝僕は彼女でいい〟」キアラは彼のまねをしてくすくす笑った。「あたしはあんたでいいし、あんたはあたしでいい、彼女は彼でよくて――」

「つまんないこと言ってないで泳ぎに行こうよ」キアラの妹がせかした。

僕にもようやくわかってきたのだが、彼には四つの性格があり、それははいている水着の色で決まっていた。どれがどれかわかっていることで、僕は少し有利な立場にあるという幻想を抱いた。赤は大胆、強情、非常に大人、ぶっきらぼうで不機嫌――離れていたほうがいい。黄は陽気、楽天的、愉快、とげがない――ただし油断していると赤に変わる可能性あり。緑はめったに着ないが、従順、学習意欲あり、おしゃべり、明るい――どうしていつもこうじゃないんだろう？　青はバルコニーから僕の部屋に入ってきたときのオリヴァー、僕の肩を揉んだときのオリヴァー、グラスを拾って僕のすぐ横に置いてくれたときのオリヴァー。

今日は赤だった。落ち着きがなく、頑固で、短気。

彼は外に出るとき大きな果物の器からリンゴを一個つかみ、「じゃああとで、ミセスＰ」と僕の母に明るく声をかけた。母は友人ふたりと日よけの下に座っていて、三人とも水着姿だった。オリヴァーは岩場におりる狭い階段に通じる門を、開けるのではなく跳び越えた。夏の客で、そこまで自由奔放に行動した人はいなかった。でも皆はそれゆえに彼が大好きだったし、誰もが彼の「あとで！」を好きになった。

「わかったわ、オリヴァー、あとでね」母は彼の言いまわしをまねようとした。ミセスＰという新たな呼び名すら受け入れていた。だけど彼の「あとで！」には無愛想さが感じられた。「また会おうね」とも「元気でね」とも、あるいは「チャオ」とも違う。「あとで！」はヨーロッパ流の社交辞令をすべて排した、冷たく一方的な挨拶だ。その言葉はいつも、それまでの温かく心の通い合った時間に悪いあと味を残す。「あとで！」は物事を気持ちよく終わらせず、徐々に消えてゆくのも許さない。その場ですべてをぴしゃりと断ち切る。

でも「あとで！」はさようならと言うのを避け、別れを軽く思わせる手段でもある。「あとで！」は、これが永遠の別れじゃなく、すぐにまた会えることを意味している。「ちょい待ち」も、オリヴァーらしい言い方だった。一度母がパンを取ってと頼んだとき、オリヴァーは魚の骨を取り除くのに忙しくて「ちょい待ち」と言った。オリヴァーのいわゆる〝アメリカ気質〟を嫌う母は、彼を〝カウボーイ（イル・カイボーイ）〟と呼ぶようになった。最初は批判的な表現だったのに、そのうち、彼が来た最初の週に母が与えたもうひとつの愛称と並んで親愛の情を込めた呼び名となった。オリヴァーがシャワーのあとつややかな髪をオールバックにして夕食の席に来たとき、母は彼を〝映画スター（ラ・ムーヴィ・スター）〟を略して〝ラ・スター〟と呼んだのだ。けれど、常に家族でいちばん寛大であるとともに最も観察眼の鋭い父は、オリヴァーの本質を見抜いていた。「彼はシャイだ（エ・ウン・ティミド）。だからだよ」オリヴァーの愛想ない「あとで！」について説明を求められたとき、父はそう言った。

オリヴァーがシャイ？　意外だった。彼のぶっきらぼうな〝アメリカ気質〟はすべて、垢抜けた別れの告げ方を知らない――あるいは知らないと恐れている――という単純な事実をごまかすための照れからきているということ？　彼が数日のあいだ朝食に出された半熟卵を食べようとしなかったことが思い出される。四日目か五日目、マファルダは食卓を離れる前にどうしても卵を食べろと言い張った。オリヴァーはついに、恥ずかしさを隠そうともせず、半熟卵の割り方を知らないのだと白状した。「あたしにまかせなさい（ラシ・ファレ・ア・メ）、シニョール・ウリヴァ」マファルダは言い、それからは滞在中ほとんど毎朝オリヴァーに卵を二個出して両方の殻を割ってやり、それを終えるまでほかの人に給仕しなかった。

　もう一個食べるか、とマファルダは尋ねた。二個よりたくさん卵を欲しがる人もいるから。いや、二個でいい、とオリヴァーは答え、両親のほうを向いた。「僕は自分のことをわかってます。三個食べたら四個目も食べたくなる。五個目も、六個目も」オリヴァーの年齢で〝自分のことをわかってる〟と言う人には会ったことがなかったので、僕は警戒心を抱いた。

　実のところ、オリヴァーはそれより前からマファルダの心をつかんでいた。うちに来て三日目、朝にジュースを飲むかとマファルダに訊かれた彼は、飲みたいと答えた。たぶんオレンジかグレープフルーツのジュースを予想していたんだろう。でも渡されたのは、グラスの縁までなみなみと注がれた濃いアプリコットジュースだった。アプリコットのジュースを、彼は生まれてから一度も飲んだことがなかった。彼がそれを飲み干すあいだマファルダは盆を抱いて真正面に立ち、彼の反応を見守った。最初オリヴァーは何も言わなかった。そのあと、おそらく無意識に舌鼓を打った。マファルダは大喜びした。母は、世界的に有名な大学で教える人間がアプリコットジュースを飲んで舌鼓を打つというのが信じられなかった。その日以来、毎朝オリヴァーにはアプリコットジュースが供されるようになった。

オリヴァーはうちの果樹園にアプリコットの木があるのを知って驚いていた。夕方、家の中ですることがないとき、マファルダは彼にバスケットを持って梯子をのぼり、彼女いわく〝恥ずかしそうに顔を赤らめている〟アプリコットの実を摘むように頼んだ。オリヴァーはイタリア語で冗談を言って実をひとつ選び、これは恥ずかしそうに顔を赤らめているかと尋ねた。いいえ、とマファルダは答えた。それはまだ若すぎます。若い者は恥を知りません。恥は年齢を重ねて知るようになるんですよ。

オリヴァーが赤い水着姿で小さな梯子をのぼり、熟したアプリコットをじっくり選ぶのをテーブルから見つめていたときのことを、僕は決して忘れないだろう。キッチンへ行く途中——籐のバスケットを持ち、エスパドリーユを履き、波打つシャツを着て、サンオイルを塗りたくった体で——彼はとても大きな実をひとつ、「君のだ」と言って放ってきた。テニスコートの向こうからボールを投げて「君のサーブだ」と言うみたいに。もちろん彼は僕が数分前に何を考えていたか知らなかった。中央に割れ目のあるしっかりした丸いアプリコットは、彼が木の枝に手を伸ばしていたときの引き締まった丸い尻と色も形もそっくりだったんだ。アプリコットの実に触れるのは、彼の尻に触れるようなものだった。オリヴァーがそれを知ることはない。たとえば新聞の売り子を見た人が、夜ひとりきりのときその顔立ちや露出した小麦色の肩についてひと晩じゅう妄想をめぐらせて快感に浸っても、売り子自身はそのことをまったく知らないのと同じように。

「君のだ」は「あとで！」と同様に無遠慮でくだけていて、〝ほら、受け取れよ〟という感じの発言だ。彼のすべてが非常に自然で無理がないのに比べて、僕の願望は人に言えないほど屈折していた。僕の手にアプリコットを持たせるのは自分の尻を僕につかませるのと同じであることや、僕がアプリコットの実をかじるとき彼の尻をかじることを想像することなど、オリヴァーは夢にも思わなかっただろう。日光にさらされたことのない彼の尻は、それ以外の部分より白いに違いない——そして僕が勇気を出しさえすれば、その近くにあるアプリコックをかじることもできるんだ（アプリコックはアプリコットの古い呼び名だが、ここでは男性器を意味する〝コック〟とかけている）。

意外にも、オリヴァーは僕たちよりアプリコットに詳しかった——接ぎ木で育てること、語源、原産地、地中海地方で採れること。その日の朝食で、父はアプリコットの語源がアラビア語であると説明した。その単語——イタリア語では〝アルビコッカ〟、フランス語では〝アブリコー〟、ドイツ語では〝アプリコーズ〟——は〝代数（アルジブラ）〟や〝錬金術（アルケミー）〟や〝アルコール〟と同じく、アラビア語の冠詞〝アル〟とアラビア語の名詞がつながってできたものだ。〝アルビコッカ〟は〝アル・ビルクック〟からきている。必要最低限を話すだけでは満足できず、さらなる知識を披露して感銘を与えずにいられない父は、意外なことに今日（こんにち）ではイスラエルや多くのアラブの国でアプリコットはまったく違う名前〝ミシュミシュ〟と呼ばれている、と付け加えた。

母は感心し、そのとき遊びに来ていた僕の従兄弟ふたりを含めて場にいた者たちは思わず拍手をした。

ところがオリヴァーは異を唱えた。「はん？」というのが、あっけにとられた父の反応だ。

「実のところ、起源はアラビア語じゃないんです」

「どういうことだね？」

父は明らかにソクラテス的な皮肉な物言いをまねていた。最初は無知を装って「まさか」と言いながら、やがて相手を窮地に追い詰めるやり方だ。

「長い話ですから、我慢して聞いてください」オリヴァーは突然真顔になった。「ラテン語の単語の多くはギリシャ語に由来します。だけど〝アプリコット〟の場合は逆です。ラテン語からギリシャ語ができたんです。ラテン語では〝プラエコクウム〟、もともとは〝プレ・コクエレ〟。早く熟する。早熟（プリコーシャス）という意味ですね。

東ローマ帝国でそれが〝プラエコクス〟、そして〝プリコッカイア〟または〝ベリコッキ〟になり、最終的にそれがアラブに伝わって〝アル・ビルクック〟になったんです」

母はオリヴァーの魅力に抵抗できず、彼の髪をくしゃっと撫でた。「さすが映画スター（ケ・ムーヴィ・スター）ね！」

「確かにそうだ。否定はできない」父はつぶやいた。おびえたガリレオが真実をつぶやくところをまねるかのように。

「言語学入門講座のおかげですよ」オリヴァーは言った。

そのあいだじゅう僕は心の中で、ひたすら〝アプリコック、プリコック、プリコック、アプリコック〟と唱えていた。

ある日、オリヴァーは庭師のアンチーゼと同じ梯子に乗って、接ぎ木の方法を学ぼうとした。うちのアプリコットがこの地域でいちばん大きくて実が詰まり、果汁たっぷりなのは、アンチーゼの接ぎ木のおかげだ。オリヴァーは接ぎ木に興味を抱いた。アンチーゼが質問されたら何時間費やしてでも知っていることをすべて教えてくれる人間だとわかって、オリヴァーはさらに興味を募らせた。

のちに判明したことだが、オリヴァーはチーズやワインなどあらゆる飲食物について、僕たち全員の知識を合わせたよりも多くを知っていた。マファルダすら感心し、ときどきオリヴァーの意見を求めた――このペースト、タマネギとセージのどっちと一緒に炒めたらいいと思う？　これ、ちょっとレモンの香りが強すぎないかい？　あたし、失敗しちゃったよね？　もう一個卵を入れりゃよかった――固まらないよ！　新しいミキサーを使わないといけない、それとも昔ながらのすり鉢とすりこぎでいいかね？　母はひとことふたこと皮肉を言わずにはいられなかった。〝イル・カイボーイ〟は食べ物のことをなんでも知ってるのね、ナイフとフォークの正しい使い方は知らないのに。行儀作法は農民並みのグルメ貴族。食事はキッチンでさせるといいわ。

〝喜んで〟とマファルダなら答えただろう。そして実際、午前中を翻訳者のところで過ごして昼食に遅れたとき、シニョール・ウリヴァはキッチンで、マファルダ、マファルダの夫で運転手のマンフレディ、それに庭師のアンチーゼとともにスパゲッティを食べて濃い赤色のワインを飲み、彼らからナポリ民謡を教わった。それは南部育ちの彼らにとっては国歌にも相当し、王族をもてなすときに最もふさわしい歌だった。

　全員がオリヴァーのとりこになっていた。


　キアラも彼にぞっこんだった。キアラの妹も。夕方に海水浴へ行く前、毎日午後早くに集まってくるテニス愛好家たちも、オリヴァーと試合をする機会を求めていつもより遅くまでコートにとどまった。

　それがほかの夏の客だったら、僕は腹を立てただろう。でも皆がオリヴァーを好きになったのを見て、僕は奇妙なほど安心できた。オリヴァーのことは誰もが好きなんだから、僕が好きになるのも自然だろう？　皆オリヴァーに夢中になった。週末やそれより長くうちに泊まりに来ていた親戚たちも含めて。他人のあら探しを好むことで知られる僕は、家で自分より目立つ者に対していつも示す冷淡さや敵意や恨みの裏に、本当の気持ちを隠すことができた。皆が彼を好きだから僕もしかたなく好きだと言っている、と周囲の人たちに思わせた。

いわば、相手を抱き締めたくてたまらない気持ちを隠すために、あえて相手をほめちぎるようなもの。皆に同調しなかったら、彼の魅力に抵抗すべき隠れた動機があると疑われただろう。まあ好きだよ――彼が来て十日後くらいに彼をどう思うかと父に問われたとき、僕はそう答えた。僕はわざと、周囲に調子を合わせたような言い方をした。彼に関して言うことすべてが二重底になっていて、その下に真意が隠されているとは、誰も疑わなかっただろう。オリヴァーが午後早くにアンチーゼとともに乗って出かけた小型釣り船が戻ってこず、最悪のニュースを伝えねばならなくなったときアメリカにいる両親に連絡できるよう彼の実家の電話番号を調べていた夜、僕は、彼は生涯で知り合った中で最高の人間だと言った。

そのとき僕は抑制を解き、皆と同じように悲しみを表した。でもそうしたのは、もっと秘めた絶望的な種類の悲しみを抱いていることを、誰にも疑われないためだった。やがて自分でも気づいて衝撃を受けたのだが、僕の心の一部は、彼が死んでも構わないと考えていた。膨張して白目をむいた彼の溺死体が海岸に打ち上げられると思うと、興奮すら覚えた。

それでも僕は、自分を偽ってはいなかった。僕ほど肉体的に彼を求めている人間、彼とならどこまででも行きたい人間は、世界じゅうどこにもいないと確信していた。僕以外に、彼の全身のあらゆる骨――足首、膝、手の指、足の指――を観察した者はいない。筋肉のあらゆる隆起に欲情を抱いた者はいない。毎晩彼をベッドに連れていくことを空想し、朝になってプールサイドの〝天国〟で寝そべる彼を見つけて微笑みかけ、彼の口もとに笑みが浮かぶのを見て、ゆうべ自分がその口の中でイッたのを知ってる？　と思う者はいない。

彼に特別な感情を抱く人なら、僕以外にもいたかもしれない。それを隠す人もいれば、公にする人もいただろう。だけど、彼が海岸から裏庭に戻ってきたり、午後の靄でぼやけた自転車に乗った彼のシルエットがわが家に通じるマツの並木道に現れたりしたとき、まっさきに気づくのは、ほかの誰でもなく僕だった。ある夜、彼が遅くに映画館から戻ってきて物音ひとつたてずにほかの人間を捜して立っていたとき、最初に気づいたのは僕だった。振り返ったとき、僕が見つけたことを彼は喜ぶだろうとわかっていた。階段をバルコニーや僕の部屋の前の踊り場までのぼってくる足音で、彼だとわかった。彼がバルコニーのフランス窓の外で立ち止まってノックしようかどうか思案した末に思いとどまって歩き去ったのにも気づいていた。砂利道で横すべりしそうになって勢いを失っても自転車を漕ぎつづける様子で、乗っているのは彼だとわかった。やがて彼は急停止し、〝やったぞ〟と言うかのように自転車から飛びおりるのだった。

僕は常に彼を視界に置いていた。一緒にいるときは、決して彼を見失わなかった。一緒にいないときは、他人といるときの彼が僕といるときと同じ人間でいるかぎり、彼が何をしていようが平気だった。外出しているときのオリヴァーが別人でありませんように。僕が見たことのない人間になりませんように。僕たちと一緒にいるときと別の人生を送りませんように。

彼を失わずにいられますように。

オリヴァーを引きつける力が自分にないのはわかっていた。僕には彼に与えられるものも、彼を魅了するものもない。

なんの値打ちもない人間。

ただの子ども。

オリヴァーが僕に注意を向けるのは気が向いたときだけ。僕が彼の作品を理解するためにヘラクレイトスの著述を読もうとしているとき、彼が手伝ってくれることがあったけれど、そのとき感じたのは〝優しさ〟や〝寛大さ〟でなく〝忍耐〟や〝辛抱〟だった。僕が読んでいる本を気に入ったかと彼が尋ねるとき、それは好奇心による質問というより、単に気軽な雑談だった。オリヴァーのすべてが気軽だった。

彼は気軽であることにオーケーだった。

どうしてほかのやつらと一緒に海岸に行かないんだ？

ギターでも弾いとけ。

あとで！

君のだ！

ただのおしゃべり。

気さくな会話。

それ以上の意味はない。

オリヴァーはよその家からよく招待を受けた。これはほかの夏の客の場合も同じで、一種の習慣になっていた。父はいつも彼らに、自分の著書や専門知識について街じゅうで自由に〝語る〟ことを求めた。学者は俗人への話し方を習得すべきだというのが父の信念で、そのため弁護士や医者やビジネスマンなどをしょっちゅう食事に招いた。イタリア人なら誰もがダンテやホメロスやウェルギリウスを読んだことがある、と父はよく言った。だから誰と話すときも、まずはダンテやホメロスを論じるべきだ、と。ウェルギリウスも外せない。次はレオパルディ、そのあとはツェランだろうがセロリだろうがサラミだろうがなんでもいいから専門分野の話で相手を魅了するといい。これは夏の客がイタリア語をマスターする絶好の機会でもある。イタリア語を話せることは、わが家に逗留する条件のひとつだった。毎晩うちで食事をさせなくてもいい。

けれど、オリヴァーは予想以上にあちこちから招待されるようになった。キアラと妹は少なくとも週二回彼を招いた。ブリュッセルから来て夏じゅう貸別荘に滞在していた漫画家は、周辺の作家や学者を招いて開く日曜日の高級晩餐会にオリヴァーを呼んだ。ほかにも、三軒向こうのモレスキ家、N市から来たマラスピーナ家、小広場(ピアツェッタ)の酒場やディスコ〈ル・ダンジング〉で知り合った友人。それに加えて、彼は夜に僕たちの知らないところに出かけてポーカーやブリッジをした。

彼の暮らしは、彼の原稿と同じく、一見乱雑という印象を与えながらも、実は非常に綿密に区分けられていた。ときどき彼は、マファルダに「出かける（エスコ）」とだけ言って夕食をすっぽかした。

彼の「エスコ」は「あとで！」の別バージョンだった。家を出る前ではなくドアの外に出てから言う、手短で愛想のない別れの挨拶。残していく人に背を向けて口にする言葉。まだここにいて、と言いたいのに置いていかれる人には同情するしかない。

彼が夕食に現れるかどうかわからないのは拷問だったけれど、それは耐えられた。本当につらいのは、夕食に来るかどうか彼に尋ねる勇気がないことだ。今夜一緒に食事をする希望をあきらめかけたとき、急に彼の声が聞こえたり席についている彼の姿が見えたりすると心臓が飛び跳ねる。でもそれは毒の花が咲くようなもの。彼を見て今夜は一緒に食事ができると思った直後に、有無を言わせぬ「エスコ！」を聞かされる。そんなときには、元気に飛ぶ蝶の羽がむしり取られるように、世の中には願望が摘み取られる場合もあることを思い知らされた。

オリヴァーには家から出ていってほしかった。そうしたら、もう彼に会わずにすむ。

オリヴァーには死んでほしかった。彼のことを考えて次はいつ会えるだろうと心配するのをやめられないのなら、彼の死は少なくともそれに終止符を打ってくれる。自分の手でオリヴァーを殺したいとも思った。そうして彼の存在が僕を悩ませることを知ってほしかった。彼があらゆるものやあらゆる人と気軽に接すること、すべてを受け流すこと、いつでもなんでもオーケーであること、海岸へ行くとき誰もがまずは門の掛け金を外すのに彼だけは跳び越えること、彼の水着、彼の天国、無責任な「あとで!」、アプリコットに打つ舌鼓、すべてが耐えがたかった。殺せないなら、大怪我をさせて障がい者にしたかった。そうすれば彼はアメリカに帰国せず、一生車椅子で僕たちのところにいてくれるだろう。車椅子なら、僕にはいつも彼の居場所がわかるし、すぐに見つけられる。障がい者なら、僕は彼の支配者となって優越感を抱いていられる。

やがて、彼を殺すのではなく自殺してもいいのだと思いついた。あるいは自ら大怪我をして、そうした理由を彼に知らせてもいい。僕が自分の顔を傷つけたら、彼は僕を見てどうしてそんなことをしたのかと考え、やがて何年もあとで――そう、〝あとで!〟――ようやく真実を悟り、自分の頭を壁に打ちつけるんだ。

排除すべきはキアラだと考えることもあった。彼女のもくろみはわかっていた。僕と同い年のキアラの体は充分成熟していた。僕よりも成熟していただろうか? キアラがオリヴァーを追いかけているのは明らかだった。一方僕の望みは、ひと晩――いや、一時間――でもいいから彼と過ごすことだった。もうひと晩過ごしたいかどうか決めるためだけにでも。僕が理解していなかったのは、彼の欲望を試したいと思うのは、自分がそれを求めていると認めることなく求めるものを得るための策略にすぎない、ということだった。オリヴァーがどんなに経験豊富かと考えるのは怖かった。彼がここに来て数週間で気軽に友人をつくれるとしたら、故郷での彼の生活がどんなものかは容易に想像できる。彼が教えているコロンビア大学のような都会のキャンパスに彼を解き放ったらどうなるか、考えてみるといい。

　オリヴァーとキアラは、いつの間にか付き合うようになっていた。彼はキアラとともに双胴の手漕ぎボートで沖まで外出（ジータ）した。オリヴァーが漕ぎ、そのあいだキアラは日光浴をし、沖合に出て船を止めると彼女はブラジャーを外した。

　僕はそれを見ていた。キアラにオリヴァーを取られるのが怖かった。オリヴァーにキアラを取られるのも怖かった。なのに、ふたりが一緒にいると考えるのは平気だった。そのことを考えると股間が硬くなったけれど、僕を興奮させたのが太陽を浴びて横たわるキアラの裸体か、その隣にいるオリヴァーの体か、ふたりの体がもつれ合っていることかはわからなかった。僕は断崖を見おろす庭の手すりに寄りかかり、目を凝らして、陽光の下で横たわるふたりの姿をとらえた。おそらくふたりはいちゃついていて、キアラはときどき太腿を彼の脚の上に置き、数分後にはオリヴァーも同じことをした。でも水着を脱いではいなかった。僕はそれに安堵した。だけどある夜遅く彼らがダンスするのを見たとき、これはペッティングだけで止めたカップルの動きではないと直感した。

実のところ、彼らのダンスを見るのは好きだった。もしかすると、こんなふうに彼が誰かと踊るのを見ることによって、彼は今や別の人のものだ、もう僕に希望はないと納得できたのかもしれない。それでいい。これで僕も熱病から回復できる。そんなふうに考えること自体、すでに回復途上にある証拠じゃないか。僕は禁じられた領域に足を踏み入れかけたけれど、さっさと追い払われたんだ。

ところが翌朝、庭のいつもの場所で彼を見たら、やっぱり心臓は飛び跳ねた。いくら彼らの幸せを祈り自分自身の回復を望んでも、いまだに彼を求める気持ちは変わっていなかった。僕が部屋に入ってくるのを見て、オリヴァーの心臓も飛び跳ねただろうか？

それは疑わしい。

あの朝、僕が彼を無視したのと同じ理由で、オリヴァーも僕を無視したのか？　わざと、僕の気を引くため、自分自身を守るため、僕は彼にとってなんの意味もない存在だと示すために？　それとも彼は僕に気づかなかっただけ？　どんなに明敏な人でも、注意を払っておらず、興味も関心もないときは、明らかな合図を見逃すことがあるのと同じように？

オリヴァーとキアラがダンスするとき、彼女の太腿がオリヴァーの脚のあいだに押しつけられるのが見えた。ふたりが砂の上でもつれ合うのを見たこともあった。ふたりの関係はいつ始まったんだろう？　どうして始まったとき僕はそこにいなかったんだろう？　どうして僕は教えてもらえなかったんだろう？　どうして彼らの関係が発展するのに気づかなかったんだろう？　兆候はたくさんあったはずなのに、どうして見えなかったんだろう？

僕は、ふたりが一緒にいるとき何をするかということしか考えられなくなった。彼らがふたりきりになる機会をつぶすためなら、なんでもしたかった。ひとりにもうひとりの悪口を言い、その反応をまた告げ口してもよかった。だけど同時に、彼らがふたりですることを見たくもあった。自分もそれに参加したかった。彼らに感謝してほしかった。僕を仲間、ふたりの仲介者、キングとクイーンにとって非常に重要なためチェス盤の支配者となるポーンにしてほしかった。

僕は彼らの仲に気づかないふりをして、ふたりに相手の長所を伝えはじめた。オリヴァーは僕が媚びていると思ったようだ。キアラは構わないでと言った。

「あんた、あたしたちをくっつけようとしてんの？」キアラは僕を嘲った。

「君になんの関係があるんだ？」オリヴァーは尋ねた。

僕は二年前に見たキアラの裸体について話した。彼を興奮させたかった。彼が興奮するのであれば、欲望の対象はなんでもよかった。キアラにもオリヴァーについて話した。彼女も僕みたいに興奮するかどうか見たかった。そうして彼女の興奮を自分のものになぞらえて、ふたりのうちどちらを本当に求めているかを知りたかった。

「僕に彼女を好きにならせようとしてるのか？」

「それのどこが悪いの？」

「悪いとは言わない。でも、そういう口出しはやめてほしい」

本当は何を望んでいるのか自覚したのは、しばらくたってからだった。単に、僕の前でオリヴァーを興奮させたいとか、僕を求めさせたいというだけではなかった。キアラのいないところで彼女について話すことで、彼女を僕たち男同士の噂の種にしたかったんだ。そうしたら彼女を通じて僕たちは親しくなれるし、同じ女の子に関心を持っていると認めることで自分たちのあいだの溝を埋められる。

あるいは、僕は女の子が好きだとオリヴァーに思わせたかったのかもしれない。

「あのさ、君が親切で言ってくれてるのはわかるし、感謝してるよ。でもやめてくれ」

つまりオリヴァーは僕の策略に乗る気がないわけだ。僕はへこんだ。

彼は高潔な人間なんだと思った。僕みたいに意地悪で卑劣で陰険じゃなく。そう考えると、いっそう苦悩と恥辱が大きくなった。キアラのようにオリヴァーを求めたことを恥じ入った僕は、彼を尊敬し、彼を恐れ、僕に自分自身を憎ませた彼を憎みもした。

彼らのダンスを見た翌朝、僕はオリヴァーとジョギングに行こうとせず、彼も言い出さなかった。沈黙に耐えられなくなって僕がついにジョギングの話を持ち出すと、彼はもう行ったと答えた。「最近君は朝寝坊だろ」

しまった。

確かに僕はここ数日、オリヴァーが当然待ってくれているものと決め込んで怠けてしまい、起きる時間に構わなくなっていた。情けない。

次の日はオリヴァーと泳ぎに行きたかった。でも朝早く下におりたら、昨日軽くたしなめられたからだと思われてしまう。だから部屋にいた。オリヴァーの言うことなんて気にしていないと示すために。オリヴァーが足音をたてないよう爪先立ちでバルコニーを歩いている気配がした。僕を避けていたようだ。

僕はかなり遅くなってから下におりた。オリヴァーはとっくに、訂正原稿を届けて最新の翻訳を受け取るためシニョーラ・ミラーニのところに出かけていた。

その日から僕たちは口を利かなくなった。

朝同じ場所にいるときでも、意味のない言葉をいくつか交わす程度。おしゃべりとも呼べないものだ。

オリヴァーは平然としていた。なんとも感じていなかったんだろう。

相手と近づきたくても、向こうは自分のことを何も考えてくれず、ほとんど言葉を交わさないまま二週間を過ごす。そんな地獄にどうやったら耐えられる？　オリヴァーは僕の苦悩に気づいているのか？　彼に知らせたほうがいいのか？

彼とキアラのロマンスは海岸で始まった。やがてオリヴァーはテニスをしなくなり、午後に海岸沿いをずっと西に行った高台の街までキアラやその友人と一緒にサイクリングするようになった。ある日、自転車の数よりひとり多く集まったとき、オリヴァーは僕のほうを向いて、使っていないなら自転車をマリオに貸してくれないかと頼んだ。

僕は六歳児に戻ったようなみじめな気分だった。

いいよ、僕は構わない、という意味で肩をすくめた。だけど彼らが出発した直後、二階へ駆けのぼり、枕に顔をうずめて泣いた。

夜はときどき〈ル・ダンジング〉で出くわした。いつオリヴァーが来るかはまったくわからない。彼はふっと現れ、またふっといなくなる。ひとりのときもあれば、ほかの人と一緒のときもある。キアラは子どもの頃からの習慣でしょっちゅううちに顔を出したけど、裏庭に座って外を眺め、オリヴァーが現れるのを待っていた。やがて僕たちのあいだで話すことがなくなると、彼女はついに「オリヴァー（チェ・オリヴァー）はどこ？」と尋ねるのだった。彼は翻訳者に会いに行った。あるいは——僕の父と一緒に図書館へ行った。あるいは——海岸のどこかにいるよ。「そう、じゃ、あたし帰るね。あたしが寄ったって言っといて」

僕は落胆した。

マファルダは同情と非難の表情で首を横に振った。「キアラはまだ子どもですよ。あちらは大学の先生でしょう。どうして同年代の男の子を見つけないんですかね？」

「誰もあんたの意見なんて訊いてないでしょ」漏れ聞いたキアラは家政婦に批判されたのに腹を立て、語気鋭く言い返した。

「あたしにそんな言い方はおやめ。顔をまっぷたつに引き裂くよ」ナポリ出身で喜怒哀楽の激しいマファルダは手を振り上げた。「あの子、まだ十七歳のくせに、胸をむき出しにして男にのぼせてますよ。あたしが何も見てないと思ってるんでしょうかね?」

マファルダが毎朝オリヴァーのシーツを調べているところが想像できた。あるいはキアラの家の家政婦と情報交換しているところが。どんな秘密も、物知りの家政婦たちのネットワークからは逃れられない。

僕はキアラを見た。彼女が傷ついているのはわかっていた。

誰もが、あのふたりのあいだに何かあるのではと考えていた。オリヴァーはときどき午後に、車庫の横にある小屋の自転車を取って街まで行くと言った。一時間半後に戻ってくると、翻訳者に会いに行ってきたと説明した。

「翻訳者か」父の声は、夕食後にコニャックをちびちび飲んでいるときのようにゆったりと響いた。

「へえ、翻訳者（トラドゥットリーチェ）ね」マファルダは抑揚なく言った。

たまに街で彼らと顔を合わせた。

夜に映画を見たあとやディスコに行く前に仲間で集まるカフェにいるとき、キアラとオリヴァーが話しながら路地から出てくるところが見えた。オリヴァーはアイスクリームを食べ、キアラは両手で彼のあいている腕にしがみついている。いつの間に、あんなに親しくなったんだ？　ふたりは真剣に話しているようだった。

「何してるんだい？」僕を見つけると、彼は言った。そういう軽い物言いは、僕たちが話をしなくなったことを隠すためのものだ。安易な策略だ、と僕は思った。

「ぶらぶらしてるだけ」

「もう門限を過ぎてるんじゃないのか？」

「父さんは門限なんてうるさく言わないよ」

キアラは僕の視線を避けて考え込んでいた。

オリヴァーは、僕が言ったキアラの長所について彼女と話をしただろうか？　キアラは不機嫌そうだ。ふたりだけの世界に僕が突然侵入したのに怒っているのか？　先日の朝、キアラがマファルダにキレたときの口調を思い出した。するとキアラはにやりと笑った。意地悪なことを思いついたようだ。

「あの家に門限はないし、なんの決まりもない。放任主義。だからエリオは優等生なの。わかるでしょ？　だって反抗する理由がないもん」

「ほんとに？」

「まあね」僕はこれ以上話が進む前に軽くいなそうとした。「門限破りだけが反抗じゃないし」

「そうなのか？」オリヴァーは訊いた。

「ひとつ言ってみてよ」キアラが割り込む。

「君にはわからないよ」

「こいつはパウル・ツェランを読んでるんだ」オリヴァーが口をはさんだのは、話題を変えるためであり、僕に助け舟を出して、以前の会話を忘れていないことをさりげなく告げるためでもあったのだと思う。起きてくるのが遅いのを非難したことへの埋め合わせ？　それとも、これも僕を標的にしたジョークの始まり？　オリヴァーの顔に表情はなかった。

「それ誰？」キアラはツェランの名を聞いたことがなかった。

僕は、やれやれと言いたげな視線をオリヴァーに送った。彼はそれに気づいたけれど、僕を見返したとき、その目つきにいたずらっぽさはなかった。彼はどちらの味方なんだろう？

「詩人だよ」オリヴァーは小声で言うと、ピアツェッタの中央に向かってキアラとともにのんびり歩きはじめ、僕には軽く「あとで！」と声をかけた。

ふたりが隣のカフェで空席を探すのを、僕は見つめた。

友人が、オリヴァーはキアラを口説いているのかと訊いてきた。

さあ、と僕は答えた。

じゃ、あのふたりはやってるのか？

どうかな。

オリヴァーと代わりたいな。

誰だってそう思うよ。

それでも、僕は天にものぼる思いだった。ツェランについての会話をオリヴァーが忘れていなかったとわかって、数日ぶりにいい気分だった。手を触れたものすべてから幸せがこぼれ出た。ほんのちょっとした言葉、ふとした視線、それだけで僕は天国に行けた。こんなふうに幸せになるのは、たぶんそんなに難しくないんだろう。幸せの種は自分の中に見つければよく、他人が次に種を与えてくれるのをあてにする必要はない。

聖書の一場面を覚えている。ラケルに水を求めたヤコブは、彼女が自分と運命づけられた女性だと知って口づける、というところ。僕はユダヤ人、ツェランもユダヤ人、オリヴァーもユダヤ人——僕たちは冷酷で情け容赦ない世界の中で、半ばユダヤ人街、半ばオアシスのような場所にいる。他人を惑わせることがなく、人は誰も誤解せず、誰にも誤解されず、お互いをよく知っているためそんな親密さから引き離されることは〝故郷からの追放〟であるような、そんな場所。では、オリヴァーは僕の家、僕の帰るべき故郷なのか？　君は僕の故郷なんだよ、オリヴァー。君と一緒にいるとき、ほかには何もいらない。君がいてくれたら、僕は自分を好きになれる。君と一緒にいるときの自分を好きになれる。世の中に真実というものがあるとしたら、それは僕が君といるときに存在するんだ。いつの日か勇気を出して僕の真実を君に話すことができたなら、感謝の気持ちを込めてローマじゅうのすべての祭壇に蝋燭を灯すよ。

ちょっとした言葉で彼が僕をそんなに幸せにできるのなら、別のちょっとした言葉で同じくらいやすやすと僕を押しつぶすこともできる、不幸になりたくないならそういう小さな喜びにも警戒すべきだということには、まったく気づいていなかった。

その夜、僕はそんな高揚した気分を利用してマルツィアに話しかけた。真夜中過ぎまでダンスをしたあと、彼女を家まで送るのに海岸を歩き、そこで立ち止まった。さっとひと泳ぎしたいと言ったけれど、マルツィアに止められると思っていた。ところが彼女も夜に泳ぐのは好きだと言った。僕たちはすぐに服を脱いだ。「キアラに怒ってるから、あたしと一緒にいてくれるの？」

「僕がキアラに怒る理由がある？」

「あの子は彼と付き合ってる」

僕は戸惑った表情をつくって首を横に振り、マルツィアがいったいどうしてそんなことを考えたのか見当もつかない、というふりをした。

マルツィアは、セーターで体を拭いているあいだ後ろを向いてこっちを見ないでと言った。僕は、素直だから言うことは聞くけれど、どうにも我慢できずにちらちら盗み見てしまう、というお芝居をした。僕は服を着るあいだ見ないように頼みはしなかったが、マルツィアが顔をそむけてくれてほっとしていた。ふたりとも服を着たあと、僕は彼女の手を取っててのひらに、指のあいだに、そして口にキスをした。彼女はすぐにキスを返してこなかったものの、僕を止めようともしなかった。

次の夜も海岸の同じ場所で会う約束をした。僕は先に来てるよ、と言った。

「あたしたちのことは誰にも言わないでね」マルツィアが言う。

僕は唇をファスナーで閉じるジェスチャーをした。


「もうちょっとでするとこだったんだ」次の日朝食を取りながら、僕は父とオリヴァーに話した。

「どうしてしなかったんだ？」父が尋ねた。

「わからない」

「試みて失敗するのは、やらないよりまし……」オリヴァーはそういう紋切り型のセリフを、嘲るように、でも慰めるように言った。「思いきって手を伸ばして触れたら、彼女はイエスと言ったはずなんだ」僕がそう言ったのは、ふたりからそれ以上批判されるのを避けるためでもあり、自嘲ならちゃんとできるから君は嘲らなくていいと伝えるためでもあった。自分をよく見せようとしていたんだろう。

「またあとでやってみろよ」オリヴァーが言う。いかにも自分に満足している人間の言いそうなことだ。でも、彼には何か言いたいことがあるけれど言えないでいる、という気もした。彼の軽い、でも善意のある「またあとでやってみろ」という言葉の裏に、何か不穏なものが感じられた。彼は僕を批判している。あるいはバカにしている。あるいは僕の真意を見抜いている。

ようやくオリヴァーがそれを口にしたとき、僕はショックを受けた。そんなことを言うのは、僕を完全に見通している人間だけだ。「あとでなければ、いつ？」

父はそれを気に入った。「あとでなければ、いつ？」それは大昔の律法学者ラビ・ヒレルの有名な言葉「今でなければ、いつ？」のもじりだ。

オリヴァーはすぐさま皮肉な発言を打ち消そうとした。「僕なら絶対にもう一度やってみるよ。それでもうまくできなかったら、もう一度」さっきの言葉の辛辣さを薄めて言い直す。でも「またあとでやってみろ」は「あとでなければ、いつ？」を言い換えたものだった。

僕はおまじないのように彼の言葉を心の中で繰り返した。これはオリヴァーの生き方を示す言葉だ。僕もこんなふうに生きたい。彼の口から発せられたおまじないを繰り返すことで、僕について、人生について、他人について、他人と一緒にいる僕について、それまで僕が理解していなかった隠された真実への秘めた通路をたどっていたのかもしれない。

「またあとでやってみろ」は、毎晩僕が、オリヴァーともっと親しくなるため何かすると自分に誓うとき最後に言う言葉だった。「またあとでやってみろ」は、今はその勇気がないという意味だった。まだ覚悟はできていない。〝またあとでやってみる〟意志と勇気がどこで見つかるのかはわからない。でも、何もせずぼうっとしているより、何かしようと心を決めることで、すでに何かをしている気にはなれた。実際には投資していないのに投資したと想像して利益を手にした気分になるようなもの。

だけど、自分が「またあとでやってみろ」を言い訳に使っていて、聖句「またあとでやってみろ」を日々唱えつつ何も せず何カ月、何シーズン、何年、あるいは一生涯を過ごすこともできる、というのもわかっていた。「またあとでやってみろ」はオリヴァーのような人間のための言葉だ。僕にふさわしい合言葉は「あとでなければ、いつ?」だった。

「あとでなければ、いつ?」その短く的確な言葉によって、オリヴァーは僕という人間を見抜き、すべての秘密をあらわにしていたのだとしたら?

彼になんの関心も抱いていないことを、僕は示さなければならなかった。


僕が完全に打ちのめされたのは、数日後の朝に裏庭でオリヴァーに話しかけたときだった。オリヴァーはキアラを持ち上げる僕の言葉に耳を貸す気がないだけではなく、僕が完全に間違っていると考えていることがわかった。

「どういう意味さ、間違ってるっていうのは?」

「僕には興味がないってことだ」

これについて話すことに興味がないのか、キアラに興味がないのか、僕にはわからなかった。

「みんな興味があるよ」

「まあな。だけど僕にはない」

まだよくわからない。

オリヴァーの口調は冷淡で、いらだたしく、不機嫌だった。

「でも、僕は君たちふたりを見たんだよ」

「君が何を見ようと関係ない。とにかく、キアラや君の策略に乗せられるつもりはないんだ」

オリヴァーはタバコを吸って僕のほうを見、寸分の狂いもなく僕の心臓を貫くことができそうな恐ろしく冷たい視線を向けてきた。

僕は肩をすくめた。「ごめん」——そして読書に戻った。僕はまた越えてはならない境界線を踏み越えてしまったらしい。颯爽と引き下がることはできず、自分がひどく無神経だったと認めるしかなかった。

「君こそ、挑戦してみればいいじゃないか」

それは初めて聞くような穏やかな口調だった。普段、なんとか礼儀正しくしようと努めているのは僕のほうだったのに。

「キアラは僕なんかに興味ないよ」

「興味を持ってほしいのか？」

この話はどこに進むんだろう？ どうして僕は、すぐ前に落とし穴があると感じたんだろう？

「別に」用心深く答えたけれど、自信のない言い方の「別に」が質問のように聞こえることには気づいていなかった。

「ほんとか？」

もしかして僕は、ずっと前からキアラを求めていたとオリヴァーに思わせてしまったのか？

僕は挑発に挑発で応えるかのように顔を上げた。

「君に何がわかるの？」

「君がキアラを好きなのは知ってる」

「僕が何を好きか、君にわかるわけない」僕はぴしゃりと言った。「何もね」

僕はいたずらっぽく謎めいて聞こえるように努めた。オリヴァーのような人間には見当もつかない経験があるみたいに。でも実際には、すねてヒステリーを起こしたように聞こえただけだった。

あまり観察眼の鋭くない人なら、僕が執拗に否定するのは、キアラへの本当の気持ちを隠そうとあわてふためいている証拠だと思っただろう。

でももっと鋭い人なら、それがまったく異なる真実への入り口だと考えたかもしれない――ドアを開けるなら自己責任で。でも真実に直面したくないなら、今からでも遅くない、引き返したほうがいい。

オリヴァーが真実に感づいているという様子が少しでも見えたら、僕はあらゆる努力をして彼の疑いをそらしただろう。一方、彼が何も感づいていないのなら、僕のうろたえた言葉で彼をごまかせただろう。結局のところ、僕がキアラを求めていると彼が考えているほうが、僕が追及されて本音を吐くよりもいい。何も言わなければ、僕は自分でもよくわかっていない、どう認めていいかわからないことを認めてしまっただろう。何も言わなければ、何時間もかけて準備した気の利いた言葉が伝えるよりも、僕の体がはっきり気持ちを伝えてしまっただろう。僕は赤面しただろう。言葉に詰まって赤面し、最後には壊れただろう――そうしたら僕はどうなる？　彼はなんと言う？

壊れるなら今すぐ壊れるほうがいい、と僕は思った。〝またあとでやってみる〟という無理な決意であと一日苦しい思いをするよりは。

いや、だめだ、彼は知らないほうがいい。僕は耐えられる。いつまでだって耐えられる。彼に知らせないという決意を容易に受け入れられたことに、僕は驚きもしなかった。

なのに、あまりにも唐突に僕たちのあいだに平和な瞬間が訪れたとき、危うく本音が口からこぼれ出そうになった。緑の水着の瞬間――僕はそれをそう呼んだ。といっても、水着の色に関する仮説は完全に覆されて、〝青〟の日に優しさを期待したり〝赤〟の日に警戒したりすべきだとはかぎらないことが判明していたけれど。

僕たちにとって、音楽はとっつきやすい話題だった。特に僕がピアノを弾いているとき、あるいはオリヴァーがこんな感じで弾いてくれと僕にリクエストするとき。僕が一曲の中でふたり、三人、四人の作曲家風にアレンジして演奏するのを、彼は気に入っていた。ある日、キアラはヒット曲をハミングしはじめた。風の強い日で誰も海岸へ行くどころか屋外にとどまりたくもなかったので、友人たちがリビングルームのピアノのまわりに集まり、僕は同じ曲を即興でモーツァルト風に編曲してブラームス風に弾いた。「どうしたら、そんなことができるんだ?」ある朝〝天国〟で横たわったままオリヴァーは尋ねた。

「アーティストを真に理解するには本人になりきるしかない、と思うことがある。そうして初めて、すべてが自然に流れはじめるんだ」

その後、僕たちはまた本について話した。僕はそれまで、父以外とは本の話をめったにしたことがなかった。

あるいは音楽について、ソクラテス以前の哲学について、アメリカの大学について話した。

ヴィミニが来ることもあった。

初めて僕たちの朝にヴィミニが登場したのは、僕がヘンデルの変奏曲をブラームス風に弾いていたときだ。

ヴィミニの声は、午前の暑さの中に響き渡った。

「何してんの?」

「仕事」僕は答えた。

プールサイドでうつ伏せになっていたオリヴァーは顔を上げた。汗が肩甲骨のあいだを流れ落ちる。

「僕もだ」ヴィミニが振り返って同じ質問をすると、オリヴァーは答えた。

「しゃべってたくせに。仕事してたんじゃなくて」

「同じことだよ」

「あたしも仕事したいな。だけど、誰もあたしに仕事をくれない」

初めてヴィミニに会ったオリヴァーは助けを求めて僕を見上げた。この会話のルールを教えてくれと言うかのように。

「オリヴァー、この子はヴィミニ、文字どおりのお隣さん」

ヴィミニが手を出し、オリヴァーは握手をした。

「僕とヴィミニは誕生日が一緒なんだ。この子は十歳だけど。天才なんだよ。君は天才だよね、ヴィミニ？」

「みんなそう言う。だけどあたしは、そんなことないと思う」

「どうしてかな？」オリヴァーはあまり年上ぶって聞こえないよう注意して質問した。

「あたしを天才にしたとしたら、自然は悪趣味すぎるもん」

オリヴァーは戸惑いの表情になった。「どういうこと？」

「この人、知らないの？」ヴィミニはオリヴァーの目の前で僕に訊いた。

僕はかぶりを振った。

「あたし、長生きしないんだって」

「どうして？」オリヴァーは愕然とした。「どうしてわかるんだい？」

「みんな知ってるよ。あたし、白血病なんだ」

「でも、君はすごくかわいいし、健康そうだし、頭がいい」

「だから言ったでしょ、自然の悪い冗談だって」

オリヴァーは芝生に膝立ちになり、文字どおり手から本を落とした。

「いつかうちに来て本を読んでよ」ヴィミニは言った。「あたし、すごくいい人なんだ――あんたもいい人みたい。じゃ、バイバイ」

ヴィミニは壁をよじのぼった。「ごめんね、びっくりさせたんだとしたら――ええっと――」

彼女は自然を擬人化した下手な比喩を取り消そうとしているみたいだった。

その数時間前から僕とオリヴァーは音楽の話を通じて接近していたけれど、もしそれがなかったとしても、ヴィミニの存在が僕たちを近づけてくれた。

午後じゅうヴィミニの話をして過ごした。僕は何を話せばいいかと考えなくてもよかった。オリヴァーがほとんど一方的に話をし、質問をした。彼はヴィミニのことを知りたがった。珍しく、僕は自分自身以外のことを話した。

間もなくふたりは親しくなった。毎朝、ヴィミニはオリヴァーがジョギングか海水浴から戻ったあとやってきた。オリヴァーと少女は一緒に門まで行き、慎重に階段をおり、大きな岩に向かい、そこに座って朝食の時間まで語り合った。あれほど美しく、あれほど強い友情は見たことがない。僕は少しも嫉妬しなかったし、僕はもちろんのこと誰ひとりとして、あのふたりの邪魔をしたり話を盗み聞きしたりしなかった。岩場へおりる階段に通じる門を開けたあと、ヴィミニがオリヴァーに手を差し出す様子を、僕は決して忘れないだろう。少女は年上の人間に付き添われないかぎり、あんなに遠出することはなかったんだ。

あの夏を振り返ったとき、物事の順序は正確に思い出せない。いくつか重要なシーンを除くと、覚えているのは〝繰り返し〟の場面だけだ。朝食の前とあとの慣例――オリヴァーが芝生かプールサイドに寝そべり、僕がテーブルにつく。そのあと海水浴かジョギング。そしてオリヴァーが自転車に乗って街へ翻訳者に会いに行く。昼食はたいていもうひとつの庭で日よけのあるダイニングテーブルか、そうでなければ屋内で取り、常にひとりかふたりの客が〝午餐のお仕事〟に招かれていた。午後の時間は素晴らしく、たっぷりの太陽と沈黙にあふれていた。

それまでの夏と同じような場面もあった。父はいつも、僕がどうやって時間を過ごしているのか、どうしていつもひとりなのかを知りたがった。母は古い友達に興味がなくなったなら新しい友達をつくれとうながし、何よりも家の中にこもってばかりいるのをやめろと言った――本や楽譜とにらめっこするのを。両親は、もっとテニスをしろ、もっとダンスに行け、人と知り合え、他人も自分の人生に必要であって単に横を歩く存在ではない理由を自分自身で見つけろ、としきりに言った。したければバカなこともしろ、両親はそう言いながら、秘めた失恋の形跡を掘り起こそうとしていた。それが見つかったなら、父も母も不器用に、押しつけがましく、しかし愛情を込めて、心の傷を癒やそうとしてくれただろう。僕が、庭に迷い込んですぐに止血しないと死んでしまう兵士であるみたいに。いつでも話してくれていいんだぞ、私も昔おまえの年齢だったときがあるんだから、父はよくそう言った。おまえが感じていること、自分しか感じていないと思っていることはすべて、私だって一度ならず感じてきた――乗り越えたものもあれば、今のおまえと同じくまだ理解できていないものもあるけれど、私も人間の心のあらゆる悩みや傷や痛みを知っているんだぞ、と。

ほかの場面もある。午餐のあとの静寂――ある者は昼寝をし、ある者は仕事をし、ある者は読書をする。全世界がしーんと静まり返る。外界からの音がわずかに漏れ聞こえるだけの至福の時間、僕はうとうとする。そのあと午後のテニス。シャワーとカクテル。夕食を待つ。客が来る。夕食。オリヴァーはまた翻訳者のところに出かける。夜遅くの散歩、ときにはひとりで、ときには友人たちと。

例外もある。嵐の午後にはみんなでリビングルームに集まり、音楽や家じゅうの窓に打ちつける雨の音に聞き入る。電気が消え、音楽が止まり、互いに顔を見合わせる。叔母はミズーリ州セントルイス（彼女はそれを〝サン・ルイ〟と発音した）で過ごしたおぞましい歳月についてぺちゃくちゃしゃべり、母はアールグレイの香りを漂わせ、階下のキッチンからはマンフレディとマファルダの声が聞こえてくる――夫婦が口喧嘩する小さな声。雨の中、痩せた庭師がレインコートを着てフードをかぶった姿で自然の猛威と闘いながら雑草を抜く。父はリビングルームから腕を振り、戻れ、アンチーゼ、戻ってこいと合図する。

「あの人、なんだか薄気味悪いわね」叔母はよくそう言った。

「根っからの善人だよ」父はよくそう返した。

けれど、そういう時間は不安で張り詰めていた。暗い霊のような、あるいは僕たちの小さな街に迷い込んで出られなくなった鳥が黒い翼であらゆる生き物を包んだときの底知れぬ闇のような、そんな不安。自分が何を恐れているのか、どうしてそんなにおびえているのか、わからなかった。こういう不安は容易に恐怖を引き起こした。でもなぜか、ときにはこの不安が希望みたいに感じられることもあった。暗闇の中に差した光のように、とてつもない喜びをもたらす希望。とはいえそれは、非現実的な希望、危険と隣り合わせの希望でしかなかった。オリヴァーが不意に現れたとき心臓が高鳴るのは、怖くもあり、うれしくもあった。彼は現れるだろうか、現れないだろうか、僕を見るだろうか、僕を見ないだろうか、そんなことを考えて不安に陥った。結局つらさに耐えられなくなり、うだるように暑い午後にはリビングルームのソファで眠りに落ちた。夢を見ているときでも、誰が部屋にいるか、誰が爪先立ちで出入りしたか、誰がそこに立ってどのくらい僕を見ているか、誰が静かにしようと努めながらも結局カサカサ音をさせて今日の新聞を取り、僕を起こしたかどうかにかかわりなく今夜上映予定の映画を調べているかがわかっていた。

不安は決して消えなかった。僕は不安とともに目覚めた。彼が朝にシャワーを浴びる音を聞くと、一緒に朝食が取れるのだと思って不安は喜びに転じた。けれど彼がコーヒーを飲もうともせず家を駆け抜けて庭で仕事を始めたのを知ったとたん、喜びは消滅した。昼には、オリヴァーが何か話しかけてくれるのを待つのに耐えられなくなった。一時間ほどしたら、僕はまたソファでうたた寝することになるんだろう。そこまで完全に無視されてみじめに感じながらもすっかり彼のとりこになっている幼くて愚かな自分が憎らしかった。何か言って、ちょっと手を触れて、オリヴァー。僕を見て、僕の目に涙があふれるのを見て。夜に僕の部屋をノックして、君のために少しドアを開けておいたのに気づいて。部屋に入ってきて。僕のベッドには、いつでも君のための場所があるんだよ。

僕がいちばん恐れたのは、長時間オリヴァーに会えない日々だった――午後じゅう、ときには夜も、彼がどこにいるのかわからないとき。オリヴァーがピアツェッタを横切ったり、僕の知らない人たちと話したりするのを見かけることはあった。でもそれは会ったうちに入らない。店が閉まる頃に人々がピアツェッタに集まっているとき、オリヴァーは僕をちらっと見てうなずくだけだったし、その挨拶も僕にというより一緒にいる父に向けたものかもしれず、僕はたまたま父の息子としてそこにいただけだったんだ。

　両親、とりわけ父は、オリヴァーに大満足だった。オリヴァーはこれまでの夏の客より優秀だった。彼は父の書類整理を手伝い、海外とのやりとりを仕切り、自分自身の本の仕上げも順調に進めていた。彼が自由時間に何をしようと、それは彼の勝手だ――〝若者が駈足せねばならないなら、誰が襲歩するのか？〟というのが父の下手な格言だった。わが家において、オリヴァーはなんら非の打ちどころない人間だった。

　オリヴァーの不在を両親は意に介さなかったので、僕も心配していることを見せないほうが無難だろうと思った。彼の不在について口にするのは、父か母がオリヴァーはどこだろうと言ったときだけで、僕も両親と同じく驚いたふりをした。ほんとだ、そういえばかなり長い時間留守にしてるね。ううん、どこへ行ったかは知らないよ。でも、あまりおおげさに驚きを表さないよう気をつけた。それだと嘘くさいし、僕が気にしているのを両親が感づくかもしれないから。両親は嘘を見抜くのが得意だったので、とっくに僕の嘘に気づいていないのは意外だった。

　両親はいつも、僕が〝すぐに人を好きになる〟と言っていた。でもこの夏初めて、〝すぐに人を好きになる〟という言葉の意味がわかった。こういうことは以前にもあったらしい。僕自身は幼すぎてよくわかっていなかったけれど、両親はそれに気づいて警戒心を抱き、心配していたようだ。心配して当然だと思う。今はただ、両親が普段心配する程度以上に事態が進んでいることを知られたくなかった。そして実際、両親は何も疑っていなかった。僕はそのことに苦しんだ——疑ってほしかったわけじゃない。僕が昔ほどわかりやすくなくて、真の気持ちを隠すことができるとしたら、ようやく両親からもオリヴァーからも安全になれたわけだ——でも、それにはどんな犠牲が伴うのだろう？　僕は本当に、誰からも安全でいたいのか？

打ち明けられる相手はひとりもいなかった。誰に話せる？　マファルダ？　そんなことをしたら、彼女はわが家を出ていっただろう。叔母？　叔母ならみんなに言い触らしただろう。マルツィア、キアラ、ほかの友達？　皆すぐさま僕から離れただろう。遊びに来た従兄弟？　無理だ。父は誰よりも進歩的な考えを持っている——でも、これについては？　ほかに誰がいる？　教師に手紙を書く？　医者に診てもらう？　精神科医に会う？　オリヴァーに話す？

オリヴァーに話そう。ほかに話せる人はいないんだ、オリヴァー、だから君じゃないと……。

ある日の午後、家に誰もいないとき、オリヴァーの部屋に行った。もともと僕の部屋だったから、下の引き出しに忘れていったものを探すという口実を用意してクローゼットを開けた。彼の原稿を読むつもりだったけれど、クローゼットの扉を開けたとたん、それが目に飛び込んできた。フックにかかった、今朝彼がはいていた赤い水着。今朝は泳ぎに行かなかったので、バルコニーで乾かすのではなくクローゼットに吊るしていたんだろう。僕は水着をつかんだ。他人の持ち物を勝手に取ったのは生まれて初めてだ。水着を目の前まで持ってきて、顔をうずめた。水着の中にもぐり込もうとするみたいに。これが、サンオイルを塗っていないときの彼のにおいだ、これが彼のにおいだ、彼のにおいだ、僕はそう繰り返しながら、においよりもっと個人的なものを求めて水着の中を見つめ、隅から隅までキスをした。毛の一本でもいいから見つけて舐めたい、水着をそっくり口の中に入れたい。もしこれを盗むことができたら、一生大事に持っておこう。マファルダには絶対に洗わせない。冬の日々にこれを取り出してにおいをかぎ、今この瞬間裸で僕と一緒にいるオリヴァーの姿を思い描こう。衝動に駆られた僕は自分の水着を脱いで彼の水着をはいてみた。自分が何を求めているかはわかっていた。興奮のあまり陶然となり、酔っ払っていても冒さないリスクでも冒せそうだった。彼の水着の中で射精し、その証拠を残していって彼に見つけてほしかった。そのとき、もっと突拍子もないことを思いついた。ベッドカバーをめくり、水着を脱ぎ、裸で水着を抱き締めてベッドにもぐり込んだんだ。彼に見つかったら見つかったで構わない――僕は平気だ。ベッドの感触には覚えがある。本来は僕のベッドだから。彼のにおいは優しく寛大に僕を包んだ。昔、ユダヤ教の祭日である贖罪の日に、寺院で隣に立っていたおじいさんに、体全体をすっぽり覆い隠すように頭から肩衣をかけられたことがある。そのとき奇妙な香りに包まれた。世界じゅうに分散している民族が同じ布をかけられて一体化する、そのときの香り。オリヴァーのにおいは、あの香りによく似ていた。僕は枕を顔に載せて激しく口づけ、脚を巻きつけ、勇気がなくて誰にも言えなかったことを枕に話した。自分の望みを打ち明けた。それには一分もかからなかった。

秘密は僕の体から外に出た。だから、彼に見られたって構わない。見つかっても平気だ。いいじゃないか。

彼の部屋から僕の部屋に戻るとき、同じことをもう一度するほど頭が変になることはもうないかもしれないと思った。

だけどその夜、僕はひとりひとりが家のどこにいるのかを注意深く観察していた。あの恥ずべき衝動は、思ったより早く再び僕をとらえていた。そっと二階に戻りたくてたまらなかった。

ある夜、父の書斎で本を読んでいたとき、お姫さまと狂おしい恋に落ちたハンサムな若い騎士の話に出くわした。お姫さまも騎士を愛していたけれどそれを自覚しておらず、ふたりのあいだに友情が芽生えたにもかかわらず、というより友情が芽生えたゆえに、天真爛漫な彼女に対して騎士は畏縮して言葉を失い、愛を告白できなかった。ある日騎士は単刀直入に尋ねる。「話をしたほうがいいですか？　それとも死んだほうがいいですか？」

僕なら、そんな質問をする勇気はなかっただろう。

だけど僕は枕に打ち明けた。少なくともそのときだけは真実を白日のもとにさらした。実のところ、それを話すのは楽しかった。鏡に映った自分にも勇気がなくて言えなかったことをつぶやいている瞬間に、たまたま彼が通りかかったとしても、僕はまったく気にしなかっただろう――彼は知ってもいい、見てもいい、彼が非難したいなら非難してもいい――世界じゅうに言わずにいてくれるなら。といっても、今は君が僕の世界なんだけど。君があきれて軽蔑したまなざしを向けてきたって構わない。だけどオリヴァー、面と向かって話したとき、君の冷たい表情と向き合うくらいなら、僕は死んだほうがましだ。

第二部
モネの段丘

七月の末頃、ついに事態が動いた。キアラのあと、オリヴァーは次々と女の子と付き合った。恋、ちょっとしたたわむれ、一夜の恋、情事、などなど。僕にとっては、それはひとつのことに集約した。彼の男性器（コック）がB市の至るところにあったということ。女の子は全員彼のコックに触れた。それは数えきれないヴァギナに入り、口に入った。それを想像するのは楽しかった。彼が横になった女の子と向き合って脚のあいだに身を置き、日焼けして汗で光る広い肩が上下に動くところを考えても、ちっともいやじゃなかった。あの午後、僕も彼の枕を抱いて、彼のそういうところを想像した。

彼が〝天国〟で原稿を見直しているとき、僕はその肩に目をやり、昨夜はどこにいたのかと考えた。彼が体の向きを変えるたびに、肩甲骨は日光を受けてなめらかに動いた。昨夜オリヴァーと寝た女の子が彼に噛みついたとき、海の味はした？　それともサンオイルの味？　僕が彼のベッドにもぐったときのシーツのにおいはした？

僕もあんな肩が欲しくてたまらなかった。僕の肩もあんなにたくましかったら、これほどうらやましく思わなかったのか？

〝ムーヴィ・スター〟

僕はオリヴァーみたいになりたいのか？　彼になりたいのか？　それとも彼を自分のものにしたいのか？　〝なる〟や〝自分のものにする〟は、ねじれた欲望を表す不適切な動詞なのか？　誰かの体を自分のものにして触れるのと、その触れたい人間になるのとは同じ意味で、自分から相手へ、相手から自分へと無限にぐるぐるまわりつづける川の対岸にすぎないのか？　その無限ループの中で、欲望に通じる心の隠し扉は、時間のワームホールや僕たちがアイデンティティと呼ぶ二重底の引き出しと同じく、不可解な論理によって存在している。その論理によれば、現実の生活と架空の生活、実際の自分と理想の自分をつなぐいちばんの近道は、M・C・エッシャーのだまし絵みたいなねじれた階段だ。

　オリヴァー、僕と君はいつ引き離されてしまったの？　僕たちが本来はひとつの存在であることに、どうして僕は気づき、君は気づかなかったの？　毎晩君の隣で横たわることを考えるとき、僕は君の体を求めているの？　それとも、君の水着をはいたり脱いだりしたときみたいに、君の体に入って君になることを望んでいるの？　あの午後僕は、君が僕の中に入るのを感じることだけを求めていたの？　僕が君の水着、君の帰るべきところであるように？　君が僕の中に、僕が君の中に……。

　そして、その日が訪れた。僕は裏庭で、読み終えたばかりの本について話していた。

「話すべきか死ぬべきかわからない騎士の話だろ。もう聞いたよ」

　僕は前にその話をしたのを忘れていたらしい。

「うん」

「で、そいつはどうしたんだ？」

「話して、とお姫さまは言った。だけど彼女は警戒してた。どこかに罠があるのを感じてたんだね」

「騎士は話したのか？」

「いや、口ごもってしまって話せなかった」

「だと思った」

それは朝食のすぐあとだったけれど、ふたりともその日はあまりやる気が出なかった。

「なあ、街に取りに行きたいものがあるんだ」

最新の翻訳原稿だ。

「よかったら、僕が行ってあげるよ」

オリヴァーは一瞬黙り込んだ。

「いや、一緒に行こう」

「今？」その質問の真意は、本当に一緒に行っていいの？　ということだった。

「なんだ、ほかに用事でもあったのか？」

「ううん」

「なら行こう」オリヴァーはくたびれた緑のバックパックに数枚の原稿を入れ、肩に担いだ。

最後に街まで自転車で行って以来、オリヴァーが僕をどこかに誘ったことはなかった。

僕は万年筆を置いて楽譜を閉じ、その上にレモネードが半分残ったグラスを載せて立ち上がった。

小屋まで行く途中、車庫の前を通った。

いつものように、マファルダの夫マンフレディはアンチーゼと口論していた。今回、マンフレディはトマトに水をやりすぎたとアンチーゼに文句を言っている。それはだめだ、トマトが早く育ちすぎる。「すかすかの実になるぞ」

「なあ、トマトは俺が育ててるから、おまえは運転してろ、そしたら何も問題ない」

「おまえはわかってない。俺が若いときは、トマトは年ごとに植える場所を変えて、そばでバジルを育てたんだぞ。だけどまあ、おまえら軍隊にいたやつらはなんでも知ってるってわけだ」

「そのとおりさ」アンチーゼはマンフレディを無視しようとしている。

「だけど、もちろん正しいのは俺のほうだ。おまえが軍隊にいられなかったのも当然だな」

「ああ、そういうこと。軍隊は俺を引き留めなかったよ」

ふたりは僕たちに挨拶した。アンチーゼはオリヴァーに自転車を渡した。「ゆうべ車輪をまっすぐに直しといたよ。けっこう大変だった。それと、タイヤに空気も入れたから」

するとマンフレディはこれ以上ないくらいに激怒した。

「これからは、俺が車輪を直す。おまえはトマトを育てろ」仏頂面で言う。

アンチーゼが得意そうに笑い、オリヴァーもにやりとした。

街まで続く大通りに出るスギの並木道まで行くと、僕はオリヴァーに訊いた。「あいつ、薄気味悪くない？」

「誰が？」

「アンチーゼ」

「別に。どうして？　昨日僕は帰り道でこけて、ひどいすり傷ができたんだ。アンチーゼは薬草を煎じた薬を飲ませてくれたよ。それに自転車も直してくれた」

オリヴァーは片方の手でハンドルをつかんだまま、シャツをめくり上げて左脇腹の大きなすり傷とあざを見せた。

「でもやっぱり、あいつは薄気味悪い」僕は叔母の意見をなぞって言った。

「世の中になじめないだけだと思うけどな」

僕はあのすり傷に触れ、撫で、いつくしみたくてたまらなかった。

自転車で走っているとき、オリヴァーがゆっくり時間をかけているのに気がついた。いつものようには急がず、スピードを上げず、競争みたいに坂道を飛ばしていくこともない。一刻も早く仕事に戻ろうとも、海岸で友達と合流しようとも、普段みたいに僕を見捨てていこうともしない。たぶん、ほかにしたいことがなかったんだ。僕にとっては、これこそ〝天国〟の時間だった。幼い僕にも、これが長く続かないのはわかっていた。妙に馴れ馴れしくしたり、もっと親しげにふるまったりしようとしたら、かえっていやがられる。今のこの状態を楽しんだほうがいい。どうせ彼とのあいだに真の友情が芽生えることはない。これは束の間の幸福にすぎない。〃常と無のあいだ(ツヴィシェン・インマー・ウント・ニー)〃なんだ。〃ツヴィシェン・インマー・ウント・ニー〃――詩人パウル・ツェランの言葉。

海の見える小広場(ピアツェッタ)まで来ると、オリヴァーはタバコを買った。彼はゴロワーズを吸うようになっていた。僕はゴロワーズを試したことがなかったので、一本もらった。彼はマッチを取り出して僕の顔のすぐ前でてのひらをお椀のように丸くして風をさえぎり、火をつけてくれた。「な、悪くないだろ?」「なかなかいけるね」彼が一カ月もしないうちに跡形も残さずいなくなるのだと気づいた僕は、このタバコを吸うたびにオリヴァーのこと、今日のことを思い出すだろうと思った。

たぶんそのときから、B市でオリヴァーが過ごす残りの日々をひそかに数えはじめたんだろう。

「ちょっと見てみろよ」昼前の日光を受けて、眼下に丘が見えるピアツェッタの端までのんびり自転車を走らせているとき、オリヴァーは言った。

はるかかなたには壮大な海が広がっている。入り江に走る数本の泡の筋は、波間から顔を出そうとしている巨大なイルカを連想させる。小型バスが坂道をのぼり、その後ろから制服姿の人間が三人自転車を漕いでいた。きっと排ガスに文句を言っているだろう。「このあたりで溺死したといわれる人のことは知ってるだろ」

「詩人のシェリーだよね」

「溺死体が見つかったあと、妻のメアリーと友人が何をしたかは？」

「心の中の心（コル・コルディウム）」僕は、シェリーが浜辺で火葬されるとき膨張した遺体が炎に包まれる前に友人が彼の心臓を取ったというエピソードに言及した。オリヴァーはどうしてそんな問題を出したのだろう？

「君が知らないことなんてあるのか？」

僕はオリヴァーを見やった。今こそ絶好の機会だ。それをつかむことも、見逃すこともできるけれど、どちらにしてもこの瞬間は決して忘れないだろう。彼のお世辞に自己満足してこのまま何もせずにいることもできた——でもそうしたら、一生後悔して過ごすだろう。何を言うかあらかじめ考えないで大人に話しかけたのは、たぶんこれが生まれて初めてだった。緊張のあまり、何も考えられなかった。

「僕は何も知らないよ。何も、何ひとつ」

「この辺の誰よりも物知りじゃないか」

僕が悲痛な口調で言ったことに対して、どうして彼は屈託なく無邪気なほめ言葉を返すんだろう？

「ほんとに大事なことについては、ほとんど知らないんだ」

僕は溺れることも安全地帯まで泳いでいくこともせず、ただ水の上でじっと立っていたようなものだ。そこに真実があったから——僕の口から真実を告げることも、ほのめかすこともできないとしても、真実はすぐそこにあった。泳いでいるときになくしたネックレスのようなもの。見えなくても、どこかにあるのはわかっている。オリヴァーは気づいてくれるだろうか。この短い言葉で僕が多くを告げようとしていたことを、彼は察してくれるだろうか。

でも、彼が察しているとしたら、以前から推測していたということになる。推測していたのなら、彼自身にもそういう気持ちがあるということだ。冷たく、敵意にあふれ、無感情で、辛辣で、すべてを見通す目つきで、彼も同じ気持ちで僕を見ていたということだ。

オリヴァーは何かを思ったようだったが、それが何かはわからない。もしかすると、驚きを見せまいとしていたのかもしれない。

「大事なことって？」

彼は知っていて知らんふりをしているのか？

「わかるだろ。君ならもうわかってるはずだよ」

沈黙。

「どうして僕にそんな話をするんだ？」

「君は知るべきだと思ったから」

「僕は知るべきだと思ったから」オリヴァーは僕の言葉をゆっくり繰り返すことで時間を稼ぎながら、その意味することを理解しようと考え込んだ。空気は張り詰めている。

「君に知ってもらいたいから」僕は口走った。「君以外の誰にも言えないから」

ああ、言ってしまった。

真意は通じただろうか？

ここで僕は、海や、明日の天気や、父が毎年この時期に約束してくれるように船でE市まで行くのはいい考えだろうかといった話を持ち出して、話題を変えることもできた。

でも、オリヴァーはそれを許してくれなかった。

「自分が何を言ってるかわかってるのか？」

僕は海のほうに目をやった。いざとなったら言い抜けられるよう、曖昧で退屈そうな口調で答える。「うん、何を言ってるかはわかってるし、君は何も誤解してない。僕は話下手なんだ。でも、君がもう僕と話したくなかったら、それでも構わないよ」

「待てよ。君は、僕が思ってるとおりのことを言ってるのか？」

「う、うん」ついにそう言ってしまった今、僕は冷たく、少しふてくされた態度をとることもできた。警察に降伏した悪人が、強盗に入ったいきさつをもう一度別の警官に話さないといけなくなったときみたいに。

「ここで待っててくれ、僕はあの上まで行って原稿をもらってこなくちゃならない。どこにも行くなよ」

僕は意味ありげに微笑んだ。

「わかってるだろ、僕がどこにも行くはずないって」

これも別の言い方での告白にほかならない。

待っているあいだ、自転車二台を押して、第一次世界大戦のピアーヴェ川の戦いで命を落とした若者を追悼する記念碑まで歩いていった。イタリアのどんな小都市にも、こういう記念碑がある。小型バス二台がすぐそばに止まって乗客をおろしていた――街で買い物をするためにやってきた、近隣の村に住む年配女性。小さな広場のそこここで、老人たち、主にネズミ色の古いスーツ姿の男性が、ぐらぐらした籐椅子や公園のベンチに座っている。そのうち何人が、ピアーヴェ川で戦死した若者を今も覚えているだろう。彼らを知っているのは八十歳を超えた人だけだ。その若者たちより年上だったら、百歳かそれ以上ということになる。百歳にもなれば、もう喪失や悲しみは乗り越えているはずだ――それとも苦しみは死ぬまで癒えないのか？　百歳にもなれば、兄弟姉妹を忘れ、子どもを忘れ、愛した人を忘れ、すべてを忘れ、どれほど打ちひしがれた人でも何も覚えていないだろう。母親も父親もとっくに死んでいる。誰か覚えている人はいるのか？

ある考えが頭をめぐった。今日このピアツェッタで話されたことを僕の子孫は知るだろうか？　誰かが知ることはあるのか？　あるいは、僕の一部が願っているように、ここでの話は風の中に消えてしまうのか？　今日このピアツェッタで、子孫の運命が決まる瀬戸際だったことを、彼らは知るだろうか？　そう考えると面白くなり、今日の残り時間を冷静に過ごすことができそうに思えた。

三十年後、四十年後、ここに戻って、いくら忘れたくても決して忘れないであろう会話を思い返そう。妻子を連れてきて景色を見せ、入り江や地元のカフェや〈ル・ダンジング〉やグランドホテルを案内しよう。そのあとここに立って、記念碑や籐椅子やぐらついた木のテーブルを見て、オリヴァーという男のことを思い出そう。

戻ってきたオリヴァーは開口一番、「あのミラーニのバカ、原稿をごちゃごちゃにして、全部をタイプし直さなくちゃならないらしい。だから今日の午後は何もできない。丸一日の損だよ」と言った。

彼は話をそらせる口実を探している。彼がそう望むなら、僕だって構わない。話題は海でも、ピアーヴェ川でも、ヘラクレイトスの遺した言葉、たとえば〝自然は隠れることを好む〟や〝私は自分自身を探しに行った〟でもいい。そうでなければ、何日か前から話し合っているE市への旅行の話でもいい。もうすぐやってくる室内合奏団の話でもいい。

自転車で走り出したあと、母がいつも花を注文している店の前を通った。僕は子どもの頃、店の正面の大きな窓ガラスを水がゆっくり伝い落ちて、花屋が魔法にかかったような不思議な雰囲気を帯びるのを見るのが好きだった。映画でよくある、画面がぼやけて追想場面の始まりを告げるところが連想された。

「何も言わなかったらよかった」ついに僕は言った。

そのとたん、ふたりのあいだにあった呪縛が解けたのがわかった。

「だったら僕は、君が何も言わなかったというふりをする」

なんでもオーケーとして受け入れるオリヴァーが、そんなふうに事実をなかったことにしようとするのは予想外だった。少なくとも家にいるとき、彼がそう言うのは聞いたことがなかった。

「それはつまり、僕たち表面上は話をするけど――意味のあることは何も話さないって意味？」

オリヴァーは考え込んだ。

「なあ、そういうことは話しちゃだめなんだ。ほんとに話さないほうがいい」

オリヴァーはバッグを肩にかけ、僕たちは自転車で坂道を駆けおりた。

十五分前、僕は苦悩していた。あらゆる神経、あらゆる感情が、マファルダのすり鉢に入れられたように傷つき、踏みにじられ、つぶされ、粉々にされ、恐怖も怒りも欲望も見分けがつかなくなっていた。でもそのときはまだ希望があった。ついに思いを打ち明けたことで秘密や恥は消えたけれど、話せないまま数週間抱きつづけていた希望も一緒に消え去った。

今、僕の気分を高揚させてくれるのは景色や天候だけだ。いや、誰もいない田舎道を一緒に自転車で飛ばすことも。この時間、道路は僕たちだけのもので、前途には陽光が降り注いでいる。ついてきて、と僕は言った。ほとんどの観光客やよそ者が見たことのない場所に連れてってあげるよ。

「時間があれば、だけど」あまり強引に聞こえないよう、僕は付け足した。

「時間ならある」さりげない口調は、僕のわざとらしい気配りを少々面白がっているみたいに聞こえた。いや、たぶんこれは、重要な問題について話さないことを埋め合わせるための、オリヴァーなりの小さな譲歩なんだろう。

僕たちは大通りから外れて崖の端に向かった。

「ここは」彼の興味を保っておくため、そんなふうに話を始めた。「モネが絵を描きに来た場所だよ」

ずんぐりしたヤシの木や節くれ立ったオリーブの木が低木林をつくっている。木々のあいだ、崖のいちばん端まで続く斜面は、背の高いカイガンマツで部分的に日陰になった段丘になっている。自転車を木に立てかけ、段丘まで彼を案内した。「ほら、見て」僕は意気揚々として言った。僕が自分のために発するどんな言葉よりも、この景色は雄弁だった。

崖の真下には静かな入り江が見える。文明を示すものは何もない。家も、防波堤も、釣り船も。遠くにはいつもと同じくサンジャコモ寺院の鐘楼があり、目を細めて見つめたらN市の輪郭と、さらに向こうに僕たちの家と近くの邸宅らしきものが見える。ヴィミニの家やモレスキ家だ。オリヴァーはたぶんモレスキ家の娘ふたりと寝ている。別々にか、ふたりと一緒にかはわからないけれど、今はどうでもいい。

「ここは〝僕の場所〟なんだ。僕ひとりの場所。ここへ本を読みに来る。ここで何冊読んだかわからない」

「ひとりでいるのは好きかい？」

「ううん。ひとりが好きなんて人間はいない。だけどもう慣れた」

「君はいつもそんなに賢いのか？」オリヴァーは皆と同じように説教口調で、もっと外出しろ、もっと友達をつくれ、友達ができたら自分勝手にふるまうな、と言おうとしているのか？　家族の友人兼精神科医的な役割を演じようとしているのか？　それとも僕はまたしても完全に誤解しているのか？

「僕は賢くなんかない。さっきも言ったろ。何も知らない。本は読むし、言葉のつなぎ方は知ってる――だからって、自分にとっていちばん大事なことをどう話せばいいかわかってるわけじゃない」

「でも、今まさしくそれをしてるじゃないか――ある意味では」

「そう、ある意味ではね。いつもそういう話し方なんだ。ある意味だけ」

オリヴァーを見ないよう沖合に目を向けたまま草の上に座り込む。オリヴァーは二、三メートル離れたところで爪先を立ててしゃがんでいた。いつでも立ち上がって自転車のところまで駆け戻れるよう身構えているみたいに。

自分ではまったく意識していなかったけれど、彼をここに連れてきたのは僕のささやかな世界を見せるためだけではなく、彼を受け入れるよう僕の世界に頼むためでもあった。僕が夏の午後にひとりになるために来る場所がオリヴァーを知り、彼がここになじめるかどうかを判断し、彼を迎え入れてくれるように。僕がまたここに来たとき彼を思い出せるように。ここに来るのは、現実世界を逃れて、自分がつくり出した世界に入るためだ。僕はいわば、自分の旅の出発点を彼に教えていたんだ。ここで読んだ本を列挙すれば、オリヴァーは僕が空想の旅をした場所を知ることができる。

「君のものの言い方は面白い。だけど、どうしていつも自分を卑下するんだ?」

僕は肩をすくめた。オリヴァーは、僕が自分を批判することを批判しているのか?

「わからない。だから君にもわからないと思う」

「他人にどう思われるかが心配なのか?」

僕はかぶりを振った。でも答えはわからない。というより、明白すぎて答える必要もなかったのかもしれない。僕が自分を無力で無防備だと感じるのは、こういうときだ。質問攻めにされたら神経質になり、返事もできなくなる。そのとき、僕という人間は相手にすっかり見透かされてしまう。結局このときも何も答えなかった。動こうともしなかった。オリヴァーにひとりで家まで戻ってほしかった。僕は昼食に間に合うように戻るから。

オリヴァーは僕が何か言うのを待って、こちらをじっと見ている。

彼を見つめ返すのはこれが初めてだった、と思う。普段はちらっと見て目をそらす。誘われないかぎり、あの美しく澄んだ瞳に溺れたくないから。自分があの瞳という泉に入りたいかどうか判断できるまで待つことはなかった。人を見返すのが怖いから目をそらす。何も知られたくないから目をそらす。相手が自分にとって大切な存在であることを認めたくないから目をそらす。オリヴァーの冷たい目は彼が颯爽としていて僕がはるかに劣った人間であることをいつも思い出させるから目をそらす。でもこの沈黙の瞬間、僕は見つめ返した。彼に反抗するためでも、自分はもうシャイじゃないと示すためでもなく、降伏するために。これが僕だ、これが君だ、これが僕の望みだ、今僕たちのあいだには真実しかない、真実があるところにはどんな障壁も、不正直な目つきもないんだと示すために。たとえこの見つめ合いから何も生まれなかったとしても、ふたりともこれから起こりうることを知らなかったとは言わないでおこう。僕はすべての希望を失っていた。見つめ返したのは、失うものが何もなかったからかもしれない。僕はあらゆることを知っている、できるものならキスしてみろと挑むような目つきで見つめ返した。ひとつのしぐさで挑戦し、同時に逃げるかのように。

「君は事態を難しくしてる」

オリヴァーが言っているのは僕たちのにらめっこのこと?

僕はひるまなかった。彼もひるまなかった。そう、やはりにらめっこの話だった。

「どうして僕が事態を難しくしてるの?」

あまりに速く心臓が打っているので、まともにしゃべるのも難しい。でも、顔を赤らめているのを見られても恥ずかしくなかった。オリヴァーには僕の緊張を知ってもらえばいい。

「それは間違ってるかもしれないからだ」

「かも？」僕は訊き返した。

では、少しは希望があるのか？

オリヴァーは草の上に座り込んだあと、手を頭の後ろで組んで仰向けになって空を見上げた。

「うん、かもだ。僕がそんなことを考えてなかったと言うつもりはない」

「知らなかった」

「考えてたんだよ。わかるだろ！　君はいったいどういうことだと思ってたんだ？」

「どういうことって？」僕は戸惑っていた。「別に何も」じっくり考えてみる。「何も」僕がぼんやりと考えはじめていたことはひどくまとまりがなく、「何も」と繰り返すことで簡単に否定できるものだった。だから耐えがたい沈黙を埋めるために言った。「何も」

「そうか」やがてオリヴァーは言った。「君は誤解してたんだよ」優しくたしなめる口調。

「こう言って君が喜ぶかどうか知らないけど、僕は自分を抑えてただけだ。君も自分を抑えるようにしたほうがいい」

「僕にできるのは、君のことを気にしてないふりをするくらいだ」

「最初からずっとそうしてたよな」オリヴァーは即座に返した。

僕はショックを受けた。庭やバルコニーや海岸で、彼を意識していないと示すために無視するふりをしていた。だけどオリヴァーはそんな僕の思惑を見抜いていて、幼稚でひねくれた策略だと考えていたんじゃないだろうか。

彼の告白は僕たちのあいだの水門を開いたけれど、それゆえに僕の開花しつつある希望は水没しかけていた。これから僕たちはどうなる？　これ以上何が言える？　今度僕たちが話をしないふりをして、でも自分たちのあいだの冷たさがお芝居のままかどうかわからないというとき、何が起こる？

僕たちはそのあと少し話したけれど、すぐに言うことはなくなった。お互いにすべてのカードをテーブルに広げてしまった以上、何を話しても無駄話になってしまう。

「じゃあ、モネはここに絵を描きに来たんだな」

「家に帰ったら絵を見せるよ。このあたりを模写した素敵な画集があるから」

「ああ、ぜひ見せてくれ」

オリヴァーは年上ぶった物言いをしている。そんな態度はいやだった。

ふたりはそれぞれ肘枕をして景色を眺めた。

「君は世界一幸運な少年だ」オリヴァーが言った。

「僕のこと、なんにも知らないくせに」

僕はその発言の意味を彼に考えさせようとしたけど、やがて沈黙に我慢できなくなって口走った。「だけど、全部間違ってるんだ」

「何が？　君の家族？」

「それもある」

「夏じゅうここに住んでること、ひとりで本を読んでること、食事のたびごとにお父さんが連れてくる午餐のお仕事人と会うこと？」オリヴァーは僕をからかっている。

僕はにやりと笑った。いや、そういうことじゃないんだ。

オリヴァーはいったん黙り込んだ。

「じゃあ、僕たちのことだな」

僕は答えなかった。

「それなら——」気がつけばオリヴァーはすぐ目の前にいた。近すぎる。こんなに近づいたのは、夢の中と、彼がタバコの火をつけてくれたときだけだ。これ以上オリヴァーが耳を近づけたら、僕の心臓の音が聞こえるだろう。小説でそういうのを読んだことはあるけれど、今までは信じていなかった。彼はまっすぐ僕の顔を見つめた。僕の顔を気に入っていて、観察したがっているみたいに。そのあと指で僕の下唇に触れ、左から右へ、右から左へと動かした。僕は横たわったままじっとして、彼が微笑むのを見ていた。今ならどんなことでも起こりうる、もう引き返すことはできないんだとびくびくして。これは彼なりの求め方なんだろう。僕はノーと言ってもいいし、何か言って時間を稼いでもいい。事態はここまで進んでしまったけれど、まだ僕には考え直す時間がある——いや、時間は残っていなかった。オリヴァーは唇を僕の口まで持ってきた。温かく、なだめるように、そっと触れるけどそれ以上は進めないと言わんばかりのキス。だけど僕は飢えていた。彼がするみたいにキスの度合いを調整する方法がわからないのが情けなかった。でも、情熱によって何もかもを隠すことができた。モネの段丘にいるこの瞬間、僕はこのキスで自分についてのすべてを隠したいと思うと同時に、キスに溺れることでキスを忘れたいとも願っていた。

「気分はよくなったか？」キスのあと、オリヴァーは尋ねた。

僕は答えず、顔を上げてもう一度彼にキスをした。獰猛（どうもう）なほどに激しく。情熱に駆られたからでも、彼のキスに僕の求める熱意が欠けていたからでもない。僕たちのキスが何を意味しているかわからなかったから。期待したほど自分が楽しんだかもわからないので、確かめたかった。要するに、キスという行為そのものを試してみる必要があった。頭にはどうでもいいことばかり思い浮かんだので、フロイトの二流の門下生なら〝実はキスを拒んでいるのではないか？〟と述べただろう。だから僕はさらに激しくキスをして、疑念を押し殺した。

情熱は求めていない、快感も求めていない。証拠も求めていないのかもしれない。言葉はいらなかった。雑談も、おおげさな話も、自転車の話も、本の話も、何もしたくなかった。太陽、草、ときおり吹きつける潮風、胸や首や脇の下から漂う彼のにおい、それだけあればよかった。僕を奪って、服を脱がせて、めちゃめちゃにして。古代ローマの詩人オウィディウスの恋愛詩に登場する人物のように、僕は君の情欲と一体化したい。僕に目隠しをして、手を取って、考えることは要求しないで――僕のためにそうしてくれる？

このあとどうなるのかわからないまま、少しずつ彼に屈服していった。彼もそれを察知していたようだ。オリヴァーはふたりのあいだに距離を置いていた。僕たちが触れ合っているのは顔だけで、体は離れていた。僕が少しでも動いたらこの瞬間の調和が崩れるのはわかっていた。このキスに続きがないと察した僕は口を離す覚悟を決めた。でもキスを終えようとしたとたん、まだ終わってほしくないこと、彼の舌を口に入れてほしいこと、自分の舌を彼の口に入れたいことに気がついた――不和や衝突を繰り返すたびにふたりのあいだに冷たい隙間風が吹いた数週間を過ごしたあと、僕たちは互いの口の中で暴れる濡れた舌だけの存在になっていた。舌だけ、あとは何もなし。ついに僕が彼と正面から向き合うため片方の膝を上げたとき、魔法を解いてしまったことがわかった。

「もう帰るぞ」

「まだいいよ」

「こんなことをしちゃいけない――僕は自分のことをわかってる。これまで僕たちはお行儀よくしてた。いい子だった。僕たちはまだ、恥ずべきことを何もやってない。このままでいよう。僕はいい子でいたいんだ」

「やめてよ。僕は平気だ。誰にもばれないだろう？」

彼が譲歩してくれなかったら恥ずかしくて耐えられないだろうとわかっていながら、僕は必死に手を伸ばして彼の股間に置いた。オリヴァーは動かない。直接ショートパンツの中に手を入れるべきだった。僕の意図を察したオリヴァーは、非常に落ち着いていて、優しくもあり冷たくもあるしぐさで自分の手を僕の手に重ねた。束の間そのままにしたあと指をからませ、僕の手を持ち上げた。

耐えられない沈黙の一瞬。

「気を悪くした？」

「とにかくやめろ」

それはちょうど、数週間前に初めて聞いたときの「あとで！」みたいに聞こえた。冷淡、ぶっきらぼう、無愛想。ついさっき分かち合った喜びや情熱のかけらもない言い方。オリヴァーの手が僕を立ち上がらせた。

そのとき突然、彼は顔をしかめた。

脇腹のすり傷が痛んだらしい。

「消毒しないといけないな」オリヴァーが言う。

「帰り道で薬局に寄ろうよ」

彼は答えなかったけれど、この会話で僕たちは冷静さを取り戻した。現実世界という風が吹きつけてきた――アンチーゼ、修理した自転車、トマトをめぐる口論、急いで上にレモネードのグラスを置いた楽譜。すべて大昔のことに思える。

〝僕の場所〟を出て自転車を漕いでいると、観光客がふたりN市に向かって南下するのが見えた。そろそろ昼だ。

「僕たち、もう二度と話をしないんだよね」果てしない坂道をくだり、髪を風になびかせながら、僕は言った。

「そんなこと言うなよ」

「わかってる。おしゃべりはする。意味のない雑談だよ。でもそれだけにする。不思議だけど僕はそれで平気なんだよ」

「今、韻を踏んだだろ」

彼が機転よく言葉を返してくれるのは気持ちがいい。

二時間後、昼食のとき、僕はそれで平気なわけがないことを実感した。

デザートの前、マファルダが皿を下げ、皆が中世の詩人ヤコポーネ・ダ・トーディについての話に熱中しているとき、足に温かな素足が軽く触れてきた。

段丘にいるとき、彼の足の皮膚が想像したとおりになめらかかを確かめるべきだったのに、すっかり忘れていた。今こそ絶好の機会だ。

もしかすると、僕の足のほうが先に触れに行ったのかもしれない。彼は足を引いた。即座にではないけれど、あまり時間を置かずに。パニックでうろたえたという印象を与えないためあえて少し待ったかのように。僕もそれから数秒待ち、またさりげなく足を動かして彼の足を探した。そのとたん、足の指が彼の足とぶつかった。彼はぴくりとも動かなかった。何キロも向こうへ逃げていったと見せかけて実はほんの五十メートルほど先で霧の中に隠れて相手の船を襲うチャンスを待っていた海賊船のように。僕が足をどうしていいかわからず、オリヴァーのほうに動かすべきか安全な距離を取っておくべきか決めかねていると、彼の足がそっと優しく僕のほうに来て愛撫を始めた。決して止まることなく、なめらかで丸みのある踵で僕の足を固定し、ときどき体重をかけてはすぐに浮かせて、また足の指で撫ではじめる。その動きは、これは楽しむためにやっているんだという気持ちを伝えていた。これは彼なりの、向かい側に座った午餐のお仕事人をバカにする方法だった。でもそれと同時に、これは他人がかかわらない僕たちだけの秘密だけどあまり深読みはするな、と告げてもいた。こっそり行われる執拗な愛撫に僕の背筋はぞくぞくした。そのとき急にめまいがした。いや、泣くもんか、これはパニック発作じゃないし、〝恍惚〟でもない、ショートパンツの中に射精はしない——本当はしたくてたまらなかったけれど。特に、彼が足の裏を僕の足の上に置いたときには。

デザートの皿を見ると、チョコレートケーキの上にラズベリージュースみたいなものが飛び散っている。誰かが赤いソースをどんどんケーキの上にかけているようだ。ところがそのソースは天井から落ちてくるみたいだった。そこでふっと気がついた。違うぞ、これは僕の鼻から垂れているんだ。あわててナプキンを丸め、鼻にあてがい、できるかぎり後ろに頭を反らした。「氷（ギアッチョ）だ、マファルダ、頼む（ペル・ファヴォーレ）、急いで（プレスト）」自分は冷静なんだと示すため小声で言った。「今朝坂道をのぼったからです。よくあることです」客にはそう言って謝った。

人々がダイニングルームをあわただしく出入りする音がする。僕は目を閉じていた。しっかりしろ、と自分に言いつづけた。しっかりしろ。こんなことになった理由がばれたらまずいじゃないか。

「僕のせいか？」昼食後、オリヴァーは僕の部屋に入ってきて尋ねた。

僕はその質問に答えなかった。「みっともなかっただろ？」

オリヴァーはにやりと笑うだけで何も言わない。

「ちょっと座ってよ」

彼はベッドの隅に腰をおろした。狩りの事故で入院した友人の見舞いに来たみたいに。

「大丈夫かい？」

「大丈夫だと思ってた。ま、いずれ立ち直るよ」登場人物がそう言う小説をたくさん読んできた。恋人に逃げられたときのセリフ。面目を保つためのセリフ。ごまかしがばれた人間が威厳や勇気を取り戻そうとするセリフ。

「しばらく眠るといい」まるで思いやりのある看護師だ。

部屋を出るとき、彼は言った。「僕はこの辺にいる」〝電気はつけとく〟と言うような軽い口調。「いい子にしてろよ」

うとうとしかけたとき、ピアーヴェ川の戦いの記念碑を離れて坂道をのぼるあいだに不安や恥の意識のために忘れかけていたピアツェッタでの出来事が、まるで大昔の出来事のように思い出された。第一次世界大戦前にピアツェッタまで自転車で行った幼い少年が九十歳の負傷兵として戻ってきて、自分のものでもないベッドで——僕自身のベッドは最愛の人である若者に譲られたから——寝たきりになっているような感じ。

最愛の人、と僕は言った。最愛の人。世界一愛する人、それが君なんだよ、命より大切な人。いったいどこからそんなおおげさな表現を思いついたんだろう。だけどそのおおげさな表現を思ったとき、僕は思わず涙した。この涙で彼の枕を濡らしたい。彼の水着を水浸しにしたい。彼に舌で涙に触れて悲しみを取り払ってほしい。

どうしてオリヴァーは僕の足に触れてきたんだろう。偶然？　それとも親友がハグするみたいな、仲間意識を示す罪のないしぐさ？　もう寝てはいないけれど友人でいようと決めてときどき一緒に映画に行く元恋人同士がするような、軽い触れ合い？　〝僕は忘れてない、あのことは僕たちだけの秘密だ、そこから何も生まれないとしても〟と伝えるための行動？

家から逃げていきたい。早く秋になってほしい。こんな状況からできるかぎり遠ざかりたい。つまらない〈ル・ダンジング〉や、まともな人間なら親しくなりたがらない若者ばかりの、こんな街を出たい。両親や、いつも僕と競いたがる従兄弟たちや、難解な研究課題を持ってやってきてわが家のバスルームを占領する面白くない夏の客たちとは別れたい。

今度オリヴァーに会ったら、僕はどうなるだろう？　また鼻血を出す、泣く、ショートパンツの中で射精する？　彼がしょっちゅう遊びに行く〈ル・ダンジング〉で別の人と一緒にいるところを見たら、どうしたらいい？　その相手が男でなく女だったとしたら？

彼を避けなければならない。神経外科医がニューロンを分離するみたいに、あらゆるつながりをひとつずつ断っていき、心を悩ませる願いをひとつずつつぶしていこう。裏庭へ行くのをやめ、彼の様子をうかがうのをやめ、夜に街へ行くのをやめよう。依存症患者みたいに、一日でも、一時間でも、一分でも、一秒でもいいから、少しずつ我慢する時間を延ばしていこう。できるはずだ。彼との関係に未来がないのはわかっている。たとえ彼が今夜僕の部屋に来てくれたとしても。あるいは僕が何杯か酒を飲んでオリヴァーの部屋に行き、正直な気持ちを面と向かって告白したとしても――オリヴァー、オリヴァー、僕を奪ってほしいんだ。僕は誰かに奪われたい、それは君でいい。いや、訂正。君であってほしい。僕は君にとって人生最悪のベッドの相手にならないよう努力する。二度と会わない人間にするような手荒なことを、僕にしてほしい。全然ロマンティックに聞こえないのはわかってるけど、僕はあまりに胸が苦しくて荒療治が必要なんだ。だから遠慮せずにやってほしい。

僕たちはする。そのあと僕は自分の部屋に戻って身を清める。それからは、僕のほうがときどきオリヴァーの足に触れて、彼の反応を確かめる。

これが僕の計画だ。彼を忘れる、僕なりのやり方。皆が寝静まるまで待とう。彼の部屋の明かりがつくか見守ろう。バルコニーから彼の部屋に入ろう。

窓をコツコツと叩こう。いや、ノックはしなくていい。きっとオリヴァーは裸で寝ている。でも、彼がひとりじゃなかったら？　部屋に入る前にバルコニーで耳を澄ませよう。もしも誰かが一緒にいて、僕が逃げ遅れたなら、「おっと、部屋を間違った」と言おう。そう、おっと間違った、だ。面目を保つための軽い冗談。彼がひとりだったら？　部屋に入っていこう。パジャマ姿で。いや、パジャマのズボンだけをはいて。僕だよ、と言う。なんの用だ？　眠れないんだ。何か飲み物を持ってこようか？　欲しいのは飲み物じゃない。君の部屋に来る勇気を奮い起こすために、もう充分飲んできた。欲しいのは君。いやがらないで、何も言わないで、説得しないで、助けを求めて叫んだりしないで。僕は君よりずっと年下だし、家じゅうに知らせたり僕のお母さんに話すと脅したりしたら、恥をかくのは君だよ。そこで僕はパジャマのズボンを脱いで彼のベッドにもぐり込む。彼が触れてくれなかったら、僕のほうから彼に触れよう。彼が反応しなかったら、僕は思いきって口を今まで行ったことのない場所に移動させよう。

面白い表現を思いついた。〝宇宙的オーラル〟だってふたりともダビデの星を持っているんだから。ふたりはからみ合い、太古からの運命によって、割礼したユダヤ人ふたりがひとつになる。でもこの計画がうまくいかなかったら、彼に襲いかかろう。彼は抵抗するだろう。

ふたりは取っ組み合う。組み敷かれた僕は女みたいに脚を彼の腰に巻きつけて誘おう。彼が自転車でこけたときすり傷ができた脇腹を攻撃してもいい。それでもうまくいかなかったら、とてつもなく恥ずかしいことをしよう。恥ずべきは僕じゃなくて君だ、と言おう。僕は正直に好意を告白したのにと言い、親交を求める少年の願いを拒絶したことを彼が思い出せるよう、その証拠をシーツに残していこう。君は拒絶することで僕に死ぬほど恥をかかせたんだ、と言ってやろう。

どうしよう、彼が僕を嫌いだったとしたら？　〝暗闇では猫は皆灰色〟、暗けりゃ相手が誰だっていいじゃないか？　彼がそれを嫌いだったとしたら？　一応は試してもらおう。彼が気分を害して心底怒ったとしたら？　「出ていけ、この変態、気持ち悪いビョーキ野郎」いや、あのキスは彼がそっち方面も受け入れられるという証拠だ。それに、足で触れてもきたじゃないか。〝愛された者に愛させずにはいられない愛（アモール・チャ・ヌーロ・アマート・アマール・ペルドーナ）〟

あの足。この前僕があんな反応を示したのは、オリヴァーがキスしたときではなく、彼が親指で肩を押さえたときだった。

いや、ほかにもある。夜中に彼が部屋に入ってきて、僕の上に乗り、僕は眠っているふりをしていたときだ。これも訂正。あのとき僕は息をひそめ、行かないで、このまま続けていいんだよ、僕が気づいていることを指摘しないで、と無言で告げていたんだ。

その日の夕方に目覚めたとき、ヨーグルトが欲しくてたまらなかった。子どもに返った気分。キッチンに行くと、マファルダは数時間前に洗い上げた食器を片づけていた。彼女も昼寝をして、起きたばかりのようだ。果物ボウルの中に大きな桃を見つけた僕は、皮をむきはじめた。

「あたしがやります（ファッチョ・イオ）」マファルダは僕の手からナイフを奪おうとした。

「いい（ノ）、いい（ノ）、自分でやるよ（ファッチョ・ダ・メ）」僕は彼女の感情を害さないよう気をつけて答えた。

桃をスライスして、細かく細かく切り刻みたかった。原子になるまで。それが僕なりの精神療法だ。そのあとバナナを取ってゆっくり皮をむき、薄くスライスしたあと四角く切った。次はアプリコット。洋梨。ナツメヤシ。冷蔵庫からヨーグルトの大きな容器を出してきて、中身と刻んだ果物をミキサーに放り込んだ。彩りのため、庭で摘んだ新鮮なイチゴも入れた。ミキサーのゴーッという音は大好きだ。

マファルダはこのデザートになじみがない。それでも邪魔することなくキッチンを自由に使わせてくれた。傷ついた人間をなだめようとしているみたいだった。マファルダは察していたんだ。あのとき僕たちの足を見たに違いない。今、マファルダの視線は僕のあらゆる動きを追っている。僕が手首を切ろうとしたらすぐナイフを取り上げられるように。

できたフルーツ入りヨーグルトを大きなグラスに注ぐと、ダーツみたいにストローを投げ入れ、パティオに向かった。途中でリビングルームに寄って、モネの大きな画集を取る。それを梯子の横の小さなスツールに置いた。彼に画集を見せるんじゃなく、さりげなく置いておくつもりだった。オリヴァーは気づいてくれるだろう。

パティオでは母が、ブリッジをするためS市からやってきた妹ふたりとお茶を飲んでいた。四人目のプレイヤーももうすぐ到着するという。

裏の車庫あたりから、叔母たちの運転手がマンフレディとサッカー選手の話をするのが聞こえてきた。

僕はパティオのいちばん奥までグラスを持っていって寝椅子を取り出し、長い手すりのほうを向いて、太陽が顔を出している最後の三十分を楽しもうとした。日没前、夕焼けが広がりはじめるのを眺めるのは好きだ。夕方のひと泳ぎに出かける人もいるけれど、読書にも絶好の時間だ。

気持ちの落ち着く感じが好きだった。昔の人は正しかったのかもしれない——ときどき血を流すのは、そう悪いことでもない。この気分が続いたなら、あとでプレリュードやフーガを一、二曲演奏してみてもいい。ブラームスによる幻想曲でも。僕は足を横の椅子に投げ出してヨーグルトを飲んだ。

やがて、自分が落ち着きを装っているだけだと気がついた。

オリヴァーに、戻ってきて、リラックスしている僕を見てほしかった。僕が今夜何をするつもりか、彼はまったく感づいていないはずだ。

「オリヴァーはいる？」僕は母のほうを向いて尋ねた。

「外出したんじゃなかった？」

僕は答えなかった。何が、〝僕はこの辺にいる〟だ。

しばらくすると、マファルダが空のグラスを下げに来た。「これ、もう一杯いります？（ヴォイ・ウン・アルトロ・ディ・クエスティ）」名前があるとしてもイタリア語でない外国語の名前であって自分にはなんの関心もない奇妙な飲み物のことを、彼女は言っているようだった。

「いいよ、出かけるから」

「こんな時間にどこへいらっしゃるんです？」マファルダは夕食の時間が近いことを示唆した。「お昼にあんなに具合が悪かったのに。心配ですね（ミ・プレオクポ）」

「大丈夫だよ」

「行かないほうがいいと思いますけど」

「心配しないで」

「シニョーラ」マファルダは母を味方につけようと声を張りあげた。

母も外出には反対した。

「だったら泳ぎに行くよ」

今夜までの残り時間を数えないようにするため、気を紛らせてくれることならなんでもよかった。

海岸までの階段をおりると、友達のグループに出くわした。砂浜でバレーボールをしている。君もやる？　いや、やめとく、体調が悪いんだ。僕は彼らを残して大きな岩のほうまでのんびり歩いていき、少しのあいだ眺めたあと視線を海に移した。海はまさにモネの絵みたいに、水面に反射した日光をまっすぐ僕に向けているようだ。僕はぬるい海水に足を浸けた。不幸だったわけじゃない。人と一緒にいたい気持ちはあったけど、ひとりでもつらくはなかった。

誰かに連れられてここまで来ていたらしいヴィミニが、僕の体の具合が悪いと聞いた、と言ってきた。「あたしたち病人は――」

「オリヴァーがどこか知ってる？」僕はさえぎって尋ねた。

「知らない。アンチーゼと一緒に釣りに行ったんだと思ってた」

「アンチーゼと？　あいつは頭がおかしいんだぞ！　この前あいつと釣りに行ったとき、オリヴァーはあいつのせいで死にかけた」

返事はない。ヴィミニは夕日から顔をそむけていた。

「オリヴァーのこと、好きなんでしょ？」

「ああ」

「オリヴァーもあんたが好きよ――たぶん、あんたがあの人を好きな以上に」

それは君の意見？

ううん、オリヴァーの。

そんなのいつ聞いたんだ？

ちょっと前。

僕たちが口を利かなくなった頃だろうか。あのときは母すら僕を脇に引っ張って、〝イル・カイボーイ〟にもっと礼儀正しくしなさいと注意した——やあ、という簡単な挨拶もなく部屋を出入りするのは失礼だ、と。

「あたしもオリヴァーの言うとおりだと思う」ヴィミニは言った。

僕は肩をすくめた。でも、こんなに強い矛盾にぶつかったのは生まれて初めてだった。怒りのようなものがあふれそうになり、胸が苦しい。僕は気持ちを落ち着かせて目の前の夕日に思いを馳せようとした。嘘発見器にかけられようとしている人間が、動揺をごまかすため穏やかで静かな光景を思い浮かべるみたいに。だけど、ほかのことを考えようとしていたのは、今夜のことについて何も思いたくなかったからでもある。オリヴァーは拒絶するかもしれない。うちを出ようとするかもしれないし、理由を尋ねられたら僕のことを話すかもしれない。それ以上のことは考えられない。

そのとき恐ろしい思いが頭に浮かんだ。今オリヴァーが、知り合った街の住民や彼を夕食に招きたがっている人たちに、僕たちが自転車で街まで行ったときに起こったことを話したり、ほのめかしたりしていたとしたら？　僕が彼の立場だったとしたら、そんなことを秘密にしておけるか？　できそうにない。

でもオリヴァーは、僕が求めているものはごく自然なことで、絶望的な苦しみや恥を感じる必要などない、という思いを態度で示していたじゃないか。ごく単純なことだ、と。たとえばタバコを買ったり、マリファナをまわしたり、深夜にピアツェッタの裏で女の子に会って値段を交渉して数分間二階の部屋で過ごしたりするような。

海水浴から戻ったあとも、オリヴァーの姿はなかった。家族に尋ねても、まだ帰っていないという。彼の自転車は、昼前に僕たちが置いたのと同じ場所にある。アンチーゼは一時間前に帰ってきていた。僕は部屋まで行き、バルコニーからオリヴァーの部屋のフランス窓を調べた。閉まっている。ガラスの向こうに見えるのは、彼が昼食のときにはいていたショートパンツだけだ。

記憶をたどってみる。その午後、僕の部屋にやってきてこの辺にいると約束したとき、彼は水着姿だった。オリヴァーはボートを漕ぎ出したのかもしれないと思って、バルコニーから海を見た。でもボートは波止場につないであった。

下におりると、父はフランスから来た新聞記者とカクテルを飲んでいた。どうして何かして遊ばないんだ？　父は尋ねた。「気が乗らない（ノン・ミ・ヴァ）」「どうして気が乗らないんだ？（エ・ペルケ・ノン・ティ・ヴァ）」僕の口調が気に入らないらしく、父はさらに尋ねた。「いやだからいやなんだ！（ペルケ・ノン・ミ・ヴァ）」僕は言い返した。

今朝ついに大きな障壁を乗り越えた僕には、心にあることを率直に表現できるような気がしていた。

おまえもちょっとワインを飲んだほうがいいかもしれないな、と父は言った。

やがてマファルダが夕食の時間だと告げた。

「早すぎない？」僕は訊いた。

「もう八時を過ぎてますよ」

母は、車で来ていてそろそろ帰る友人を見送るところだった。

今にも立ち上がってダイニングルームに案内されていくかのように肘掛け椅子に浅く腰かけていたフランス人記者が、動こうとせずまだ座っているのを見て、僕はほっとした。彼は空のグラスを両手で抱えている。もうすぐ始まるオペラシーズンをどう思うかと質問していた父も、彼が答え終えるまでじっと座っていなくてはならなかった。

そのため夕食は五分から十分先延ばしになった。オリヴァーが夕食に遅れたら、僕たちと一緒に食べられない。どこか別の場所で食べるということだ。でも今夜、彼にはよそでなくうちで食事をしてほしかった。

「そろそろテーブルにつきましょ〔ノイ・チ・メッティアーモ・ア・タヴォラ〕」母は言い、隣に座るよう僕に言った。

オリヴァーの席はあいている。夕食に来ないのなら連絡くらいしてくれたらいいのに、と母はぶつぶつ言った。

父は、またボートの調子が悪いのかもしれないと言った。あのボートはもう解体するべきだ。

だけどボートは下にあるよ、と僕。

「だったら翻訳者につかまってるのね。今夜彼が翻訳者に会う予定だって、誰か言ってなかった？」母が言う。

不安を見せるな。気にしていることを悟られるな。落ち着け。また鼻血は出したくない。でも、あの話し合いの前とあと、自転車を押してピアツェッタを歩いたとき至福に感じられた瞬間は、まるで別の時代のことに思われた。この僕とそんなに違わないけれど何光年も離れた異次元に存在する、別の僕に起こったことみたいに。もしも僕が足を床に置いて、彼がテーブルの脚のすぐ向こうにいると思い込んだなら、遮蔽装置（しゃへい）（SF作品に登場する、物体を不可視にする架空の装置）をつけた宇宙船や生きた人に呼び出された幽霊みたいに彼の足が時空の割れ目から突然現れて「僕を呼んだだろう。足を伸ばしてごらん、僕が見つかるから」と言うだろうか？

ほどなく、帰る直前に気を変えて食事をしていくことにした母の友人が、僕が昼食のとき座っていた席についた。オリヴァー用の皿はすぐに下げられた。

皿を下げるのは、少しの躊躇も後悔もなく即座に行われた。つかなくなった電球を外したり、かつてペットだった羊をつぶして内臓を抜いたり、誰かが死んだベッドからシーツや毛布を取り除いたりするみたいに。ほら、目障りだからさっさとどけろ、という感じ。彼の銀器、ランチョンマット、ナプキン、彼の存在が消えるのを、僕は見守った。一カ月もしないうちに起こることの予行演習。僕はマファルダを見なかった。マファルダはこんなふうに食事の直前で予定が変わるのを嫌っている。彼女はオリヴァーに対して、母に対して、僕たちの世界に対して、やれやれと首を横に振っていた。たぶん僕に対しても。見なくても、マファルダが僕の顔を眺めて目を合わせようとしているのはわかっていた。だから、大好物のデザートであるセミフレッドから目を上げないようにしていた。マファルダは僕の好物だと知っているから目の前にセミフレッドを置いてくれたんだ。僕の視線を追う顔に非難の表情を浮かべながらも、マファルダは僕に同情していたし、僕がその同情に気づいていることを彼女もわかっていた。

その夜遅く、パティオでピアノを弾いているとき、門の前でスクーターが止まる音が聞こえた気がして心臓が高鳴った。きっと誰かが彼を送ってきたんだ。いや、思い違いかもしれない。足音が聞こえないかと耳を澄ませた。砂利を踏む音、バルコニーへの階段をのぼるときのエスパドリーユのペタペタというくぐもった音を待つ。でも結局、誰も家に入ってこなかった。

それからずっとあと、ベッドに入っていると、マツの並木道の向こうの大通りで止まった車から音楽が流れてきた。ドアが開く。ドアが閉じる。車が走り出す。音楽が消えていく。今聞こえるのは、波の音と、誰かがゆっくり砂利道を歩く足音だけ。その誰かは深く考え込んでいるのかもしれないし、ちょっと酔っているのかもしれない。

どうしよう、自分の部屋に行く途中でオリヴァーが僕の部屋に入ってきたら？　〝寝る前にちょっと君の様子を見ようと思ってさ。具合はどう？〟みたいに。

返事はしない。

〝怒ってるのか？〟

それでも返事はしない。

〝ほんとに怒ってるんだな？〟

ううん、ちっとも。ただ、君はこの辺にいるって言ってたから。

〝やっぱり怒ってるんだ〟

どうしていてくれなかったの？

彼は僕を見て、大人に話しかけるように言うだろう。〝理由はわかるはずだ〟

僕を嫌いだからだよね。

〝違う〟

僕のこと、最初から嫌いだったんだよね。

〝そうじゃない。僕は君にふさわしくないからだ〟

沈黙。

〝僕を信じろ。とにかく信じろ〟

僕はシーツの端をめくり上げる。

オリヴァーは首を横に振る。

ちょっとだけでも？

彼はそれでも首を横に振る。〝僕は自分のことをわかってる〟と彼は言う。

彼がまったく同じことを言うのを聞いたことがある。それは、〝ぜひそうしたいけど、いったん始めたら自分を抑えられなくなるから始めないほうがいい〟という意味だ。自分を知っているから相手に手を触れられないと言えるなんて、腹が立つほど冷静だ。

僕と何もする気がないのなら——せめて本でも読んでくれない？

僕はそれで満足するだろう。彼に本を読んでほしかった。チェーホフやゴーゴリやキャサリン・マンスフィールドなどを。服を脱いで、オリヴァー、そしてベッドに入ってきて。君の素肌を感じさせて。髪に触れさせて。足を僕の足に乗せて。たとえ何もしないとしても、君を抱き締めさせて。夜の闇が広がったら、不安な人たちの物語を読んで。結局孤独になってしまうけれど孤独を嫌う人々の物語を。自分だけでいることが耐えられない人たちの……。

裏切り者。オリヴァーの寝室のドアが開いてまた閉じるのが聞こえるのを待ちながら、僕は思った。裏切り者。すぐに忘れてしまうんだ。よく言うよ、〝僕はこの辺にいる〟なんて。嘘つき。

僕自身も裏切り者であることは、まるで気づいていなかった。近くの海岸で、ひとりの女の子が今夜いつものように僕を待っていて、僕もオリヴァーと同じく彼女の存在を思い出しもしなかったことは。

オリヴァーが踊り場まで来たのが聞こえた。僕はわざと自分の部屋のドアを少し開けていた。玄関からの光がちょうど僕の体を照らすように。顔は壁に向けていた。どうするかは彼しだいだ。するとオリヴァーは僕の部屋の前を通り過ぎた。立ち止まらなかった。ためらいもしなかった。何もなかった。

彼の部屋のドアが閉じた。

数分後、彼はまたドアを開けた。僕の心臓は飛び跳ねた。僕は汗びっしょりになっていて、枕も湿っていた。足音がする。そのあとバスルームのドアが閉まった。彼がシャワーを浴びたら、それはセックスをしてきたという意味だ。浴槽に入る音に続いてシャワーの音が聞こえてきた。裏切り者。裏切り者。

オリヴァーがシャワーから出るのを待った。でも彼はなかなか出てこない。

僕がついに意を決して廊下を見ようと振り返ったとき、部屋は真っ暗になっていた。ドアが閉じている——誰かが部屋にいるの？　彼の使うロジェ・ガレのシャンプーの香りがする。すぐ近くなので、腕を上げたら彼の顔に触れられそうだ。オリヴァーが僕の部屋にいる。暗闇の中でじっと立っている。僕を起こすべきか、暗い中でベッドにいる僕を見ているだけにするか考えているみたいに。ああ、今夜は最高だ、と僕は思った。僕は何も言わず、自分が何度も着たバスローブの輪郭を見分けようと目を凝らした。オリヴァーが今にもバスローブを脱ごうと立っているとき、テリークロスの長いベルトは僕のすぐ横に垂れ下がって頬を軽く撫でている。彼は裸足で来たのか？　部屋の鍵はかけただろうか？　僕と同じくらい硬くなっているか？　彼のコックはバスローブの中で突っ張っていて、だからベルトが僕の顔を撫でているのか？　彼はわざと僕の顔をこんなふうにくすぐっているのか？　やめないで、やめないで、お願いだからやめないで。すると前触れもなくドアがまた開いた。どうして今ドアを開けるの？

ただの隙間風だった。隙間風がドアを開け閉めしていたんだ。じらすように顔を愛撫するベルトだと思ったものは、僕が息を吸うたびに顔をこする蚊よけネットだった。部屋の外からバスルームの水音が聞こえてくる。彼が風呂へ入りに行ってから、もう何時間も経過したような気がする。いや、あれはシャワーじゃなくてトイレの音だった。トイレは調子が悪く、あふれそうになるたびにどっと水が流れ、また勝手に水がたまっては流れるというのを、ひと晩じゅう繰り返している。僕はバルコニーに出てみた。かすかに海の色が見えた。そろそろ夜が明ける。

僕はその一時間後に起き出した。

朝食ではいつものとおり、彼の存在に気づいてもいないふりをした。最初に叫んだのは母だった。「まあ、ひどく顔色が悪くありませんこと！」(マ・グァルディ・ウン・ポ・クァンテ・パリード) 発言が率直なわりに、母はオリヴァーに話しかけるとき改まった言葉遣いをしていた。父は顔を上げたが、新聞を読みつづけながら言った。「ゆうべ君が大儲けしたことを祈ってるよ。でないと君のお父上に申し訳ない」オリヴァーは半熟卵の殻をティースプーンの背で叩いて割っていた。まだコツをつかんでいない。「僕は絶対に負けませんから」父が新聞に話しかけている一方、オリヴァーは卵に話しかけていた。「お父上は認めておられるのか？」「僕は経済的に自立してるんです。高校時代から自活してました。父にとやかく言う権利はありません」僕は彼がうらやましかった。

「ゆうべかなり飲んだのかい？」

「はい――まあ、それ以外にもいろいろと」このときオリヴァーはパンにバターを塗っていた。

「詳しく聞きたくはないね」父が言う。

「僕の父もでしょう。正直に言うと、僕自身思い出したくありません」

彼は僕に聞かせるために言っているのか？〝ほら、僕たちのあいだには何もないんだ、君の愚鈍な頭からそんな思いは一刻も早く追い出したほうが、僕たちみんなのためになる〟ということ？

あるいは、すべてはひどいお芝居なのか？

自分自身の欠点を、縁を切れないから我慢している遠い親戚のように話す人に、僕は感心する。〝まあ、それ以外にもいろいろと〟や〝僕自身思い出したくありません〟は――〝僕は自分のことをわかってる〟と同じく――僕にはわからない経験を示唆している。いつの日か僕もそう言えるようになりたい――明るい朝には夜にしたことを思い出したくない、と。シャワーを浴びなければならない〝それ以外のこと〟とはなんだろう。君は体をしゃきっとさせるためにシャワーを浴びたの？　それとも、忘れるため、昨夜の悪行や堕落の痕跡を消し去るため？　よくやるよ、頭を横に振りながら自分の欠点を告白し、マファルダの節くれ立った指で搾られたばかりのアプリコットジュースですべての悪行を洗い流して、そのあと舌鼓を打つなんて！

「儲けは貯金してるのかな？」

「貯金して投資してます」

「私も君の年齢のとき、君ほどの才覚があればなあ。そうしたら数々の過ちも犯さずにすんだのに」

「せんせ(プロ)が数々の過ちを？　率直に言って、たったひとつの過ちを犯されたところも想像できませんけど」

「それは私を生身の人間でなく、大学教授という人間像として見ているからだ。しかも老いた人間像だ。しかし、実際あったのだよ。過ちはね。どんな人間も逸脱(トラヴィアメント)の時期を経験する――今までと異なる方向、別の経路をたどる時期だ。ダンテにもあった。もとの道に戻ってくる者もいれば、戻ったふりをする者、決して戻らない者、そもそも怖がって別の道に入ろうとしない者、方向を変えるのを恐れるあまり一生間違った道を歩みつづける者もいる」

母が歌うようにため息をついた。これは即席の説教になりそうだ、と同席した人々に警告を発している。

オリヴァーはまた卵を割っていた。目の下には大きなくまができていた。そして顔色は悪い。

「逸脱(トラヴィアメント)した先が正しい道だった、ということもあるんじゃないですか。少なくともほかの道と同じ程度には」

タバコを吸っていた父は残念そうにうなずいた。自分はこのような問題には詳しくなく、喜んで詳しい者に譲歩するつもりだ、と示す表情。「君の年齢のとき、私は何も知らなかった。しかし現在では、みんながすべてを知っていて、実によく話す」

「今のオリヴァーに必要なのは、実によく眠ることかもしれないわよ」

「約束します、シニョーラP、今夜はポーカーをしませんし、酒も飲みません。清潔な服を着て、原稿に取り組んで、夕食のあとはみんなでテレビを見て、トランプでカナスタをしましょう。リトルイタリーの老人たちみたいに。

だけどその前に、彼はにやりとして付け加えた。「ちょっとミラーニに会いに行かなくちゃなりません。でも今夜は、約束します、リビエラ一お行儀のいい子になります」

オリヴァーは約束を守った。短時間街へ行ったあと、彼は一日じゅう〝緑〟のオリヴァーだった。まるでヴィミニと同年代の子どもみたいに。ヴィミニみたいにあけっぴろげで、ヴイミニのような皮肉っぽい物言いはなし。しかも、地元の花屋から色とりどりの花束をうちに届けさせもした。「あなた、頭がおかしくなったのね」母は言った。昼食後、彼は昼寝をすると言った――滞在期間中、昼寝をしたのはあとにも先にもこの日だけだ。そして確かに昼寝をした。午後五時頃に起きたとき、彼は十歳若返ったみたいに元気いっぱいだった。血色はよく、目つきは穏やか、不健康そうなところはかけらもない。僕と同い年と言っても通っただろう。

約束どおり、その夜僕たちは――ほかに客はいなかった――座ってテレビで恋愛ドラマを見た。最高だったのは、ふらりとやってきたヴィミニや、リビングルームのドアのそばに専用の席を持つマファルダを含めて、全員がひとつひとつの場面について感想を言い合い、結末を予想し、物語のバカらしさや俳優の演技や登場人物について怒ったり笑ったりしたことだ。彼女の立場だったらどうした？　僕なら彼と別れたね。あなたはどう、マファルダ？あたしに言わせれば、女の子は最初に男が誘ってきたときにうんと言って、あんなに長いことじらさなきゃよかったんですよ。私も同感！　あれは彼女の自業自得よ。ほんと、まさにそのとおり。

一度だけ邪魔が入った。アメリカからの電話だった。オリヴァーは通話を短く終えたがった。つっけんどんにも聞こえるくらいだ。いつもの「あとで！」を発して電話を切るのが聞こえたかと思うと、彼は戻ってきて、見逃した部分について尋ねた。ぶっきらぼうに電話を切ったことについては何も言わず、僕たちも質問しなかった。全員がプロットを説明しようとした。父もそれに加わったけれど、父の説明はマファルダのよりも不正確だった。皆がいっせいにしゃべってうるさかったので、結局オリヴァーの短い通話のあいだよりも長い部分を見逃すことになってしまい、大笑いした。物語がクライマックスに差しかかって見入っていたとき、アンチーゼがリビングルームに入ってきて、びしょ濡れのTシャツを広げ、今夜の獲物を披露した。巨大なスズキだった。明日の昼食と夕食に使えそうだし、客が何人来てもまかなえそうだ。父はイタリア特産の蒸留酒グラッパを全員に注いでまわり、ヴィミニにもひと口だけ飲ませた。

その夜はみんな早く就寝した。家じゅう疲れきっていた。僕もぐっすり眠ったらしく、起きたとき朝食はもうテーブルから下げられていた。

オリヴァーは左側に辞書を置き、胸の下に黄色い紙を広げて、芝生に寝そべっていた。僕は、彼がげっそりしているか、昨日と同じく不機嫌だと予想していた。けれど彼は早くも熱心に仕事に取り組んでいた。僕はばつが悪くて沈黙を破れなかった。いつものとおり彼に気づかないふりをしたかったけれど、今さらそれは難しい。二日前、僕のつまらない芝居を見抜いているとオリヴァーに指摘されていたから。

また口を利かなくなったとき、お互いに知らんふりをしているとわかっていることで、ふたりの関係は変わるだろうか？

たぶん変わらない。むしろ溝が深まるかもしれない。お互いにごまかしだと告白し合ったあと、また知らんふりができるほど自分たちが愚かだとは信じたくないから。それでも僕は黙っていられなかった。

「おとといの夜、君を待ってたのに」連絡もなく遅く帰宅した父を咎めるときの母みたいな口調。自分がこんなにすねた言い方ができるとは知らなかった。

「君はどうして街に行かなかったんだ？」

「さあ」

「楽しかったよ。君も来てたら楽しめただろうに。よく寝たのか？」

「まあね。いや、そんなに眠れなかった。でも大丈夫」

オリヴァーはさっき読んでいたページに目を戻し、口を動かして読みはじめた。おそらくは原稿に集中していると知らせるために。

「今朝は街に行くの？」

僕はわざと邪魔をしている。自分がいやになった。

「たぶんあとで」

そのほのめかしを察するべきだったし、察してはいた。でも僕の心の一部は、人がそんなに短期間で変われると思いたくなかった。

「僕も行くつもり」

「そうか」

「注文してた本がやっと入ったんだ。今朝本屋へ取りに行く」

「なんて本だ？」

「『アルマンス』」

「よかったら、僕が取ってきてやるよ」

僕はオリヴァーを見やった。どんなにそれとなく頼んだりほのめかしたりしても、おもちゃ屋へ連れていってくれるという約束を両親に思い出させることができない、そんな子どもの気分。遠まわしに言うのはもうやめよう。

「一緒に行けたらと思ってたんだけど」

「この前みたいにってこと？」僕が言えないことを言いやすくするかのように、彼は付け加えた。でもその日のことを忘れたふりをされたら、余計に言いにくくなる。

「僕たち、二度とあんなことはしないと思う」僕は気高く威厳を持って敗北を認めるような口調を心がけた。「でも、そう、この前みたいにだ」曖昧な言い方なら僕にだってできる。

ひどくシャイな僕がそんなことを言う勇気を奮い起こせた原因は、ひとつしか考えられない。ふた晩、いや三晩続けて見ている夢だ。その夢では、オリヴァーは僕に懇願していた。「君がやめたら僕は死ぬ」どんな状況かは覚えているはずだけど、恥ずかしくて自分に対しても認めたくなかった。夢をベールで覆い隠して、こっそり急いでのぞき見ることしかできなかった。

「あの日のことは別世界の話だから。寝た子を起こさなくても――」

オリヴァーはじっと聞いていた。

「そういう賢者の知恵を引用できるのが、君のいちばんの長所だな」彼は原稿から目を上げてまっすぐ顔を見つめてきたので、僕はひどくもじもじした。「そんなに僕が好きなのか、エリオ？」

「君を好きかって？」僕は信じられないという口調で言おうとした。そんなことを考えるなんてどうかしている、と言うみたいに。でもそこで考え直し、口調を和らげて、意味ありげだけれど曖昧な、実際には「もちろん」の意味で「かもね」と答えようとした。ところが、意に反して本音が口をついた。「君を好きか？　崇拝してるよ」ああ、言ってしまった。その言葉でオリヴァーを驚かせたかった。直後にゆったりとした愛撫が続く平手打ちのように、その言葉で彼を攻撃したかった。〝崇拝〟の話をしているとき、〝好き〟にはなんの意味もない。その言葉によって、実際愛している当人ではなく親友が相手を脇に引っ張って〝なあ、君は知っといたほうがいいと思うけど、誰々が君を崇拝してるよ〟と言うみたいに、説得力あるパンチで彼をノックアウトしたかった。〝崇拝〟はこの状況で言えるどんな言葉よりも雄弁に気持ちを語っているように感じられる。でも〝好き〟ほど直接的ではなく、思いつける最も無難で曖昧な表現でもあった。真実を口にしながら、行きすぎた場合はすぐ退却できる逃げ道を用意していた自分に感心していた。

「一緒に街まで行こう」オリヴァーは言った。「だけど――話はしない」

「話はしない、ひとことも言わない」

「三十分後に自転車で出発ってことでいいか？」

ああ、オリヴァー。僕は手早く何か食べるためキッチンに向かいながらつぶやいた。君のためならなんでもするよ。君と一緒に坂道をのぼり、街まで競争し、段丘に行ったとき海は指ささず、君が翻訳者と会っているあいだピアツェッタのバーで待ち、ピアーヴェ川で死んだ無名兵士の記念碑に触れ、ひとことも発さず、本屋まで案内し、店の前に自転車を置いて一緒に入って一緒に出る。約束する、シェリーやモネについては何も言わないし、二日前の夜に君が僕の心に新たな年輪を刻んだことも絶対に口にしない。

単にこの外出を楽しむんだ、と自分に言いつづけた。僕たちは自転車を走らせる若者ふたりにすぎない。これからも一緒に街まで行き、戻り、泳ぎ、テニスをし、食べ、飲み、深夜にあのピアツェッタで――二日前の朝に非常に多くを言いながら実質的には何も語り合わなかったあの場所で――出くわすだろう。彼は女の子を連れ、僕も女の子を連れ、僕たちはおおいに楽しむだろう。僕が状況を乱さないかぎり、毎日一緒に自転車で街まで行って戻ってくるだろう。彼が僕に許してくれるのがそれだけだとしたら、僕は受け入れる――それ以下でもいい、とにかく一緒にいられるのであれば。

その朝、僕たちは自転車で街まで行った。オリヴァーの翻訳者との話はすぐにすんだ。バーでコーヒーを飲んだあとも本屋はまだ開いていない時間だったので、そのままピアツェッタにいた。僕は戦争記念碑を見、オリヴァーは波立つ入り江を眺め、ふたりともシェリーの幽霊については何も言わなかった。シェリーは街を歩く僕たちについてまわり、ハムレットの父親よりも大きな声で呼びかけていた気がしたけれど。オリヴァーはうっかり、こんな海でよく溺れられるものだと言った。彼がしまったと思っているのを見て僕はにっこり笑い、ふたりは共犯者のように微笑み合った。会話の最中に、相手の裸体を探らないよう自分たちのあいだに置いた灼熱の赤土の砂漠を越えて唇を求め合い、情熱的なキスをしてしまった恋人同士みたいに。

「何も話さないことになってたんじゃ――」僕は言いかけた。

「話はしない。わかってる」

僕たちは本屋に戻り、外に自転車を置いて入っていった。

特別な感じがする。自分専用の礼拝堂や、秘密の基地や、あの段丘みたいにひとりになるため、別の人についての夢を見るために訪れる場所を、人に案内するみたいな感じ。ここは、君が現れる前に僕が君のことを夢に見た場所なんだよ。

本屋にいるときのオリヴァーの態度は好感が持てた。彼は好奇心を示しながらも完全に没頭はせず、関心を抱きながらも無頓着で、〝見てみろ、僕が見つけたものを〟という熱心さを見せたと思えば、〝どんな本屋にだって何々が置いてあって当然だろ！〟みたいに軽く流そうとする。

本屋はスタンダールの『アルマンス』を二冊取り寄せていた。一冊はペーパーバック、もう一冊は高価なハードカバー。僕は衝動的に両方買うと言い、父のつけにしてもらった。それから店主の助手にペンを貸してもらい、ハードカバー版を開くと、〝常と無のあいだ（ツウィシェン・インマー・ウント・ニー）、沈黙して君に捧ぐ、八〇年代半ば、イタリアのどこかにて〟と書き入れた。

将来、彼がまだ本を持っていたら、これを見て胸を痛めてほしい。それよりも、ある日誰かが彼の蔵書を見てこの『アルマンス』を開き、八〇年代半ばにイタリアのどこかで沈黙していたのは誰か、と彼に尋ねてほしい。そして彼に、胸を突き刺すような悲しみ、激しい後悔、さらには僕への同情を感じてほしい。彼が与えてくれるのが同情だけなら、同情ゆえに僕を抱き締めてくれるのなら、僕はその朝本屋で同情してほしかったんだ。彼に、今後何年ものあいだ潜在意識下でぼんやりと同情と後悔を覚えつづけていて、モネの段丘での朝のことを思い出してほしかった。僕が彼に一度目でなく二度目のキスをして、どうしても彼の唾が欲しいから自分の唾を彼の口に注ぎ込んだときのことを。

オリヴァーは、これが自分のもらった今年最大の贈り物だといったようなことを言った。僕は肩をすくめて、そのお義理のような感謝の言葉を受け流した。彼にもう一度同じことを言ってほしかったからかもしれない。

「じゃあよかった。今朝付き合ってくれたお礼をしたかっただけなんだ」オリヴァーが口をはさむ前に、僕はさらに言った。「わかってる。話はしない。もう絶対に」

坂道をおりる途中で〝僕の場所〟を過ぎるとき、僕は気づかないふりをして横を向いた。もしもそのときオリヴァーを見たなら、僕たちはきっと、この前シェリーの死を話題にした直前と同じような笑みを交わしただろう。それによって僕たちは接近したかもしれないけれど、結局は当面距離を置くべきであることを思い出しただろう。〝話〟を避けるため自分たちが目をそらしているとわかっていることにこそ、互いに微笑む理由が見いだせたかもしれない。僕がモネの段丘について口にするのを避けていることを彼は知っているし、彼が知っていることを僕も知っているし、それを僕が知っていることを彼も知っているから。互いを避けていることで僕たちは離れておこうとしているけれど、まさにそれこそが、ふたりとも消し去りたくない親密さを示す完璧に同調した瞬間だった。この景色も画集にあるよ、と僕は言いかけて寸前で思いとどまった。話はしないんだった。

だけど、明日また一緒に自転車で出かけて彼が質問してきたなら、僕はすべてを打ち明けるだろう。

オリヴァーに何もかも白状するだろう――毎日一緒に自転車に乗ってお気に入りのピアツェッタまで行きながら決して話はしないと決めてはいても、毎晩、オリヴァーがベッドにいるとわかっているとき、僕はガラスの振動する音と古い蝶番（ちょうつがい）がきしむ音が彼に聞こえるのを期待してフランス窓を開け、バルコニーに出ることを。パジャマのズボンだけをはいた姿で、そこで彼を待つことを。何をしているんだと訊かれたら、今夜は暑すぎるし、シトロネラ(虫よけにも利用される香りの強い草)のにおいは耐えられないし、どうせ眠れそうにないから起きていて、本を読むんじゃなくただ外を眺めていようと思ったと答えるだろう。なぜ眠れそうにないのかと訊かれたら、君は知らないほうがいいと答えるだろう。あるいは遠まわしに、君の側のバルコニーまでは行かないと自分に誓ったとだけ言うだろう。オリヴァーの気分を害するのではと心配だから。また、ふたりのあいだの見えないワイヤーに引っかかりたくないから――。〝ワイヤーって?〟と訊かれたら、僕はこう答えるんだ――僕の夢が強烈すぎたり、僕がいつもよりたくさんワインを飲んだりした夜に、簡単に越えてしまえるワイヤーだ、と。君の部屋のフランス窓を外から開けて、僕は言うんだ。オリヴァー、僕だ、眠れないんだ、君と一緒にいさせて、と。そういうワイヤーのことだよ!

ワイヤーのことは、ひと晩じゅう頭から離れなかった。フクロウの鳴き声、オリヴァーの部屋の窓ガラスが風を受けてガタガタ鳴る音、隣接する丘の上の町にある遠くのオールナイト営業のディスコから漂う音楽、深夜にごそごそ動きまわる猫の足音、僕の部屋の木の窓枠がきしむ音、何が聞こえても目が覚めた。でも幼い頃からずっと聞いている音だから、邪魔な虫を眠りながら尾で振り払う子鹿のように、こんな音なら簡単に振り払ってすぐ眠りに戻れる。だけどときどき、不安感や恥の意識といったものが睡眠の中からそっと這い出して、寝ている僕を上から見おろし、僕の耳にささやきかけた――〝君を起こす気はないんだ、本当に、だから眠りに戻れ、エリオ、眠りつづけろ〟そのあいだ僕はなんとか夢に戻ろうとしていた。もう少しがんばったら夢に戻れそうだ。

なのに睡眠は再び訪れてはくれず、眠りの靄から現れた二体の幽霊みたいにふたつの思いが僕を悩ませた。欲望と恥の意識。窓を開け放ち、何も考えることなく素っ裸で彼の部屋に走り込みたいという欲望。そんなことは実行できないという恥の意識。すると今度は、若さの象徴、僕の人生におけるふたつのマスコットである渇望と不安が現れて僕を見つめた。渇望が言う。〝これまでに多くの人間が危険を冒して努力が報われたのに、どうしておまえはできないんだ？〟僕は答えない。今度は不安が言う。〝多くの人間が危険を前に尻込みしたのに、どうしてやらなくちゃいけないんだ？〟これにも答えない。すると、嘲るようにこんな言葉が聞こえてくる。〝あとでなければ、エリオ、いつなんだ？〟

答えはその夜得られた。といっても、それは夢の中の夢として現れた。僕は彼に何を求めているか、どうしてほしいかを率直に自分自身に認めてはいたものの、まだ一部不明瞭なところがあった。でも夢の中で、それが明確にわかった。最初の日から自分の肉体が知っていたはずのことを、僕の頭もようやく理解した。夢で僕たちはオリヴァーの部屋にいた。それまでの妄想と違って、ベッドに仰向けになっていたのは僕でなくオリヴァーのほうで、僕は上にいて彼の顔を見つめていた。その顔は紅潮して非常に従順だったので、僕は眠りながらでも胸が苦しくなり、まったく想像もしていなかったことを知った。どんな犠牲を払っても彼に与えたいと願っているものを与えないのは生涯最大の罪だ、ということを。

僕はどうしても彼に何かを与えたかった。与えるのに比べると、奪うのはひどく無情で軽薄なことに思える。そのとき予想どおりの言葉が聞こえてきた。「君がやめたら僕は死ぬ」オリヴァーは息を荒くしている。彼は何日か前の夜に別の夢でまったく同じ言葉を発していて、一度言ったあとは僕の夢に登場するたびにいつでもそれを言うことができる。僕の頭の中で彼の声が響いているのか、それともその言葉の僕の記憶が彼の中で爆発しているのかは、ふたりともわかっていない。僕の情熱あふれる行為に耐えながらも僕を煽っている彼の顔には、想像したことのないほどの優しさが浮かんでいた。この表情は僕の人生における常夜灯となって僕を見張り、僕がすべてをあきらめたとき、消したいと思った彼への欲望に再び火をつけ、拒絶されてプライドがずたずたになるのを恐れる僕に再び勇気を持たせてくれるだろう。彼のあの表情は頭に刻み込まれるだろう。愛する人のスナップ写真のように。兵士がそんな写真を戦場に持っていくのは、人生にはいいこともある、幸せが待ってくれている、ということを思い出すためだ。それだけではなく、戦死したら愛する人は決して許してくれないということを思い出すためでもある。

僕はそういう言葉を聞くたびに、自分には絶対に無理だと思っていたことを、やってみる気になる。

どんなにオリヴァーが僕とかかわりたくないと思っていても、どんなに多くの女の子と親しくなって毎晩寝ていても、夢の中では裸で僕の下に横たわってすべてをさらけ出してくれる。現実世界のオリヴァーが、夢の中のオリヴァーとまったくの別人のはずはない。これこそが真のオリヴァーだ。それ以外の面はどうでもいい。

いや、違う。オリヴァーは別の人間でもある。赤い水着の彼は。

現実においては、水着をまったくはいていない彼を見られるという希望は、どうしても持てなかった。

ピアツェッタでの話し合いから二日後の朝、彼が僕と話したくないのは明らかなのに、それでも勇気を出して一緒に街へ行こうと言えたのは、彼が口を動かして原稿に書いた言葉を読むのを見たとき、夢で聞いた彼の嘆願の言葉「君がやめたら僕は死ぬ」を思い出したからだ。本屋で本をあげ、そのあと僕のおごりでアイスクリームを買おうと言い張ったのは——アイスクリームを買ったらB市の狭く暗い道を自転車を押して歩かないといけないので、もう少し長く一緒にいられるからだけど——「君がやめたら僕は死ぬ」と夢で言ってくれたことへの感謝でもあった。僕が彼をからかい、もう話はしないと約束したのも、「君がやめたら僕は死ぬ」という言葉をひそかに胸の中に抱いていたからだ——彼からのどんな告白よりも貴重な言葉。

あの朝、僕はそれを日記に書いた。ただし夢であるという事実は省いて。何年もたってから日記を読み直して、あの嘆願の言葉を彼が現実に口にしたのだと、ほんの一瞬でもいいから思い込みたかった。僕が記憶にとどめたかったのは、そのあと何日も忘れられない彼の激しいあえぎ声だった。生きているあいだ毎晩夢でこんなふうに彼を抱けるのなら、夢を見ることだけを頼りに人生を送りたいと思った。

自転車のスピードを上げて坂道を駆けおり、〝僕の場所〟を過ぎ、オリーブ畑や驚き顔のヒマワリの前を過ぎ、イタリアカサマツの前を過ぎ、何十年も前に車輪は失ったがまだサヴォイ家の紋章をつけている古い列車二両の前を過ぎ、自転車で娘たちを轢(ひ)きそうになった僕たちに向かって悲鳴をあげるロマ族の行商人の前を過ぎながら、僕は振り返って大声で言った。「やめたら僕を殺してくれ」

それを言ったのは、彼の言葉を口の中で味わうため、隠れ場所にしまい込む前にもうしばらく楽しむためだった。空気が冷えて羊を急いで屋内に入れる前に、羊飼いが暖かいあいだ丘の上に羊を出しておくように。彼のセリフと似た言葉を叫ぶことで、僕はそれをより長く生かしておこうとした。その言葉に命があるかのように。誰も支配できない、より長くより強い命を与えたかった。ひとつの言葉がこだまとなってB市の崖にぶつかり、シェリーの船が嵐に巻き込まれた遠くの沖に飛び込むように。僕はオリヴァーに彼の言葉を返していたんだ。彼が夢の中みたいに、またそれを僕に与え返してくれるという暗黙の期待を抱いて。だって、次はまた彼がそれを言ってくれるはずだから。

昼食のときは、ひとことも発さなかった。昼食後、彼はコーヒーを飲む前に宣言したとおり、裏庭の日陰で二日分の作業にいそしんだ。今夜は街へ行かない。たぶん明日。ポーカーもしない。そして二階へ上がっていった。

二日前、彼は足を僕の足に乗せた。今はちらりと視線を向けてもこない。

夕食の前、彼は何か飲みにおりてきた。「国に帰ったら、ここのことを思い出して寂しくなりますよ、ミセスP」夕方に浴びたシャワーでオリヴァーの髪はつややかに濡れ、まさに〝スター〟に見える。母はにっこり笑った。〝ラ・ムーヴィ・スター〟はいつでも大歓迎だ。その後オリヴァーはいつものようにヴィミニと散歩をし、少女のペットのカメレオンを捜すのを手伝った。どうして親しくなったのかはわからないけれど、あのふたりが一緒にいるのは僕とオリヴァーよりもはるかに自然で無理がなく感じられる。三十分後、ふたりは戻ってきた。ヴィミニはイチジクの木に登っていて、夕食の前に手を洗ってくるよう母親に言われていた。

夕食のあいだも、ひとことも話さなかった。食事のあと、彼は二階へ消えた。

十時頃には、オリヴァーはこっそり抜け出して街に向かうのかと思っていた。けれどバルコニーのあたりから光が漏れるのが見えた。明かりは僕の部屋の前にオレンジ色の淡い斜めの光の帯を投げかける。ときどき彼が動く音が聞こえる。

僕は友達に電話をして、街へ出かけないか訊いてみることにした。友達のお母さんは、彼はもう出かけたと答えた。ええ、たぶんいつもと同じ場所に行ったと思うわよ。別の友達にかけてみた。彼ももう出かけていた。父が言う。「マルツィアに電話をしたらどうだ？彼女を避けてるのか？」避けてるんじゃないよ――でも、彼女はいろいろ忙しそうだから。「おまえもだろう！」父が言う。彼女に電話をかけると、今夜はどこへも行かないという。声は暗く冷たい。僕は約束をすっぽかしたことを謝った。「あんた、病気だって聞いたけど」たいしたことないんだ、と僕は答えた。自転車で迎えに行くから一緒に街に出よう。いいわ、と彼女は答えた。

僕が家を出るとき、両親はテレビを見ていた。砂利を踏む自分の足音がよく聞こえる。音をたてるのは平気だ。そのほうが寂しくない。たぶんオリヴァーにも聞こえただろう。

マルツィアとは彼女の家の庭で会った。彼女は錬鉄製の古い椅子に座って両足を前に伸ばし、踵を軽く地面につけている。自転車は別の椅子に立てかけられ、ハンドルが地面に触れそうだ。セーターを着ている。待ちくたびれた、と彼女は言った。僕たちは急勾配の近道を通って街まで行った。ピアツェッタから夜の繁華街にあふれる光と音は路地にまで届いている。一軒のレストランはいつも、客が広場の割りあてられたスペースからあふれたら小さな木のテーブルを歩道に出す。騒がしい広場に入ったとき、いつものように不安と不全感に襲われた。マルツィアは友人と出くわすだろう。彼女たちはからかうだろう。彼女と一緒にいるだけで、僕にとっては試練だ。試練は受けたくない。

僕たちはカフェにいる知人のテーブルには行かず、列に並んでアイスクリームふたつを買った。マルツィアに頼まれてタバコも買った。

そのあとアイスクリームコーンを持って、混雑したピアツェッタをぶらぶら歩きはじめた。一本の道から別の道へ、また別の道へと入っていく。暗い中で丸い敷石が輝いて見えるのは好きだ。家々の開いた窓から聞こえるテレビのくぐもった音を聞きながら自転車を押してのんびり歩くのは楽しい。本屋はまだ開いていたので、入っていいかとマルツィアに尋ねた。うん、あたしも一緒に入る、と彼女は答えた。自転車は壁に立てかけた。ビーズカーテンの隙間から、吸い殻のあふれる灰皿があちこちに置かれた煙ったく古くさい店内が見える。店主はそろそろ店を閉めようとしていたようだけど、まだシューベルトの四重奏曲がBGMで流れ、二十代半ばと見える観光客らしい夫婦が英語書籍コーナーで本を立ち読みしていた。ローカル色のある小説でも探しているんだろう。客がひとりもおらずまばゆい日光と淹れてのコーヒーの香りが店内にあふれていたあの朝とは、まるっきり雰囲気が違う。

テーブルに置いてあった詩集を僕が取り上げて一編の詩を読みはじめると、マルツィアは後ろからのぞき込んできた。僕はページをめくろうとしたが、マルツィアはまだ読み終えていないと言った。こういうやりとりは好きだ。観光客の夫婦が英語に翻訳されたイタリアの小説を買おうとしているのを見た僕は彼らの会話に割り込み、それは買わないほうがいいと助言した。「こっちのほうがずっといいですよ。ここじゃなくシチリア島が舞台なんですけど、たぶん今世紀最高のイタリアの小説です」「映画を見たわ」女性が言った。「だけど、カルヴィーノと同じくらいいいの?」僕は肩をすくめた。マルツィアはまださっきの詩に興味を示していて、今はもう一度読んでいる。「カルヴィーノなんて、こっちに比べたらたいしたことありません――軽薄でつまらない。だけど僕はまだ子どもだし、偉そうなことは言えませんけど」

おしゃれな夏用スポーツジャケットを着たノーネクタイの若い男の人がふたり、店主と文学を論じていた。三人ともタバコを吸っている。レジ横のテーブルには空のワイングラスがいくつも無造作に置かれ、その横には大きなポートワインの瓶があった。観光客夫婦も空のグラスを手にしている。ブックパーティが開かれてワインが出されたらしい。店主は僕たちのほうを見、邪魔してすまないと伝える無言の視線を向け、ワインを飲むかと尋ねるジェスチャーをした。僕はマルツィアを見やって、彼女はいらないようだという意味で肩をすくめた。店主はまだ黙ったまま瓶を指さして不満げに首を横に振り、今夜こんないいワインを捨てるのはもったいないから店を閉める前に飲んでしまってほしいと伝えてきた。結局僕は飲むことにし、マルツィアももらうと言った。僕はワインをもらった義理で、今夜はどの本の出版を記念するパーティかと尋ねた。すると、狭いアルコーブで本を読んでいたため僕から見えていなかった別の男性が、本の題名を告げた。『セ・ラモーレ』――〝もしも愛ならば〟。

「いい本ですか？」「屑だよ」男性は答えた。「よく知ってるんだ。私が書いたんだから」

僕はその詩人がうらやましかった。彼の本が読まれること、パーティ、この狭い町の狭いピアツェッタの外れにある狭い本屋で彼を祝福するため近郊からやってくる友人やファンが、うらやましかった。空のグラスは五十個以上ある。自分を卑下できる彼がうらやましかった。

「一冊サインしてもらえますか？」

「喜んで（コン・ピアチェーレ）」店主がサインペンを渡そうとしたが、詩人はすでに自分のペリカン万年筆を取り出していた。「この本は君向けじゃないかもしれないけど……」彼は言葉を濁した。謙虚さに少々の誇らしさが交じった態度は、〝君はサインを求めたから、私は喜んで有名な詩人という役を演じよう。実際にはそうじゃないことは、私も君もよくわかってるけどね〟という意味に解釈できた。

僕はマルツィアにも一冊買うことにして、そちらにもサインを求めた。彼は名前の横にいたずら書きのようにぐるぐると丸を描いた。「君向けだとも思えないんだがね、シニョーラ……」

この二冊も父のつけにしてもらった。

僕たちはレジの前に立って待った。店主が光沢ある黄色い紙で丁寧に一冊ずつ包み、リボンをかけ、その上から店の銀色のステッカーを張る。そのあいだに僕はマルツィアにすり寄り、耳の後ろにキスをした。単に彼女がすぐそばに立っていたからかもしれない。

　マルツィアはぶるっと震えたようだったが、動きはしなかった。僕はもう一度キスをした。それからふと気づいてささやきかけた。「いやだった？」「いやなわけないでしょ」マルツィアがささやき返す。

　本屋を出たとき、マルツィアは尋ねずにはいられなかった。「どうしてあたしにも買ってくれたの？」

　僕は一瞬、彼女がキスをした理由を尋ねるのかと思っていた。

「そうしたかったから（ペルケ・ミ・アンダーヴァ）」

「それはわかるけど、なんで買ったの？　あたしなんかのために」

「どうしてそんなこと訊いてくるのかわからないんだけど」

「どんなバカでも、そんなこと訊く理由くらいわかるわよ。でもあんたはわからない。思ったとおりね」

「どういうこと？」

「あんたはどうしようもないってこと」

　彼女の声に込められた怒りやいらだちにすっかり戸惑い、僕はマルツィアを呆然と眺めた。

「ちゃんと話してくれなかったら、僕はいろいろ想像してしまって、情けない気分になるよ」

「あんたって、ほんと鈍感。タバコちょうだい」

彼女の気持ちを察していなかったわけじゃないけれど、彼女がそんなに僕のことを見通しているのが信じられなかった。彼女がほのめかしていることを信じたくなかったのは、自分の態度を説明せねばならないのが怖かったからかもしれない。僕はわざと不正直になろうとしていたのか？　自分が嘘をついていると思わないまま、彼女の言葉を誤解しつづけることはできるのか？

そのときはっきりわかった。僕はマルツィアの示すサインをすべて意図的に見逃していたんだ。彼女の本音を引き出すために。これは用心深いが効果のない作戦だった。

そこでふと気づいて愕然とした。オリヴァーも僕に対して同じことをしていたのか？　僕の本音を引き出すために、わざと僕を無視していた？

僕が彼を無視しようと試みていたのを見抜いていると言ったとき、彼はそういうことを示唆していたのか？

本屋を出ると僕たちはタバコに火をつけた。しばらくして、ガラガラという大きな金属音がした。店主がシャッターをおろしている。「あんた、ほんとに本を読むのがそんなに好きなの？」ピアツェッタに向かって暗い中をゆっくり進みながら、マルツィアは尋ねた。

僕は、音楽が好きか、加塩バターつきパンが好きか、夏に熟した果物が好きかといったわかりきった質問をされたみたいに、ぽかんとマルツィアを見やった。「誤解しないで」彼女が言う。「あたしも読書は好きよ。だけど、それを人に言い触らさない」ついに真実を話す人間が現れた、と僕は思った。どうして人に言い触らさないのかと訊いた。「どうかな……」

これは、答える前にもっと考える時間をくれという意味だ。「本を読む人って隠す人だと思う。自分がどういう人間かを隠すの。隠す人は、自分が好きじゃないんだ」

「君も自分がどういう人間かを隠すの？」

「ときどき。あんたもでしょ？」

「僕？　そうかも」そして僕は、知りたくないという思いに反して、普段なら絶対しないような質問を発してしまった。「君は僕から隠れてる？」

「ううん、あんたからは隠れてない。というか、隠れてるのかも。ちょっとだけは」

「たとえばどういうところ？」

「たとえばどういうところかは、あんたならわかってるでしょ」

「どうしてそんなこと言うの？」

「どうして？　あんたはあたしを傷つけることができるし、あたしは傷つきたくないから」

マルツィアはいったん言葉を切って考えた。「あんたがわざと人を傷つけようとしてるってことじゃない。だけどあんたはころころ気を変えるし、いつも心がどこかに行っちゃうから、どこを捜していいのかわからない。それが怖いの」

僕たちはゆっくり歩いていたので、ふたりとも自転車を止めたことに気づいてもいなかった。僕は顔を寄せ、彼女の唇に軽くキスをした。マルツィアは自分の自転車を閉まっている店の扉に立てかけて壁にもたれ、「もう一回キスしてくれる?」と言った。僕はスタンドを立てて自転車を路地の真ん中に止めた。彼女に近づくと両手で顔を包み、屈み込んでキスを始めた。手は彼女のシャツの下、彼女の手は僕の髪の中。マルツィアの素朴さ、正直さが好きだ。それ——自由、率直、人間らしさ——は、彼女がその夜僕に話したすべての言葉に、僕に合わせて腰を動かす様子に表れている。抑制もなく、誇張もない。マルツィアの体の中で唇と腰が直結しているかのようだ。口へのキスは全身の接触の前触れではなく、それ自身が完全な接触だった。ふたりの体を隔てるのは互いの服だけ。だから彼女がズボンの中に手を入れて「硬く硬くなってる(セイ・ドゥーロ・ドゥーロ)」と言ったとき、僕は驚かなかった。そこをさらに硬くしたのは、彼女の自由で制約のない率直さだった。

　マルツィアを見たい。僕を握り締めている彼女の目を見つめたい、ずっと前からキスしたかったんだと言いたい、今夜電話して家まで迎えに行ったのは今までの冷たく生気のない男の子とは別人であることを示す言葉を口にしたい——でも彼女は何も言わせてくれなかった。

「もう一回キスして(バーチャミ・アンコーラ)」

　僕はもう一回キスしたけれど、頭の中では段丘のことを考えていた。あそこへ行こうと言ってみようか? 自転車なら五分で行ける。マルツィアの教えてくれた近道を通り、オリーブ畑を横切っていけば。いや、あのあたりだとほかの恋人たちに出くわすかもしれない。それなら海岸がある。前にも海岸は使ったことがある。みんなそうだ。僕の部屋でもいい。家の人間は気づかないだろう。気づいても問題にしないだろう。

あるイメージが脳裏をよぎった。僕とマルツィアが毎日朝食後裏庭で座っている。彼女はビキニを着て、いつも下まで歩いていって泳ごうと誘っている。

「ほんとにあたしが好き（マ・トゥ・ミ・ヴオイ・ヴェラメンテ・ベーネ）？」マルツィアは尋ねた。彼女はそれを突然思いついたのか——それとも、本屋を出てからずっと彼女が浮かべていた、慰めを求める傷ついた表情が、そう言わせたのか？

大胆さと悲しみ、〝硬く硬くなってる〟と〝ほんとにあたしが好き？〟が、こんなふうに結びついていることは、僕には理解できなかった。これほど無防備で、遠慮がちで、自分についていくらでも不安を打ち明けられそうな人が、恥ずかしげもなく無頓着に僕のズボンに手を入れてコックを握れることは、僕にはまったく理解不能だった。

より情熱的にキスをして、互いに相手の体のあらゆるところを探り合っているとき、気がつけば僕は今夜オリヴァーのドアの下にすべり込ませるメモの文面を考えていた。〝沈黙には耐えられない。話をしたい〟

メモをドアの下にすべり込ませる決意を固めたときには、すでに夜明けになっていた。僕とマルツィアは海岸の人けのない、〝水族館〟と呼ばれる場所で交わっていた。その夜使ったコンドームは当然ながら波に打ち上げられて岩場に浮かんでいるだろう。回帰しようとして潮だまりに取り残された鮭みたいに。僕たちは今夜も会う約束をした。

家に帰るとき、体や手についたにおいが気に入っていたので、洗わないでおこうと思った。夜にまた会うまで、このにおいはつけておこう。そのとき僕の一部は、オリヴァーに対して感じはじめていた嫌悪にも近い無関心を楽しんでいた。僕はその感情に満足し、自分がいかに気まぐれかを実感していた。たぶんオリヴァーは、僕が彼を忘れるために彼と寝たがっているだけなのを察して、本能的に僕とかかわらないことにしたんだろう。ほんの数日前までは、彼の体を強く求めるあまりに夜中にベッドを抜け出して彼の部屋に飛び込みたかったというのに。今はそう考えてもちっとも興奮しない。もしかすると、オリヴァーに恋い焦がれたのは真夏の発情にすぎず、今はそれを脱したのかもしれない。それとは対照的に、今の僕は手についたマルツィアのにおいをかぐだけで、あらゆる女性の女性らしさが恋しくなる。

だけど、この感情が長続きしないのはわかっていた。麻薬常習者が、一度薬を使った直後だけは今後一切薬をやめると簡単に誓えるのと同じだ。

一時間もしないうちに、オリヴァーへの思いは全速力（オ・ギャロ）で戻ってきた。彼と一緒にベッドに腰かけててのひらを差し出し、ほら、においをかいでと言い、彼が両手でそっと僕の手を取ってにおいをかぐのを見、中指を彼の唇まで持っていき、突然彼の口の中に入れたい。

僕は学校のノートのページをちぎった。

〝僕を避けないで〟

書き直し。

〝僕を避けないで。死んでしまいそうだ〟

書き直し。

〝君がしゃべってくれないと死んじゃう〟

やりすぎ。

〝君に嫌われてると思うと耐えられない〟

おおげさだ。あまり哀れっぽくなく、でもありふれた殺し文句になるもの。

〝君に嫌われるくらいなら死んだほうがましだ〟

結局は、最初に思いついたものに戻った。

〝沈黙には耐えられない。話をしたい〟

罫線入りの紙をたたんで、カエサルがルビコン川を渡るときのようなあきらめと不安の入り交じった気分で、ドアの下からオリヴァーの部屋にすべり込ませた。もう引き返せない。「賽は投げられた（アーレア・ヤクタ・エスト）」とカエサルは言った。〝投げる〟のラテン語〝ヤケーレ〟が〝射精する（イジャキュレイト）〟と元来の語根が同じだと考えるとおかしくなる。そう思ったとたん、僕がオリヴァーに差し出したいのは指についたマルツィアのにおいだけでなく、手について乾いた自分の精液なんだと気がついた。

十五分後、僕は相反する感情に苦しめられていた。メッセージを送ったことへの後悔と、そこになんの皮肉も込めなかったことへの後悔だ。

ジョギングのあと朝食に現れたオリヴァーは、顔を上げもしないで、ゆうべは楽しんだかと尋ねてきた。僕が夜遅くに帰ったことを言っている。「まあね(インソンマ)」極力曖昧な返事は、話し出したら長くなるから最低限のことしか言わない、という意味でもあった。「じゃあ、きっと疲れてるだろう」父がからかうように言ってきた。「おまえもポーカーをしてたのか？」「僕はポーカーをしないよ」父とオリヴァーは意味ありげに視線を交わした。そのあとふたりは今日の作業について話し合いを始め、僕は会話から締め出された。今日もまた拷問のような一日になりそうだ。

本を取るため二階へ行ったとき、机にさっきの罫線入りの紙が置かれていた。きっとオリヴァーはバルコニーから僕の部屋に入って、僕が見逃さない場所に置いていったんだろう。今読んだら、今日は台なしになる。でも読むのを先延ばしにしたって一日じゅう気になってしまい、どうせ今日は台なしになる。彼は何も書き加えずに紙を返してきたのかもしれない。〝これが床に落ちてた、たぶん君のだろう。じゃ、あとで！〟という意味で。あるいはもっとそっけなく〝返事はしない〟という意味で。

〝もっと大人になれ。真夜中に会おう〟

僕が書いた下に、オリヴァーはそう書いていた。

彼は朝食前にこれを届けてくれたんだ。

しばらくしてからそう気づいたとたん、切望と狼狽に見舞われた。今、僕は何かを差し出された。でも、本当にそれを望んでいるのか？　そもそも、本当に差し出されたのか？　望むにしろ望まないにしろ、真夜中までどうやって過ごせばいい？　まだ午前十時になったばかり。真夜中までは十四時間……。前回こんなに長く何かを待ったのは、成績表をもらうときだった。あるいは二年前の土曜日に女の子と映画館で待ち合わせをして、彼女が約束を忘れたんじゃないかと心配していたとき。やきもきして過ごす半日間。他人の気まぐれをあてにして待つのは大嫌いだ。

このメモに返事は出すべき？

いや、返事に返事はいらない！

返事の内容については――オリヴァーはわざと軽い調子で書いたのか？　ジョギングのあと朝食前の短い時間にちょっと思いついて書いたように見せかけている？　〝もっと大人になれ〟が僕の哀れっぽい感傷をたしなめた言葉なのはわかっている。そのあと続くのは、単刀直入で迷いのない〝真夜中に会おう〟という言葉。僕はバカにされているのか？　あるいは〝今夜一緒に過ごしてどうなるか見てみよう〟と軽い調子で誘われているのか？　僕たちは話をするのか――話だけを？　これは命令、それとも小説や劇に出てくるような密会の約束？　オリヴァーは日中どこかの時点で会う場所を知らせてくれるのか？　彼はこの前僕がひと晩じゅう悩み抜いていたこと、バルコニーに張られた架空のワイヤーのことを知っているのか？　知ったうえで、結局はなんの役にも立たなかったマジノ線（第二次世界大戦前にフランスがドイツとの国境付近に築いた要塞線。ドイツ軍が迂回して進んだため無用の長物と化した）をふたりのどちらかがいずれは越えると想定しているのか？

朝一緒に自転車を走らせる習慣はどうなる？　〝真夜中〟の約束によって、朝の自転車はなくなるのか？　それともいつもどおり出かけるのか？　〝真夜中〟の約束を除けば何も変わっていないかのように？　今顔を合わせたら、僕は意味ありげな笑みを投げかけることになるのか？　それとも普段と変わらぬ態度をとり、冷たく生気がなく用心深い、アメリカ的な視線を向けるのか？

今度顔を合わせたとき彼に知ってほしい気持ちの中には感謝もあった。派手に騒ぎ立てずに感謝を示すことはできると思う。それとも、どんなに目立たずひっそりと感謝を表そうとしても、芝居がかった地中海特有の情熱的な表現になってしまうのか？　どうしてもおおごとになってしまうのか？　オーバーにせずにはいられないんだろうか……。

何も言わなかったら、オリヴァーは僕が手紙を書いたのを後悔していると思うだろう。

何か言ったら、場違いに聞こえるだろう。

だったらどうすればいい？

待つんだ。

それは最初からわかっていた。ただ待つだけ。午前中ずっと作業をしよう。泳ごう。午後にはテニスをしよう。マルツィアに会おう。真夜中までには戻ろう。いや、十一時半だ。体を洗う？　洗わない？　僕はひとつの体から別の体へと渡り歩くことになる。

オリヴァーだってしているじゃないか？　体から体へと渡り歩くことを。

そのとき、僕はとてつもないパニックに襲われた。真夜中に会って、僕たちは話をするだけ？　気まずい空気を払拭するために――元気になれ、明るくなれ、大人になれ、と言うだけ？

でも、それならなぜ真夜中まで待つ必要がある？　そんな会話をするのに、わざわざ真夜中を選ぶ人間がいるか？

真夜中というのは真夜中の逢い引きのこと？

それには何を着ていけばいいいんだろう？


その日は恐れていたとおりに進んだ。オリヴァーは朝食を終えるなり黙って姿を消し、ようやく戻ってきたのは昼食のときだった。いつもと同じく僕の隣に座った。僕は何度か気軽な会話を試みたけれど、今日は互いに何も話さないでおく日になるらしかった。黙り込むふりをするだけじゃなく、実際黙り込んでしまう日に。

昼食後は昼寝をしようとした。僕の後ろから階段をのぼってくるオリヴァーの足音、彼の部屋のドアが閉まる音が聞こえた。

昼寝のあとはマルツィアに電話をし、テニスコートで会った。幸いコートにはほかに誰もおらず静かだった。僕たちはぎらぎらした太陽の下で数時間テニスをしておおいに楽しんだ。ときどき、日陰の古いベンチに座ってコオロギの鳴き声を聞いた。マファルダは飲み物を持ってきてくれたけれど、自分はもう年寄りだから今度何か欲しいときは僕たちが取りに来るようにと言った。「だけど、もともと何も頼んでないよ」僕は反論した。「だったら飲まなきゃよかったんですよ」マファルダは勝ち誇った表情になり、のろのろと帰っていった。

テニスを見るのが好きなヴィミニは、今日は来なかった。きっとオリヴァーとお気に入りの場所にいたんだろう。

僕は八月の天候が好きだ。晩夏の街はいつもより静かだ。人々はバカンスに出かけ、たまに来る観光客もたいてい夜七時には帰っていく。いちばん好きな時間帯は午後。ローズマリーの香り、暑さ、鳥、セミ、そよそよと揺れるヤシの葉、雲ひとつなく晴れた日をふわりと覆う薄いショールのような静寂、きわめつきは海岸までの散歩と、シャワーを浴びるための帰り道。テニスコートから家を見上げて、陽光に照らされた無人のバルコニーを見るのが好きだ。バルコニーからは果てしない海が見渡せる。これが僕のバルコニー、僕の世界。今いるところからあたりを見まわして、これはうちのテニスコート、あそこに見えるのはうちの庭、うちの果樹園、うちの小屋、うちの家、下に見えるのはうちの波止場だと言うことができる——僕の愛する人すべてがここにいる、愛するものすべてがここにある。家族、楽器、本、マファルダ、マルツィア、オリヴァー。

その午後、マルツィアの太腿や膝に手を置いて座っているとき、自分は——オリヴァーの言葉を借りるなら——世界一幸運な人間だ、という思いにとらわれた。これがいつまで続くかはわからない。今日、あるいは今夜がどう展開するかは予想してもしかたがない。一分一分が張り詰めている。緊張の糸は今にも切れそうだ。

完全な幸福には浸れなかった。迷信深い人と同じく、夢見ていたものすべてが手に入るとは断言できなかった。求めるものが簡単に奪い去られる可能性に知らん顔はできなかった。テニスのあと海岸に向かおうとしたけれど、直前で気が変わった。マルツィアの手を取って家の階段をのぼり、バルコニーから僕の部屋に入っていった。午後にその通路を使う人はいない。よろい戸は閉めたけれど窓は開けたままにしておいたので、隙間からわずかに差し込む午後の陽光がベッドや壁やマルツィアを縞模様に照らした。僕たちはひとことも口を利かず、目を開けたまま愛を交わした。

僕の一部は、自分たちが壁にぶつかったりマルツィアが叫び声を抑えられなかったりして、壁の反対側で起こっていることがオリヴァーに知られるのを願っていた。昼寝をしている彼がベッドのきしむ音を聞いてうろたえるところを想像した。

そのあと入り江までおりていきながら、僕たちのことをオリヴァーに知られても構わない、彼が今夜現れなくても構わないと思っていることに安堵していた。オリヴァーのことも、彼の肩も、腕の白さも、どうでもいい。彼の足の裏、てのひら、彼の体の見えない部分——どうでもいい。オリヴァーを待って遅くまで起きていたあげく、真夜中になったとたん彼にお説教されるくらいなら、マルツィアと夜を過ごすほうがいい。オリヴァーにメモを届けるなんて、今朝は何を考えていたんだろう？

でも僕の別の部分は、オリヴァーと今夜会って、たとえ彼が始めたことを気に入らなかったとしても、調子を合わせて最後までいくとわかっていた。夏じゅう、あるいは一生、やり場のない欲望で自分の体を持て余して過ごすよりは、実際に体験するほうがいい。

冷静に心を決めよう。彼に尋ねられたらはっきり答えよう。これを進めたいのか自分でもわからないけど、どうしても知りたいし、だったら相手は別の人より君がいいんだ、と言おう。君の体を知りたい、君がどう感じるのか知りたい、君を知りたい、君を通じて僕自身を知りたい。そう答えるんだ。

マルツィアは夕食前に帰っていった。映画に行く約束があるという。友達も行くから、と彼女は言った。あんたはどうして来ないの？　彼女の友人たちの名前を聞いたとき、僕は顔をしかめた。家にいて楽器を練習するよ。あんたは毎日朝に練習するんだと思ってた。今朝は起きるのが遅かったんだ、覚えてない？　マルツィアは僕の言葉の意味を察してにっこり笑った。

真夜中まであと三時間。

午後じゅう、僕とオリヴァーのあいだには重苦しい沈黙が漂っていた。あとで話そうという約束がなかったとしたら、こんな状態にはあと一日も耐えられなかっただろう。

その日の夕食の客はシカゴから来た音楽の非常勤教授と、下手なイタリア語を話そうとするゲイのカップルだった。カップルは僕と母の向かい側に隣り合って座った。ひとりがパスコリによる詩を暗唱しようとした。すると僕の表情に気づいたマファルダが、僕から笑いを引き出すいつものしかめ面(スモルフィア)をつくった。父は夕食前に、シカゴから来た学者たちの前ではお行儀よくするよう警告していた。僕はウルグアイの遠縁からもらった紫色のシャツを着ると言った（紫はゲイのシンボルカラーと考えられている）。父は笑ってそれを退け、もう大きいのだから彼らに偏見を持たないようにと言った。ところが結局ふたりとも紫色のシャツを着て現れたので、父は面白がって目をきらめかせた。彼らふたりはタクシーの両側のドアから同時に現れ、それぞれが白い花束を手にしていた。父も思ったはずだけど、彼らは『タンタンの冒険』に登場するそっくりの刑事デュポンとデュボンを派手にしたみたいだった。

彼らふたりの暮らしはどんな感じなのだろう。

夕食のあいだじゅう、今夜の僕は両親など自分の世界にいるどんな人々よりも、あの『タンタン』のふたりのほうに近いと考えながら残り時間を数えているのは、妙な感じだった。彼らを見ながら、あのトゥイードルディーとトゥイードルダム（童謡マザーグースに登場する双子）のどちらが上でどちらが下だろうと考えた。

そろそろ寝るからと両親と客におやすみの挨拶をしたのは十一時前だった。「マルツィアとは会わないのか?」父が見るからに目を輝かせて尋ね、僕はまた明日、と答えた。

ひとりになりたい。シャワーを浴びよう。本を読もう。日記を書こう。真夜中までしっかり目は覚ましておくけれど、そのことからは気をそらしておこう。

階段をのぼりながら、明日の朝この階段をおりる自分を想像しようとした。そのとき僕は別人になっているだろう。この、まだ知らない自分、おはようも言いたがらない自分、彼を引き合わせたことに怒って過去の僕とかかわりを持ちたがろうとしない自分を、僕は好きになれるだろうか? それとも僕は、この階段をのぼったときとまったく同じ人間でありつづけるのか? 何も変わらず、疑問は何も解決しないままで?

何も起こらないかもしれない。オリヴァーは拒絶するかもしれない。僕が求めたことを誰にも知られていないとしても、僕はやはり恥をかくだろう。だってオリヴァーは知っているし、僕も知っているんだから。

でも、今さら恥などと言っていられない。彼を求め、待ち、そして——はっきり認めよう——懇願し、希望を抱かされ、希望に抵抗して数週間を過ごし、そのあげくに拒絶されたら、僕はすっかり打ちひしがれるだろう。そのあとで、どうしたら眠りに戻れるだろう? 部屋まで逃げ戻り、本を開いて読むふりをして眠ることができるだろう?

あるいは——どうしたら、もう無垢でなくなった体で眠れるだろう? いったんそちらに足を踏み出したら、もう戻れないいんだ! 長いあいだ頭の中にあったものが、もはやぼんやりした空想の世界で漂っているのではなく現実のものとなる。タトゥーショップに入っていって、何も描かれていない左肩を最後にじっくり眺めている気分。

時間厳守のほうがいいのか？

時間ぴったりに現れて、「ヒャッホー、真夜中でーす」とでも言う？

ほどなく中庭から客のカップルの声が聞こえてきた。非常勤教授にペンションまで車で送ってもらうのを待っているらしい。非常勤教授がゆっくり歩いているあいだ、カップルはおしゃべりをし、ひとりはくすくす笑っていた。

真夜中になった。オリヴァーの部屋からは物音ひとつ聞こえない。彼はまた僕を待たせるつもり？　そんなのつらすぎる。彼が戻った音は聞こえていなかった。では、外から直接僕の部屋に来るんだろう。いや、僕のほうから彼の部屋に行くべきか？　待つのは拷問だ。

僕から行こう。

ちょっとバルコニーに出てオリヴァーの部屋のほうに目をやる。明かりはない。とりあえずノックしてみよう。

いや、待とう。いや、行かないでおこう。

突然、行かないことが人生最大の望みに思えた。その思いが優しく僕を引っ張っている。眠っている僕に一、二度ささやきかけた人が、僕が起きないのを見て、ついに肩をトントンと叩いているみたいに。僕は、今夜彼の部屋の窓をノックしない理由を探そうとしていた。

花屋のウィンドウを流れる水のように、一日太陽の下で過ごしてシャワーを浴びたあとの、太陽よりもっと気持ちのいい冷たいローションのように、その思いは僕を包みこんだ。麻痺のように、その思いは末端から始まって体の残りの部分に広がっていった。つまらない言い訳――〝今夜はもう遅いからどうせ何をする時間もない〟――から、もっと意味のある理由――〝みんなに顔向けできるのか？　自分自身に顔向けできるのか？〟――まで、あらゆる論拠を提示しながら。

なぜもっと早くにこう考えなかったんだろう？　最後の最後にそれを取っておきたかったから？　反論が僕の頭を介さず、したがって僕がその責任を問われることなく、どこからともなく生じるのを期待したから？　〝やめろ、こんなことはやめるんだ、エリオ〟聞こえてきたのは祖父の声だ。僕に名前をくれた祖父。祖父は、僕の部屋とオリヴァーの部屋を隔てる壁よりもっと恐ろしい境界を越えた先にあるベッドから、僕に語りかけている。〝戻るんだ。その部屋に入ったら、想像もつかないものがおまえを待っているぞ。魔法が解けて、みだらな思いで張り詰めた体じゅうが恥辱にまみれたとき、感じるのは発見の喜びでなく絶望の陰鬱だ。歳月は今おまえを見守っている。今夜おまえが見るすべての星は、おまえのつらさを知っている。おまえの祖先はここに集まり、そこへ行くな（ノン・チャンダ）と唱えているぞ〟

でも、僕がその恐怖――この気持ちが本当に恐怖ならば――を楽しんでいたことを、先祖たちは知らない。僕を引きつけたのは恐怖の裏面だった。毛がごわごわの羊の腹部にある、非常になめらかな羊毛みたいなもの。僕を前に押し出す大胆さ。僕はそれに興奮した。この大胆さこそ興奮から生まれたものだから。「君がやめたら僕は生きていられない」――あるいは「君がやめたら僕は死ぬ」その言葉が頭に浮かぶたびに、僕は抵抗できなくなる。

そっと窓ガラスを叩いた。心臓は破裂しそうだ。何も恐れていないはずなのに、どうしてびくびくしているんだろう？　なぜ？　あらゆるものが怖かったから。恐怖と欲望は曖昧な物言いばかりしてくるので、オリヴァーに窓を開けてほしいのか、僕をはねつけてほしいのか、自分でもよくわからなかった。

窓ガラスを叩いたとたん、中で何かが動く物音がした。誰かがスリッパを捜しているような気配。弱い光がつく。この常夜灯をオックスフォードで泊まった夜に父とともに買ったのを覚えている。去年の初春だった。ホテルの部屋が暗すぎたので父はフロントまで相談に行き、戻ってくると、すぐそこに常夜灯を売る二十四時間営業の店があると言われたと話した。「ここで待っててくれ、すぐに戻るから」でも僕は一緒に行くと言った。今夜着ているのと同じパジャマの上からレインコートを着て外に出たのだった。

「来てくれてよかった」オリヴァーは言った。「君が部屋の中で動きまわってる音が聞こえてた。しばらくは、君が気を変えて寝る支度をしてるんじゃないかと思ってた」

「僕が気を変える？　もちろん来るつもりだったよ」

オリヴァーがこんなふうにそわそわしているのは妙だった。ちょっとした皮肉を浴びせられるのを覚悟していた。だからこそ緊張していた。ところが彼の口から出たのは言い訳だった。午後のお茶の時間のためにもっといいビスケットを買う時間がなかったことを謝るみたいな。

本来の自分の部屋に足を踏み入れた瞬間、正体不明のにおいに襲われた。あまりにも多くのものが混ざったにおい。やがて、ドアの下に巻いたタオルが押し込んであるのが目に入った。オリヴァーはベッドに腰かけ、右側の枕には吸い殻で半分埋まった灰皿が置いてある。

「入ってこいよ」オリヴァーは言い、僕が入るとフランス窓を閉めた。僕は窓の外で突っ立っていたらしい。

ふたりとも声をひそめている。いい兆候だ。

「マリファナをやるなんて知らなかった」

「ときどきな」オリヴァーはベッドまで行って真ん中に座り込んだ。

どうすればいいのか、何を話せばいいのかわからず、僕はぼそぼそと言った。「緊張してるんだ」

「僕もだ」

「僕のほうがひどいよ」

オリヴァーは場の気まずさを和らげるように微笑み、マリファナタバコを渡してきた。

それで僕にもすることができた。

バルコニーにいたときオリヴァーをハグしそうになったけれど、一日じゅう互いにそっぽを向いていたあとで抱き合うのは不自然だと考えて思いとどまっていた。真夜中に会うと言われたからといって、ハグしていいとはかぎらない。一週間ほとんど握手もしていなかったんだから。窓をノックする前、僕は迷っていた。ハグすべきか。ハグすべきでないか。ハグすべきか。

今、僕は部屋の中にいる。

オリヴァーはベッドの上で座り込んでいる。いつもより小さく、より若く見える。僕は気まずく感じながらベッドの足もとに立ち、手をどうしていいかわからずにいた。手を腰にあてたかと思うとポケットに突っ込み、また腰にやっているのを、オリヴァーも見たに違いない。

きっと変なやつだと思われるだろうな。こんなしぐさも、ハグしかけてやめたことも。オリヴァーがそれに気づいていなければいいけれど。

初めて担任の先生と教室でふたりきりになった子どもの気分。「座れよ」

オリヴァーが座るように言ったのは椅子のこと？　それともベッド？

僕はおずおずとベッドにのぼり、同じように座って彼と向き合った。これが真夜中に逢い引きする男同士の標準的な手順であるみたいに。彼と膝が触れ合わないようにした。膝が触れたらオリヴァーはいやがるだろうから。ハグをいやがるように。もう少し段丘にとどまりたいという気持ちを表すいい方法を思いつかずに僕が股間に手を置いたとき、オリヴァーがいやがったように。

なのに、ふたりのあいだに距離を置くべきだと思った瞬間、花屋のウィンドウを流れる水に流されたみたいに、恥ずかしさや抑制が流れ去った。緊張していようがいまいが、もう自分の衝動にいちいち反論するのにはうんざりだ。僕が愚かなら愚かでいい。彼の膝に触れたいなら触れたでいい。ハグをしたいならすればいい。何かに寄りかかりたかったのでオリヴァーの隣まで這っていき、ヘッドボードに頭をもたせかけた。

ベッドを見る。今やはっきり見える。ここは僕がこういう瞬間を夢に見て何度も夜を過ごした場所だ。今、僕はそこにいる。数週間後には、またこのベッドに戻ってくる。そうしたらオックスフォードで買った常夜灯をつけ、バルコニーで立っていたときオリヴァーがスリッパを捜して歩きまわる足音を聞いたことを思い出そう。それを思い出すとき感じるのは悲しみだろうか。それとも恥か。それとも無関心か。できれば無関心がいい。

「大丈夫？」オリヴァーが訊く。

「大丈夫」僕は答える。

もう言うべきことは何もない。足の指を伸ばして彼の足の指に触れてみた。そして何も考えることなく親指を彼の親指と第二指のあいだに差し入れた。オリヴァーは身じろぎもせず、なんの反応も見せない。僕はすべての指に自分の指で触れたかった。今は彼の左側に座っているから、たぶんこっちは、先日の昼食のとき僕の足に触れたほうの足じゃない。あれは彼の右足だった。僕は右足で彼の左足に触れようとしながらも、膝には触れないようにしていた。膝は禁じられているというわけでもないのに。「何してるんだ?」やがてオリヴァーは尋ねた。「何も」気がつけば、オリヴァーの体は徐々に僕の動きを模倣しはじめた。ちょっと心ここにあらずという様子で、自信なさげに、僕と同じくらいぎこちなく。あたかも、〝人が足の指で自分の足の指に触れてきたら、同じように触れ返すしかないだろう?〟というみたいに。そのあと、僕はオリヴァーに体を寄せてハグをした。子どもみたいなハグだったけれど、彼がそれを抱擁と解釈してくれるのを望んでいた。でも彼は反応しなかった。「こうやって始めるんだな」彼はようやくそれだけを言った。僕が望む以上のユーモアを込めて。僕は話す代わりに肩をすくめた。彼が察してそれ以上質問してこないことを期待して。話はしたくなかった。話さないほうが制約なく動ける。彼をハグするのは気持ちよかった。

「こうやってると楽しいか?」オリヴァーは訊いた。

僕はうなずいた。今回も言葉を使わず、僕がうなずいたのを彼が感じ取ってくれるのを期待した。

やがて、僕の姿勢にうながされたように、オリヴァーも僕の体に腕をまわした。でも、その腕は僕を撫でず、きつく抱き締めもしなかった。このとき僕が求めているのは友情じゃなかった。だから姿勢を変えることなく一瞬腕の力を緩め、彼のシャツの下に手を差し入れて、改めて抱き締めた。彼の素肌を感じたかった。

「ほんとにいいのか？」オリヴァーが尋ねる。彼がためらっていたのは、僕の気持ちについて自信を持てなかったかららしい。

僕はうなずいた。嘘だった。そのときには自分の気持ちがよくわからなくなっていた。僕たちのハグはいつまで続くんだろう？　僕、あるいは彼は、いつこれに飽きるんだろう？　もうすぐ？　もっとあと？　今？

「まだ話をしてないぞ」オリヴァーが言う。

話はいらない、という意味で僕は肩をすくめた。

オリヴァーは両手で僕の顔を持って上を向かせ、じっと見つめた。あのとき段丘でしたように。でも今回はもっと強く見つめ合う。ふたりとも、自分たちがすでに一線を越えたことを知っているから。「キスしていいか？」どうして改めて訊く必要があるんだろう。段丘でキスしたのに。それともあれはいったん帳消しにして、初めからやり直すということ？

僕は答えなかった。うなずきもせず、すぐさま口を彼の口まで持っていった。昨夜マルツィアにキスしたときみたいに。何か予想外のものが僕たちのあいだの壁を取り払ったようで、一瞬、年齢差が消えたと感じられた。僕たちは単にキスしている男ふたり。そういう事実も溶解し、自分たちは男ふたりでもなく、単なるふたつの生き物だという気がしてきた。今この瞬間の平等さを素晴らしいと思った。年上でも年下でもなく、人間対人間、男対男、ユダヤ人対ユダヤ人。常夜灯は心地よく、安全に感じられる。オックスフォードでの夜、ホテルの部屋で感じたように。本来の自分の部屋に漂う新鮮味のない陰気な感じも素晴らしかった。オリヴァーのものが散らばっている部屋は、僕より彼に占有されているほうがなぜか生き生きしている。絵、サイドテーブル代わりに使われている椅子、本、カード、音楽。

僕はベッドカバーの下にもぐり込むことにした。このにおいは好きだ。このにおいを愛したい。ベッドの上にいろんなものが置いたままになっていて絶えず膝が何かにぶつかり、足をすべり込ませても何かあるけれど、それも好きだった。これこそオリヴァーのベッド、彼の生活、彼の世界の一部だから。

オリヴァーもカバーの下に入り、気がつけば僕の服を脱がせはじめていた。どんなふうに服を脱げばいいのかと僕は心配していた。もし彼が手伝ってくれなかったら、映画で女の子がしているようにするつもりだった。シャツを脱ぎ、ズボンをおろし、素っ裸になって腕をおろして立ち、これが僕だ、生まれたままの姿だ、さあ、奪って、僕は君のものだから、と伝えようと思っていた。でもオリヴァーの行動が問題を解決してくれた。彼はささやいている。「さあ脱いだ、脱いだ、脱いだ、脱いだ」それに笑っているうち、いつの間にか僕は裸になっていた。コックにシーツの重みを感じる。

もう秘密は何も残っていない。オリヴァーとベッドに入りたいということが唯一の秘密だったし、今それを彼と分かち合っているんだ。シーツの下で、彼の手で体じゅうに触れられるのは最高だ。先行偵察隊のように僕たちの一部はすでに親密さの境地に達しているのに、シーツの外で外気にさらされている残りの部分はまだはにかんでもじもじしている、そんな感じ。混雑したナイトクラブでほかのみんなは先に来て手を温めているのに、遅れてきた人間は寒い外で足を踏み鳴らしている、みたいな。オリヴァーはまだ服を着ていて、僕は着ていない。彼の目の前で裸になるのは気持ちがいい。いつの間にか彼も裸になっていた。もう一度、今度は深く、ついに抑制を解いたかのように。するとと彼はキスしてきた。彼が服を脱ぐところは見ていなかったのに。でも彼は裸で、僕に触れていない部分はひとつもない。

僕は何をしかけていたんだっけ？ そう、彼の健康状態について如才なく尋ねるつもりだったんだ。でも、それもずっと前に答えてもらっていたらしく、ついに勇気を奮い起こして尋ねたときは「さっきも言ったろ、僕は大丈夫だって」という返事が返ってきた。「僕も大丈夫だって言った？」「ああ」彼はにっこり笑った。僕は横を向いた。彼に見つめられたから。自分が赤面しているのがわかったから。顔をしかめてしまったから。それでも、いくら恥ずかしくても彼には見つめつづけてほしかった。取っ組み合う格好になり、オリヴァーの肩が僕の膝に触れているときも、見つめつづけてほしかった。

僕が下着を脱いで彼の水着をはき、これ以上彼の体を近く感じることはないと思ったあの午後から、もうこんなところまできてしまった。僕は大事な瞬間に近づきつつあったけれど、この状態が永遠に続いてほしくもあった。そこを越えたら、あと戻りはできないから。そしてついに、そのときが訪れた。それは夢に見ていたようなものではなく、痛みも伴っていた。だから思った以上にうろたえてしまった。彼を止めたいという衝動に駆られたことをオリヴァーは察して、やめようかと言ってきた。でも僕は答えなかった。どう答えていいかわからなかった。僕は自分で決めたくなく、彼は本能的に僕の代わりに決めたいと思い、結局決められないでいるうちに永遠のような時間が経過した。この瞬間から——と僕は考えた——この瞬間から僕は、経験のない漠然とした思いを抱きつづけるんだ……どこかとても大切なところに着いたという思い、永遠にこれを求めることになるという思い、僕はほかの誰でもない自分自身だという思い、腕に震えが走るたびにまったく知らないけれど少しの違和感もないものを見いだすんだという思い。僕は昔からこういう気持ちを抱いていたのに、どこかにそれを置き忘れてしまい、オリヴァーが再び見つけてくれたんだという思い。

夢は正しかった——これはまるで故郷に帰るようなもの、僕が生まれてから今までどこにいたのかと尋ねるようなもの。それはまた、僕が子どもの頃君はどこにいたのかとオリヴァーに尋ねることでもある。そしてまた、これがなければ人生にどんな意味があるのかと問うことでもある。だから結局、君がやめたら僕は死ぬ、君がやめたら僕は死ぬ、と何度も繰り返し口にしたのはオリヴァーでなく僕のほうだった。そう言うことによって僕は、夢と空想、僕とオリヴァー、彼の口から僕の口、そしてまた彼の口へと行き交う思慕の言葉を完成させていた。やがて僕は卑猥な言葉を使いはじめたらしく、オリヴァーは僕のあとからその言葉を繰り返した。最初は小さな声で。

やがて彼は言った。「君の名前で僕を呼んでくれ。僕は僕の名前で君を呼ぶ」そんなことをするのは生まれて初めてだった。彼の名前であるかのように自分自身の名前を口にした瞬間、あとにも先にもほかの誰とも分かち合ったことのない境地に達したのだった。


大声を出しちゃった？

オリヴァーは微笑んだ。心配するほどじゃないよ。

僕は泣いていた気もするけれど、はっきりとはわからない。オリヴァーは自分のシャツで体を拭いてくれた。マファルダはいつもよからぬことの証拠を探している。何も見つからないよ、と彼は言った。僕はこれを〝波打つシャツ〟と呼んでいる。ここへ来た最初の日に着てたよね、だからこのシャツは僕よりもたくさん君のにおいをつけてるんだ。そうかな、と彼は言った。彼はなかなか僕を離さなかった。でも互いの体が離れたとき、さっき彼がまだ僕の中にいるとき背中の下にあった本をうわの空で押しのけたことをなんとなく思い出した。今、その本は床に落ちている。それが『セ・ラモーレ』であることに、僕はいつ気づいたんだろう？　マルツィアと一緒にブックパーティに行ったのと同じ夜にオリヴァーも行ったのかと考える時間を、どうやって情熱の最中に見つけられたんだろう？　三十分もすると、おかしな考えばかりが漂っているような気がしてきた。

われに返ったのはしばらくあと、まだオリヴァーの腕の中にいるときだった。うとうとしていたのも気づいていなかったけれど、急にはっきり目が覚め、その瞬間思いも寄らない恐怖と不安に襲われた。胸がむかむかする。シャワーを浴びてすべてを洗い流すだけでは不充分で、浴槽いっぱいにマウスウォッシュが入った風呂に入りたい気分。遠く離れたい――オリヴァーから、この部屋から、僕たちがしたことから。恐ろしい悪夢からゆっくり下降しているけれどまだ地面には着いておらず、着地したいかどうかもわからない感じ。下で待っているのも、そんなに素晴らしいものではない。それでも、この悪夢という不定形の大きなかたまり、今まで感じたことのなかったほど巨大な自己嫌悪と悔恨の雲に、永遠にしがみついてはいられない。僕は二度ともとの自分に戻れないだろう。

　どうしてオリヴァーにあんなことをさせてしまったんだろう。どうして僕はあれほど熱心に行為に加わり、拍車をかけ、彼を待ち、どうかやめないでと懇願したんだろう。胸にべっとりついた彼の精液が、僕が恐ろしい一線を越えてしまったことの動かぬ証拠。それは、僕が大切に思っている人たちとも、僕自身とも、神聖さとも、僕たちを結びつける民族とも、マルツィアとも、まったく関係がない。彼女は今、遠くの沈みゆく岩礁で夏の波に洗われているよそよそしく冷淡な海の妖精（セイレーン）のごとく立っている。僕は夜明けまでに自分を再構築するため、集まった人々の中に彼女がいることを願って、もがきながら彼女のところまで渦巻く不安の海を泳いでいこうとしている。その人々とは僕がこれまでに会った人たちではなく、まだ生まれぬ、あるいは会っていない人たち、僕の人生とその人たちの人生とのあいだにわき上がる恥と嫌悪を思い出さずに愛することはできない人たちだ。恥と嫌悪はいつまでもつきまとい、彼らへの愛を汚してしまうだろう。この秘密は僕の中のあらゆる善を汚してしまうだろう。

それとも僕は、もっと深層にあるものを傷つけてしまったのか？　それは何？

僕の感じる嫌悪は昔から隠れて存在していたのか？　それが今夜のことで明るみに出たのか？

吐き気のようなもの、悔恨のような感情――僕はやはり後悔しているのか？――が僕を襲う。窓から差し込む夜明けの光が意識されるにつれて、その感情はどんどん明瞭になっていくようだ。

それでも、光と同じく、悔恨は――本当に悔恨だとしたら――わずかのあいだ薄れたように思えた。なのに居心地悪くベッドに横たわっているうち、悔恨は、それが消えたと感じるたびに、存在を主張するようにもっと大きくなって戻ってくる。痛いのは最初からわかっていた。予期していなかったのは、痛みが突然の罪悪感となって現れることだ。こんなことは誰も教えてくれなかった。

外はすっかり夜が明けている。

どうしてオリヴァーは僕を見つめているんだろう？　僕が何を感じているか推測したの

か？

「うれしくないんだな」

僕は肩をすくめた。

嫌いになったのはオリヴァーじゃない――僕たちがしたことだ。まだオリヴァーに心の中を見透かされたくない。この自己嫌悪の泥沼から抜け出したいのに、どうすればいいのかわからない。

「ヘドが出そうなんだろ？」

僕は今度も肩をすくめてやり過ごした。

「しちゃいけないのはわかってた。わかってたんだ」オリヴァーが自己疑念に苦しんで狼狽するのを見たのは初めてだった。「僕らは話し合うべきだった……」

「そうかも」

その夜明けに言える可能性のあったすべての発言の中で、この投げやりな〝そうかも〟が最も残酷だった。

「いやだったのか？」

ちっともいやじゃなかった。でも僕が感じたのは、〝いや〟よりもっとひどい気持ちだった。このことは思い出したくない、考えたくない。頭から追い払いたい。こんなことは起こらなかった、試みたけどうまくいかなかったと思いたい。代金を返してもらってフィルムを巻き戻し、裸足でバルコニーに出そうになった瞬間まで戻してほしい。そうしたら、それ以上先へは進まない。部屋でじっと座って、こんなことは知らないですませる――今感じているることに比べたら、自分の体を持て余しているほうがましだ。〝エリオ、エリオ、だから警告したんだ、そうだろう？〟

僕はベッドに横たわり、無礼に思われたくないのでじっと動かずにいた。「寝たければ寝てもいいよ」僕の肩に手を置いてオリヴァーが発した言葉は、おそらく僕への発言の中で最も親切なものだった。一方僕は裏切り者ユダの気分で、彼が知ってさえいれば、と心の中でつぶやきつづけた。僕が彼とできるかぎり遠く離れたいことを、彼が知ってさえいれば。僕は彼をハグして目を閉じた。「僕を見てるだろ」目を閉じたまま言う。目を閉じているとき見つめられるのは好きだった。

少しでも気分をよくして今のことを忘れるには、可能なかぎりオリヴァーと離れなければならない――だけど万が一僕をめぐる状況が悪化してほかに頼れる人がいなくなったときに備えて、彼にそばにいてもらう必要がある。

そう思いながらも、僕の別の部分はすべてを終わりにできて喜んでいた。彼のことにはもう決着がつき、僕はそのつけを払うことになる。問題は――オリヴァーは理解してくれるか？　許してくれるのか？

あるいはこの気持ちは、これ以上自己嫌悪や恥を感じるのを避けるための錯覚なのか？

朝早く、僕たちは海水浴に行った。ふたり一緒にこんなことをするのは今回が最後だと思った。このあと僕は自分の部屋に戻り、眠り、目覚め、朝食を取り、楽譜を出し、素晴らしい朝の時間をハイドンを編曲して過ごし、ときどき食事の席でオリヴァーがまた冷たくするのではという不安に胸を痛め、でも僕たちはそんな段階を通り過ぎたことを思い出すだろう。彼はほんの数時間前僕の中に入っていて、そのあとは僕の胸に射精したんだから。彼がそうしたいと言い、僕が許したから。僕はまだ達していなかったし、彼が顔をしかめて僕の目の前で絶頂を迎えるのを見ると興奮したから。

今、オリヴァーはシャツを着たまま膝まで水に浸かっている。彼が何をしているかはわかっている。証拠を海の水で洗い流し、マファルダに訊かれたらうっかりシャツを濡らしたと言うつもりなんだ。

僕たちは一緒に大きな岩まで泳いだ。話をした。僕が彼と一緒にいられて喜んでいる、とオリヴァーに思ってほしかった。胸についたべとべとを海で洗い流したかった。でも、僕の体についているのは彼の精液なんだ。しばらくしてからシャワーを浴びて石鹸で体をこすれば、自分についてのあらゆる疑念——三年前、自転車に乗った名も知らぬ若者が止まって自転車をおり、僕の肩に手を置き、普通ならもっと長い時間かかって意識に到達するはずの気持ちを急速に表面化させたときに始まったもの——もすべて洗い流されるだろう。幽閉されていた壺から解放され、どの家のバスルームにもあるカモミール石鹸の優しく晴れやかな香りで浄化された精霊（ジニー）のように、僕についての悪い噂や間違った思い込みは解消されるだろう。

岩の上に座っておしゃべりをした。どうして今までこんなふうにおしゃべりしなかったんだろう？　何週間も前にこういう友情を結べていたら、あそこまでオリヴァーへの恋心を募らせなかっただろうし、そうしたら彼と寝ずにすんだかもしれないのに。この前の夜、ここから二百メートルと離れていないところでマルツィアと寝たことを話したかったけれど、それについては口をつぐんだ。代わりに編曲を終えたばかりのハイドンによる『十字架上のキリストの最後の七つの言葉』の中の一曲『果たされた』について話した。オリヴァーに感銘を与えたり彼の注意を引いたりふたりのあいだに不安定な橋をかけたりするためでなく、この曲について語りたいという素直な理由で語ることができた。ハイドンのことなら何時間でも話していられた――僕たちはどんな素晴らしい友情を結べる可能性があったんだろう。

オリヴァーとはもう終わったんだと強く感じつつ、数週間にわたる恋患いからそんなに簡単に回復できたことに少し落胆もしていたときの僕は、大事なことに少しも気づいていなかった。今みたいにこのうえなくリラックスしてハイドンを論じたいという願望こそ僕にとって最大の弱点であり、もしも欲望が再燃したなら、それは最も安全だと思っていたこういう願望を通じてこっそり――プールサイドで半裸の彼を見たときと同じくらいやすやすと――心に忍び込むだろう、ということに。

途中でオリヴァーは僕の話をさえぎった。

「大丈夫か？」

「うん、大丈夫だよ」

すると彼は気まずそうな笑顔になり、最初の質問を言い直した。「どこも問題ないか？」

僕はかすかに笑い返した。自分が黙り込もうとしていたこと、ふたりのあいだのドアや窓を閉めていたこと、太陽がのぼって恥が長い影を投げかけているため蝋燭を吹き消していることはわかっていた。

「僕が言いたかったのは――」

「わかってるよ、言いたかったことは。痛いよ」

「君はいやだったのか、あのとき――」

僕は横を向いた。冷たい風が耳に吹きつけ、それが顔にあたるのを避けるかのように。

「その話、どうしてもしなくちゃいけない？」

僕が使ったのは、僕がよかったかと尋ねたときマルツィアが使ったのとまったく同じ言葉だった。

「しなくていいさ、君が話したくなければ」

彼が何を話したいかはわかっていた。僕がもう少しでやめてと言いかけたときのことだ。

オリヴァーと話しながらも、僕が考えていたのは、今日マルツィアと一緒に歩いたらどこに座ろうとしても痛いだろうということだけだった。情けない。街の塁壁——僕たちの年齢の若者がカフェにいないときみんなで集まる場所——に座ったら痛みに悶え、そのたびにゆうべしたことを思い出す羽目になる。仲間の物笑いの種だ。オリヴァーは僕が身をよじるのを見て、〝僕が君をこんなふうにしたんだね？〟と思うだろうか。

彼と寝なければよかった。彼の体を見ても、もう何も感じない。岩に座ってオリヴァーを見るのは、救世軍に寄付するため箱詰めした古いシャツやズボンを見るようなもの。感じないことを確認していこう。

肩。チェック。

かつて崇拝していた肘の内側と外側。チェック。

股間。チェック。

首。チェック。

アプリコットのような尻の曲線。チェック。

足——ああ、あの足、でも、そう、チェック。

彼が〝どこも問題ないか？〟と訊いたときの笑顔。そう、これもチェック。何事も抜かりがあってはいけない。

僕はかつてそのすべてを崇拝していた。猫が好きなものに体をこすりつけるみたいに、そのすべてに触れた。ひと晩のあいだ、それらは僕のものだった。今は欲しくない。どうしてそんなものを求め、なんとかして近づこうとし、触れ、一緒に寝ようとしたのか、思い出せないし、ましてや理解もできない。泳いだあとでお待ちかねのシャワーを浴びよう。忘れろ。忘れてしまえ。

泳いで岸まで戻るとき、オリヴァーはふと思いついたように質問してきた。「ゆうべのことで僕を恨むか？」

「ううん」僕は答えたけれど、即答だったので逆に嘘くさかった。そっけなさを取り繕うために、今日は一日じゅう寝ていたいくらいだと言った。「どうせ今日は自転車に乗れそうにないし」

「その理由は……」オリヴァーは質問しているのではなく、答えを言おうとしている。

「そう、その理由」

オリヴァーと距離を置くのを急ぎすぎないと決めた理由は、彼の感情を害したり動揺させたり家に気まずい空気を生んだりするのを避けたかっただけでなく、数時間後にまたオリヴァーを求めるようにならないと断言できなかったからだ。

バルコニーまで行くと、驚いたことにオリヴァーはちょっとためらったあと僕の部屋に入ってきた。「トランクスを脱げよ」変だと思ったけれど、断る勇気はなかった。だからトランクスをおろして脱いだ。明るいときオリヴァーの前で裸になるのはこれが初めてだ。恥ずかしいし、どきどきしてきた。「座れ」言われたとおり腰をおろしたとたん、彼は僕のコックを口に含んだ。たちまち僕は硬くなった。「残りはあとでのお楽しみだ」彼は皮肉めいた笑みを浮かべたかと思うと去っていった。

これは、彼とは終わったと決め込んだ僕への復讐？

おかげで、自信も、チェックリストも、オリヴァーとは終わりにしたいという願望も、一瞬で消えてしまった。お見事だ。僕は股間を拭いて昨夜着ていたパジャマのズボンをはき、ベッドに身を投げ出し、マファルダがドアをノックして朝食に卵が欲しいかと訊くまで目覚めなかった。

今から卵を食べるのと同じ口が、ゆうべは彼のあらゆる場所をさまよったんだ。

二日酔いのときみたいに、僕はいつ吐き気がなくなるのだろうと考えつづけていた。ときどき急に痛みが走り、不快感と恥の意識がよみがえる。魂と肉体は脳の松果体で出合うと言った人間がいるけれど、そいつはバカだ。出会う場所はケツの穴なんだよ、アホ野郎。

朝食におりたとき、オリヴァーは僕の水着をはいていた。でも誰も気にしなかった。うちの家では皆が水着を交換していたから。でもオリヴァーがそうしたのはこれが初めてだったし、それは今朝一緒に泳ぎに行ったとき僕がはいていた水着だった。彼が僕のものを身につけているのを見ると、我慢できないほど興奮をかき立てられた。オリヴァーもそれを知っていた。僕たちふたりともひどく興奮した。僕のコックをおさめていたネット状の生地に彼のコックがこすりつけられていると考えたとたん、オリヴァーが激しく動いたあと目の前で胸に射精したときのことが思い出された。でも、僕を興奮させたのはそのことじゃない。ふたりの体が互いに溶け合ってどちらがどちらかわからなくなる、という思いだ——僕のものは突然オリヴァーのものになり、オリヴァーのものはすべて僕のものでもありうる。僕はまた誘惑されているのか？　食卓でオリヴァーは僕の隣に座り、誰も見ていないとき足を僕の足の上でなく下にすべり込ませた。いつも裸足で歩いているから僕の足の裏はざらざらしている。彼の足の裏はすべすべだ。ゆうべ僕はその足にキスをし、指を吸った。今その足が僕のざらざらした足の下にあり、僕は自分の守護者であるはずのオリヴァーをこの足で守らねばならなかった。

僕が彼を忘れることを、オリヴァーは許してくれない。ある領主夫人の話が思い出された。彼女はある夜若い家臣と寝たあと、翌朝宮殿の衛兵に命じて彼を逮捕させ、濡れ衣を着せて地下牢で即座に処刑した。それは、不義密通の証拠を消し去って、夫人の寵愛を受けていると思った若い愛人が増長して厄介な存在になるのを防ぐためであると同時に、次の夜も彼を求めたくなる誘惑を断ち切るためでもあった。オリヴァーは僕を追いかける厄介な存在になろうとしているのか？　僕はどうしたらいいんだろう——まさか母に打ち明けるわけにもいかない。

その朝、オリヴァーはひとりで街へ行った。郵便局とシニョーラ・ミラーニという、いつもの用。僕は、僕の水着をはいたままペダルを漕いでスギの並木道を進む彼を見送った。これまで僕の服を着た人はいなかった。そういう行為は、ふたりの人間が単に親密になるだけでなく溶けて完全に一体化せずにはいられないことを、物理的、比喩的に表していたのかもしれない。君のおかげで僕は存在する。僕のおかげで君は存在する。彼が僕の口の中にいるとき、僕は彼の口の中にいて、今自分の口の中にあるのが彼のものか僕のものかわからなくなる。彼は僕と僕自身をつなぐ秘密の導管——人を形づくるのに寄与する触媒、体内に定着した異物、ペースメーカー、接ぎ木、正しい鼓動を生み出す移植片、兵士の折れた骨を留める鋼鉄のピン、移植前よりも自分を自分らしくしてくれる他人の心臓。

こんなことを考えているうち、急に、今日する予定のことを全部やめてオリヴァーのもとへ駆けていきたくなった。十分ほど待って自転車を出し、今日は自転車に乗らないでおこうと自分に誓ったのも忘れて走りはじめた。マルツィアの家の前を通り過ぎ、急勾配の坂道を全速力でのぼっていく。ピアツェッタに着いたのは、オリヴァーが着いたほんの数分後だった。彼は自転車を止めて新聞『ヘラルド・トリビューン』を買い、今は郵便局に向かっている——最初の用事だ。

「会いたかった」僕はオリヴァーに駆け寄るなり言った。「どうした、何かあったのか?」「会いたかっただけ」「僕にはうんざりじゃなかったのか?」そうだと思っていた——と言いそうになった。実際、うんざりしたかった。「とにかく一緒にいたかったんだ」そう言ったあと、ふと気がついた。「君がいやなら、僕は帰るけど」オリヴァーは身じろぎもせず立っていて、まだ投函していない手紙の束を持った手をおろし、頭を横に振りながらじっと僕を見つめた。「君と寝たのを僕がどんなに喜んでるか、君はわかってるのか？」

僕はお世辞をやり過ごすように肩をすくめた。僕は称賛に値する人間じゃない。特に彼からの称賛には。「さあ」

「気づかないなんて、いかにも君らしいな。僕は何も後悔したくない――君がゆうべのことを僕に話させてくれないことも含めて。ただ、君にいやな思いをさせたとは考えたくないんだ。僕は苦しみたくないし、君にも苦しんでほしくない」

彼がなんのことを言っているのかはわかっていたけれど、誤解したふりをした。「僕は誰にも言わないよ。問題は起こらない」

「そういう意味じゃない。だけど、僕はなんらかの形で報いを受けることになるだろうな」

僕はそのとき初めて、日光の下で今までとは違うオリヴァーを垣間見た。「君がどう思っていようと、君にとってあのことはお楽しみだったし、そうあるべきだ。だけど僕にとっては違う。それが何かはまだわからないし、わからないという事実に僕はおびえてる」

「僕は来ないほうがよかったってこと？」僕はとぼけているのか？

「できるものなら、君を抱き締めてキスしたい」

「僕も」

オリヴァーが郵便局に入ろうとするとき、僕は彼の耳に口を寄せてささやいた。「やって、エリオ」

彼は思い出し、すぐに自分の名前をうめくように三度口にした。ゆうべしたのと同じように。僕の股間は早くも硬くなりかけている。彼をからかうため、彼が今朝言ったのとまったく同じ言葉を使った。「残りはあとでのお楽しみだ」

そして、〝あとで〟という言葉を聞くたびにオリヴァーのことを思い出す、という話をした。彼は笑って言った。「あとで!」——今回は珍しく、僕が望んだとおりの意味で。じゃあ、とか、また今度、というだけでなく、午後に愛し合おうということ。僕は背を向けると自転車に飛び乗り、また全速力で坂道を駆けおりた。満面に笑みを浮かべ、歌えるものなら歌いたかったくらいだ。

生まれてこの方、これほど幸せだったことはない。悪いことは何ひとつなく、すべてが僕に都合よく起こっている。ドアは一枚ずつ順に開き、人生はこのうえなく明るく輝いて僕を真正面から照らす。自転車で右へ左へと曲がって光から逃れようとしても、光は僕についてくる。スポットライトが舞台上の俳優を追うように。オリヴァーを渇望しているけれど、彼がいなくても生きていけるし、どちらでも構わない。

途中でマルツィアの家に寄ることにした。彼女は海岸に向かっていた。僕は追いつき、ふたりで岩場まで行って日光の下で寝そべった。彼女のにおい、彼女の口が好きだ。マルツィアはトップスを脱ぎ、背中に日焼けローションを塗ってと頼んだ。僕の手が必然的に乳房を包むことになるのを知っていて、そう言ったんだ。マルツィアの家は海岸近くに屋根つきの小屋を持っている。彼女はそこに入ろうと言った。誰も来ないから。僕は中から鍵をかけ、彼女をテーブルに座らせ、水着を脱がせ、海のにおいがする場所に口をつけた。マルツィアは仰向けになって両脚を僕の肩に置いた。なぜか、僕にとってオリヴァーとマルツィアはそれぞれまったく別個の存在で、どちらかがどちらかの邪魔をすることはない。ほんの三十分前、僕はオリヴァーに抱いてと頼んだ。そして今はマルツィアと愛を交わそうとしている。ふたりはなんの関係もなく、エリオというひとりの人間を通じてつながっているだけだった。

昼食後、オリヴァーはシニョーラ・ミラーニに最新の訂正原稿を渡すためもう一度街まで行くと言った。ちょっと僕に目をやったものの、僕が反応しないのを見るとすぐに歩き出した。僕はワインを二杯飲んでいて、昼寝をするのが待ちきれなかった。テーブルから大きな桃を二個取り、母にキスをした。あとで食べるから、と言って階段をのぼる。暗い部屋に入ると、桃を大理石のテーブルに置いた。そしてすっかり服を脱いだ。清潔で冷たく、ぱりっと糊が効き、太陽の光をたっぷり浴びたシーツがベッドにぴんと張られている――マファルダに神の祝福を。

僕はひとりになりたいのか？　そのとおり。昨夜と夜明けにひとりの人間と交わった。朝には別の人間と交わった。今は、この明るい夏の午後に、咲きたてで茎が硬いヒマワリみたいに、満足してシーツの上に横たわっている。ようやく眠れるようになって、ひとりでいられてうれしいか？　うん。いや、そうでもない。そうだ。でも違うかも。そう、そう、そうだ。僕は幸せだし、大切なのはそれだけだ。ほかの人と一緒でも、一緒でなくても、僕は幸せなんだ。

コクのある極上のコーヒーの香りが家の中を漂ってきて、三十分後に目が覚めた。もう少し前だったかもしれない。ドアを閉めていてもコーヒーのにおいはする。両親のコーヒーじゃないのはわかっていた。それはもっと前に淹れられて出されていた。今のは午後二度目に淹れたコーヒーだ。マファルダと夫とアンチーゼが昼食後にコーヒーをつくるのに使うナポリ式エスプレッソマシンで淹れたもの。彼らもそろそろ休憩だろう。あたりには早くも不活発な空気が漂っている——世界は眠りに落ちようとしている。僕の望みはオリヴァーかマルツィアがバルコニーに来て、半分だけおろされたよろい戸の隙間からベッドに寝そべる裸体を見てくれることだ。オリヴァーでもマルツィアでもいい——とにかく誰かにバルコニーに来て気づいてほしい。そこで何をするかは彼らしだい。僕はこのまま眠りつづけてもいい。でも誰かが隣にやってきたら、僕は体をずらして場所をつくり、一緒に眠る。ふたりのどちらかが部屋に入ってきて桃をつかみ、僕のベッドまで来て硬いコックに押しつけるところを思い描いた。〝寝てないのはわかってる〟と言い、柔らかく熟した桃を僕のコックに押しつけ、僕はオリヴァーの尻を連想させる割れ目から桃を貫く。その空想は頭から離れてくれなかった。

起き上がって一個の桃を取り、親指で半分まで割って種を机に押し出した。そして産毛に覆われた紅潮した桃を股間に持っていき、ゆっくりと押しつけ、割れた桃をコックで貫いた。大きな麦藁帽をかぶり、いつも乾燥した地面から雑草を抜いている長くて節くれ立ってごつごつした指で毎日丹精込めて育てた果物に僕が何をしているかを知ったら、アンチーゼはどうするだろう。彼の育てた桃は桃というよりアプリコットに見えるけれど、アプリコットよりも大きくてジューシーだ。動物の王国はもう試したことがあった。今は植物の王国に移行しようとしている。次は鉱物の王国かな。そう考えると思わず笑いが漏れた。コックは果汁まみれになっている。今オリヴァーが入ってきたら、今朝みたいに彼に吸ってもらおう。マルツィアが来たなら、最後までするのを手伝ってもらおう。果肉は柔らかいけれど弾力がある。ついにコックで桃をふたつに割ったとき、赤い中心部はアヌスを連想させ、またヴァギナをも連想させた。だから半分ずつをそれぞれの手に持ってしっかりコックに押しつけ、こすりはじめた。誰のことも考えず、あるいはあらゆる人のことを考える。哀れな桃のことも考えた。桃は自分が何をされているかわからないまま、僕に操られるしかない。でも最後には桃もこの行為を楽しむようになるだろう。

やがて桃の声が聞こえてきた。〝やって、エリオ、もっと激しく〟そして少し置いて、〝もった激しくって言ったでしょ!〟一方僕はオウィディウスの詩からイメージを喚起していた——桃に変身した登場人物がいなかっただろうか? いないとしたら、僕が即席でつくり上げていいだろうか? たとえば、美の盛りにいる不運な若い男と女が嫉妬深い神の誘惑をはねつけたため、神は彼らを桃の木に変え、彼らは三千年後の今、不当に奪われたものを与えられてささやいているんだ。〝あなたが終わったら私は死ぬ、終わらないで、絶対に終わらないで〟と。その物語に僕はすっかり興奮してしまい、前触れもなくオーガズムが襲ってきた。ここで止めてもいいけれど、あと一往復で達しそうだ。ついに達すると、割れた桃の赤い中心部を慎重にねらって放った。それが射精の儀式であるかのように。

なんとバカげた行為だろう。僕は両手で桃を持ったまま腰を後ろに引いた。果汁や精液でシーツを汚さずにすんでよかった。レイプの被害者のように手荒に扱われて傷ついた桃は、断面を上にして机に置いた。辱められ、それでも忠実に、苦痛にあえぎ、混乱し、僕が中に残したものをこぼすまいと必死になっている。昨夜オリヴァーが最初僕の中で達したときの僕の様子と、そう大きく変わらないかもしれない。

タンクトップは着たけれど下半身は裸でいることにして、シーツにもぐった。

誰かがよろい戸を開け、そのあとまた閉める音に目が覚めた。一度見た夢と同じく、誰かが爪先立ちでやってきた。僕を驚かせるためでなく、起こさないために。オリヴァーなのはわかっている。僕は目を閉じたまま彼に向かって腕を上げた。オリヴァーはその腕をつかんでキスをし、シーツをめくったが、僕が裸なのに驚いたようだ。彼はただちに、今朝続きをすると約束した場所に唇を持っていった。べたべたして甘ったるい味を気に入ったようだ。何をしたんだい？

僕は話して、机に置いた証拠の傷ついた桃を指さした。

「見せてくれ」

オリヴァーは立ち上がり、自分に見せるために置いたのかと尋ねた。そうかもしれない。あるいは単に、処分方法を決めるのを先延ばしにしただけだろうか？

「これって僕が考えてるとおりのもの？」

僕は照れくささを装い、いたずらっぽくうなずいた。

「アンチーゼが桃一個一個を育てるのにどれだけ努力してるか知ってるのか？」

オリヴァーは冗談を言っていたけれど、彼が、あるいは彼を通じて誰かが、両親が僕を育てる努力について同じ質問をしている気がした。

彼は中身をこぼさないよう慎重に半分の桃をベッドまで持ってきて、自分も服を脱いだ。

「僕ってビョーキだよね？」

「いや、ビョーキじゃない——それを言うなら誰だってビョーキだ。どういうことかわかるかい？」

わからない。僕は答えをためらった。

「君より前に射精した人間の数を考えてみろよ——君、君のお祖父さん、ひぃひぃお祖父さん、それより前の世代のエリオたち、もっと遠く離れた場所から来た人たち、みんなの精液が混ざり合って、君という人間ができてるんだ。さて、味見していいか?」

僕は首を横に振った。

彼は一本の指を桃の中央に浸して口に持っていった。

「頼むからやめて」こんなのは耐えられない。

「僕も自分のなら我慢できないよ。だけどこれは君のだ。だめな理由があるなら説明してくれ」

「恥ずかしい」

オリヴァーは肩をすくめて僕の発言をやり過ごした。

「ねえ、そんなことしなくていいんだよ。君を追いかけたのは僕のほうだ。僕が君を追っかけたんだし、起こったことは全部僕のせいなんだ——君はこんなことしなくていい」

「バカバカしい。僕だって最初の日から君が欲しかった。僕のほうがうまく隠してただけだ」

「やめてよ!」

僕は飛び出してオリヴァーの手から桃を奪おうとしたけれど、彼はもう片方の手で僕の手首をつかんで強くひねった。映画で、人が相手のナイフを手放させようとするときみたいに。

「痛い」

「だったらあきらめろ」

僕は彼が桃を口に入れてゆっくり食べるのを見た。彼はとても強く僕を見つめている。愛の行為でもここまで強く見つめないだろうと思うくらいに。

「吐き出したかったら吐き出していいんだよ、ほんとに。僕は気を悪くしないから」最後のお願いというより沈黙を破るために、僕は言った。

でもオリヴァーはかぶりを振った。その瞬間、彼は桃を味わっているようだった。僕の一部が彼の口の中にあって、今は僕のというより彼の一部になっている。彼を見つめていたとき自分に何が起こったのかわからないけれど、僕は急に泣きたいという激しい衝動に襲われた。オーガズムと同じく、それに抵抗するのではなく身をまかせた。精液と同じくらい人目に触れさせたくないものを彼に見せるために。オリヴァーに抱きつき、肩に顔をうずめて泣き声を抑えた。泣いたのは、僕に対してそこまで優しくしてくれた他人はいなかったから。アンチーゼは昔サソリに刺された僕の足の傷口を切って毒を吸い出してくれたけど、それでもオリヴァーほど優しくはなかった。これほど感謝したことはなかったし、その気持ちを表す方法を泣く以外に知らなかったから泣いた。そして、今朝彼に対していやなことを考えてしまったから泣いた。昨夜のことを思って泣いた。よかれ悪しかれ、あれをなかったことにはできないんだ。今こそ、オリヴァーは正しい、これは安易にできることじゃない、もう単なるお楽しみなんかじゃない、たとえ僕たちが拙速だったとしてもその前の状態に戻るにはもう手遅れだということを、オリヴァーに示す絶好の機会だった。僕が泣いたのは、何かが起こっていたからだ。それが何かはちっともわからなかったけれど。

「エリオ、僕たちのあいだに何が起ころうとも、君にはそれを知っておいてほしい。知らなかったとは言わないでくれ」オリヴァーはそう言いながらもまだ桃を食べている。情熱の最中の行為と、今彼がしていることは、まったく違う。彼は僕をどこか遠くの境地へ連れていこうとしている。

彼の言葉はまったく意味をなさない。なのに僕はどういうことか正確にわかっていた。てのひらで彼の顔をこすった。そしてなぜかわからないまま、彼のまぶたを舐めはじめた。

「キスして、まだ味が残ってるうちに」僕は言った。彼の口は桃と僕自身の味がするだろう。

オリヴァーが去ったあとも、僕は長いあいだ自分の部屋にとどまった。ようやく目覚めたときは夕方で、僕はまた不機嫌になった。痛みはもう消えていたけれど、夜明けに感じたのと同じような不安に襲われた。まったく同じ感情が合間を置いて繰り返し表れるのか、それとも前の不安は癒えたのに午後の愛の行為のせいでまた新たな不安が生じたのか、それはわからない。ふたりで快楽の時間を過ごしたあとは、いつもこういう孤独な罪悪感を味わうことになるのか？　どうしてマルツィアのときは同じものを感じないんだろう？　自然が、僕はマルツィアと一緒にいるほうがいいと教えてくれているのか？

僕はシャワーを浴び、きれいな服を着た。下におりると、皆がカクテルを飲んでいた。ゆうべの客ふたりがまた来ていて母がもてなしている。新しい客は新聞記者で、オリヴァーがヘラクレイトスについて書いた本の説明をするのに聞き入っていた。彼は非常に巧みにごく短く説明していたけれど、その技術はこの聞き手のために身につけたらしかった。「家にいるつもり？」母が訊いてきた。

「ううん、マルツィアに会いに行く」

母は心配そうな顔を向けて遠慮がちに首を左右に振りはじめた。〝気に入らないわね、マルツィアはいい子だけど、あなたたちはグループ交際をすべきよ〟という意味だ。「この子に構うんじゃない」父が反論して僕を自由にしてくれた。「この子は一日じゅう家に閉じこもってたんだ。好きにさせてやろう。この子のいいように！」

父は何も知らないんだ。

どうしよう、もしオリヴァーとのことを知っていたとしたら？

父は決して反対しないだろう。最初は渋い顔をするかもしれないけど、そのあと表情を消すだろう。

マルツィアとの交際をオリヴァーに隠そうとはまったく思わなかった。パン屋と肉屋は競争相手にならない。それに、たぶん彼は少しも気にしない。

その夜はマルツィアと映画を見に行った。ピアツェッタでアイスクリームを食べた。彼女の家でもアイスクリームを食べた。

「またあの本屋さんに行きたいな」家の庭の門まで僕を送るとき、マルツィアは言った。

「だけどあんたと映画には行きたくない」

「明日の閉店時間くらいに行く？」

「いいわね」彼女はこの前の夜を再現したがっていた。彼女は僕にキスをした。でも僕のほうは、朝に開店したばかりの頃に行きたかった。もちろん夜にももう一度。

家に戻ると、ちょうど客が帰ろうとしているところだった。オリヴァーはいなかった。

僕の自業自得だ、と思った。

自分の部屋に行き、ほかにすることもないので日記を開いた。

昨夜の日記。〝真夜中に会おう〟だって。見てろよ。どうせ彼は家にいないから。「失せろ」——それが「大人になれ」の意味だ。彼に何も言わなきゃよかった〟

彼の部屋へ行く前、僕は神経過敏になり、彼の言葉についてとりとめもないことをあれこれ考えていた。今それを読んで、昨夜の緊張の記憶を呼び覚まそうとした。ゆうべの不安を思い起こしたかったのは、今夜の不安を覆い隠すためであり、彼の部屋に入ったとたんに最悪の恐怖がぱっと消えたのであれば今夜も彼の足音を聞いたとたんに気持ちが落ち着くはずだ、と自分に言い聞かせるためでもあったんだろう。

ところが、昨夜の不安はまったく思い出せなかった。そんな気持ちは、そのあと起こったことによって完全に影が薄くなって、手の届かない時間のかなたにいってしまったみたいだった。昨夜のことは突然すべて消えてしまった。何もよみがえらない。記憶を刺激するため「失せろ」とささやいてみた。昨夜、その言葉はすごく現実的に感じられた。でも今は意味不明の単語でしかない。

そのとき気がついた。今経験しているのは、これまで一度も経験しなかったことなんだ。最悪だ。この気持ちをどう呼ぶべきかもわからない。

いや、昨夜だってあの緊張をどう呼ぶべきかわかっていなかった。

昨夜、僕は大きな一歩を踏み出した。なのに今だって、彼に抱かれる前と比べてちっとも賢くなっていないし、何についても自信を持てずにいる。彼と寝なかったも同然だ。

少なくとも昨夜は、失敗するんじゃないか、追い出されるんじゃないか、僕がほかの人に対して使ったようなののしりの言葉をかけられるんじゃないか、という恐れがあった。その恐怖を乗り越えた今、改めて考えてみると、この不安は昔からずっと隠れて存在していたという気がした。スコールのあと現れる危険な岩礁の予兆や警告のように。

オリヴァーの居場所がどうして気になるんだろう？　僕だって納得していたじゃないか――肉屋とパン屋は競争相手にならない、と。彼がここにいないから、黙って姿を消したからといって、なぜこんなに取り乱す？　どうして、自分は待つことしかしていないと感じるのだろう？　――待つ、待つ、ひたすら待つ。

どうして待つことが拷問に感じるんだろう？

オリヴァー、もし誰かと一緒にいるのなら、そろそろ帰る時間だよ。問い詰めたりしない。約束する。でも、僕を待たせるのはやめて。

十分以内に彼が現れなかったら、僕は何かしようと決めた。

十分後、無力に感じながらも、無力に感じる自分に腹を立て、〝今度は本気だぞ〟と思ってあと十分待つことにした。

二十分後、もう耐えられなくなった。セーターを着てバルコニーから出て下におりた。必要なら街へ行って自分の目で確かめよう。自転車小屋へ向かいながら、やっぱり先にN市へ向かったほうがいいだろうかと思案した。B市よりN市のほうが、人々は遅くまで起きてパーティをしているから。今朝タイヤに空気を入れておかなかった自分に悪態をついていると、心の声が不意に、アンチーゼを起こさないようすぐに作業をやめろと言った。アンチーゼはすぐ近くの小屋で寝ているんだ。不吉なアンチーゼ——誰もが彼を不吉だと言う。僕も最初からアンチーゼを疑っていたのか？　きっとそうだ。自転車からの転落、アンチーゼがつくる田舎の薬、オリヴァーの世話をしてすり傷をきれいにした親切さ、すべてが彼の策略なんだと。

でも岩場に目をやったとき、月光を浴びているオリヴァーの姿が見えた。この夏シチリア島で買った白と青のストライプの水兵服風セーターを、いつものように肩のボタンを外して着て、背の高い岩に座っている。何もせず、ただ膝を抱き、岩に打ち寄せる波音に耳を傾けていた。手すりから彼を見たとたんに気持ちが安らぎ、彼が郵便局へ行く前につかまえようと街まで懸命に自転車を走らせたことが思い出された。彼は僕が今まで生きてきた中で最高の人間だ。彼を選んだのは正解だった。僕は門を開け、岩の上を跳んでオリヴァーのところまで行った。

「待ってたのに」

「君は寝たんだと思ってた。僕に来てほしくないのかとも思ってた」

「違うよ、待ってたんだ。電気を消しただけ」

僕は家を見上げた。よろい戸は全部閉まっている。屈み込んで彼の首にキスをした。単なる欲望でなく、感情を込めて彼にキスしたのは初めてだった。オリヴァーは僕の体に腕をまわした。人に見られても、友人同士の無害な抱擁としか思われないはずだ。

「何してたの?」

「考えてた」

「何を?」

「いろいろと。アメリカに戻ること。今度の秋に教える予定の講座。本。君」

「僕なんかのことを?」

「〝僕なんかのことを?〟」オリヴァーは僕の謙遜した言い方をまねた。

「ほかの人じゃなくて？」

「ほかの人じゃなくて」彼はちょっとのあいだ黙り込んだ。「僕は毎晩ここに来て、ただ座ってる。何時間も過ごすこともある」

「ひとりで？」

彼はうなずいた。

「知らなかった。僕が思ってたのは――」

「君がどう思ってたかはわかってる」

僕はこのうえなくうれしくなった。夜に彼がどこにいるかを思って、僕は暗い気持ちになっていたんだ。この件についてはこれ以上問い詰めないことにした。

「アメリカに帰っていちばんなつかしく思うのは、たぶんここだな」彼は少し考えて付け加えた。「B市にいられて幸せだった」

まるで別れの言葉の前置きに聞こえる。

「あっちのほうを眺めてた」オリヴァーは水平線を指さした。「で、二週間後にはコロンビア大学に戻ってるんだと考えてた」

そうだった。僕は残りの日数を数えまいとしていた。最初は、彼がどれだけ長く滞在するか考えたくなかったから。その後は、残りの日々が少ないという事実を直視したくなかったから。

「つまり二週間すれば、この場所を見ても君はいないということだよね。そのとき、自分が何をするのかわからない。でも少なくとも君は世界のどこかにいるんだ。なんの思い出もない場所に」

彼は僕の肩をつかんで引き寄せた。「君の考え方はときどき……。君は大丈夫だよ」

「そうかもしれない。でも大丈夫じゃないかもしれない。僕たちは何日も——何週間も無駄にした」

「無駄にした？　そうかな。本当にこうなることを望んでるかどうか、確かめる時間が必要だったんだよ」

「わざと物事を難しくする人っているよね」

「僕のことか？」

僕はうなずいた。「昨日の夜僕たちが何をしたかわかってるだろ」

彼は微笑んだ。「そのことを自分がどう感じてるか、よくわかってないんだ」

「僕もよくわからない。だけど、してよかった」

「大丈夫なのか？」

「大丈夫」僕は彼のズボンに手を入れた。「ここで君と一緒にいるのは好きだよ」

それは、僕もここにいられて幸せだという意味でもあった。〝ここにいられて幸せ〟というのがオリヴァーにとってどういう意味か想像してみた。ここはどんな場所だろうといろいろ想像した末に到着して幸せだった、〝天国〟で焼けるように暑い朝に仕事をするのは幸せだった、自転車で翻訳者のところまで行き来するのは幸せだった、毎晩街へ繰り出して夜中遅くに帰ってくるのは幸せだった、僕の両親と一緒にいて〝午餐のお仕事〟をするのは幸せだった、ポーカー友達や街で知り合って僕がちっとも知らない友達と一緒にいられて幸せだった、ということ？　いつか教えてもらえるかもしれない。この幸せという全体像の中で、僕はどんな役割を演じていたんだろう。

でも明日、早朝に泳ぎに行くとき、僕はまたあふれ出る自己嫌悪に打ち負かされているかもしれない。いつかこれに慣れるだろうか。不安という赤字があまりにも大量に蓄積したら、人はそれらをまとめてひとつの大きな感情のかたまりにし、それによって返済猶予期間を生み出す方法を見いだすのか？　昨日の朝には侵入者にも思えた他人が、地獄から守ってもらうために必要となるのか――そうして、夜明けに苦しみをもたらす人が、夜にはその苦しみを癒やしてくれる人となるのか？

翌朝も一緒に泳ぎに行った。六時をちょっと過ぎたばかりで、早い時刻のため元気いっぱいだった。そのあとオリヴァーが死人のように海に浮かんでいるとき、僕は彼を支えておきたいと思った。水泳のコーチが指で触れるだけで浮かせておけるみたいな感じで軽く人を支えるように。この瞬間、どうして僕は彼より年上に感じたんだろう？

今朝はあらゆるものからオリヴァーを守りたかった。岩から、この時期繁殖しているクラゲから、アンチーゼから。どこにいても、雨の中でも、人と話しながらでも、辞めると言って僕たち家族を脅しているときでも、常に雑草を抜きつづけているアンチーゼ。スプリンクラーを作動させるためのっそり庭に入ってくるときの彼は薄気味悪い目つきで、見えないところに隠したつもりのあらゆる秘密を掘り起こしているみたいに思えるんだ。

「大丈夫？」僕は昨日の朝にオリヴァーがした質問をまねて尋ねた。

「知ってるだろ」

朝食のとき、僕は衝動にとらわれて、マファルダが介入したりオリヴァーがスプーンで割ったりする前に、彼の半熟卵の先端を切ってあげた。それまで誰にもしたことがなかったけれど、殻のかけらが卵の中に入らないよう注意していた。オリヴァーは卵をおいしそうに食べた。マファルダが毎日出しているタコをオリヴァーに出したとき、僕も彼のために喜んだ。平凡な幸せ。昨夜彼が僕を上にならせてくれたという、それだけの理由で。

オリヴァーのために二個目の半熟卵の先端を切り終えたとき、父がこちらをじっと見ているのに気がついた。

「アメリカ人はやり方を知らないんだ」僕は言った。

「アメリカ人にはアメリカ人のやり方があるだろう……」と父。

テーブルの下で僕の足に置かれたオリヴァーの足は、むきになって反論しないほうがいい、父は感づいているかもしれない、と告げていた。「お父さんはバカじゃないぞ」そのあと街へ行く準備をしているとき、オリヴァーは僕に言った。

「僕も一緒に行こうか?」

「いや、おとなしくしてるほうがいい。今日はハイドンの編曲に励んでろ。じゃ、あとで」

「あとで」

オリヴァーが出かけようとしていると、マルツィアが電話をしてきた。受話器を渡してくれるとき、オリヴァーはウィンクした。そこに皮肉の意図はなく、僕の勘違いでなければ――たぶん間違っていないと思うけれど――僕たちは友人同士として互いになんの隠しごともしないんだと念を押すものだった。

たぶん僕たちはまず友人同士であり、その次に恋人同士なんだろう。

でも、恋人というのは、そもそもそういうものかもしれない。


一緒に過ごした最後の十日間を思い起こしたとき、見えてくる光景がある。早朝の海水浴、ゆったりした朝食、自転車で街まで行ったこと、裏庭での仕事、昼食、昼寝、午後のさらなる仕事、テニス、ピアツェッタへの夕食後の外出、時間を超越したように感じられる毎晩の愛の行為。その日々を振り返ると、オリヴァーが翻訳者のところへ行く一日三十分ほどと、僕がときどきマルツィアと過ごす数時間を除けば、僕たちが一緒にいなかったときはなかったと思う。

「いつ僕の気持ちがわかったの？」ある日、僕はオリヴァーに尋ねた。予想していたのは、〝僕が肩をぎゅっと握って、君がへなへなとなりかけたときだ〟とか〝ある日の午後に君の部屋でしゃべってて、君が水着を濡らしたときだ〟といった答えだった。「君が初めて顔を赤らめたときさ」彼は言った。「僕が？」あれは詩の翻訳について話していたときだった。彼がここに来て最初の週の朝早く。その日はいつもより早く仕事を始めた。たぶん、セイヨウシナノキの下で朝食を取りながら自然と会話を楽しんでいて、そのあともしばらく一緒に過ごしたいと思ったからだろう。

あのときオリヴァーは、詩を翻訳したことはあるかと訊いてきた。僕はあると答えた。君もあるの？　あるよ。彼はレオパルディの詩を読んでいるとき、翻訳不可能な節にいくつか遭遇したという。何げなく始まった会話がどこまで発展するかわからないまま、僕たちはやりとりを続けた。レオパルディの世界を深く掘り下げつつ、ときどき生来のユーモアのセンスやおふざけ好きな性質に導かれて寄り道もした。詩の一節を英語に訳し、英語から古代ギリシャ語に訳し、そこからぎこちない英語へ、さらにぎこちないイタリア語へと訳し戻した。その結果レオパルディの作品『月へ』の最後の一節があまりにひどく変形したので、僕たちは大笑いしながらイタリア語で無意味な言葉を繰り返した――そのときふと一瞬の沈黙が訪れ、顔を上げるとオリヴァーは僕をひたと見据えていた。いつも僕の心を乱す、あの冷たく無感情な目つきで。僕は何か言おうとあたふたした。どうしてそんなにいろいろなことを知っているのかと尋ねられたとき、ようやく正気を取り戻して、大学教授の息子だからといったことを口にした。僕はあまり知識をひけらかすのが好きじゃない。特に、簡単に僕を怖じ気づかせる人に対しては。僕には抵抗するすべも、付け加えることも、ふたりの関係をかき乱す手段も、隠れる場所も、逃げていく場所もなかった。水が枯れて乾燥した広大なタンザニアのセレンゲティ平原に取り残された子羊みたいに、自分がすっかりむき出しになった気分だった。

　彼の視線は会話とは関係なかった。翻訳でのおふざけとも。彼の目つきは翻訳に代わって会話の主題になっていた。とはいえ、僕たちはふたりともそのことを話題にしようとも、したいとも思わなかった。彼の目は欲望でぎらぎらしていたので、僕は思わず視線をそらした。目を戻したときも彼の視線はまったく動いておらず、依然として僕の顔に据えられていた。〝君は目をそらしたけれどまた戻した。すぐにまた目をそらすつもりか？〟と言うかのように――だから僕はもう一度目をそらした。思いにふけるふりをして。そのあいだも必死で言うべきことを考えていた。暑さで急速に枯渇しつつある泥沼の中で水を求めて跳ねる魚のように。僕が何を感じているか、オリヴァーははっきりわかっていたに違いない。最終的に僕が顔を赤らめたのは、僕が彼の視線をとらえようとしながら最後に目をそらして無難なところへ逃げようとしたのに気づかれたのが恥ずかしかったからじゃなかった。もしかしたら彼に好かれているのかもしれない、僕が彼を好きなのと同じ意味で彼も僕を好きなのかもしれないという、とうてい信じがたい可能性を思ってどきどきしたからだった。

僕は数週間、彼の鋭い目つきをあからさまな敵意の表れだと誤解していた。だけどそれは、まったくの見当外れだった。シャイな人間にとっての、他人の視線の受け止め方にすぎなかった。

自分たちふたりが世界でいちばんシャイな人間だということに、僕はようやく気づいたんだ。

最初からオリヴァーのそんな性質を見抜いていたのは父ひとりだった。

「レオパルディは好き？」僕は質問した。沈黙を破るため。そして、気がそれて会話が止まったのはレオパルディのことを思い出したからだと知らせるために。

「ああ、大好きだ」

「僕も大好き」

それがレオパルディのことじゃないのは自分でもわかっている。問題は、彼もそうかということだ。

「あのとき僕が君を居心地悪くさせてたのは知ってる。だけどはっきりさせたかったんだ」

「じゃあ、最初から僕の気持ちをわかってたってこと？」

「かなり確信があった、と言っておこう」

言い換えれば、彼がここに来た直後から始まっていたわけだ。だとしたら、すべては見せかけだったのか？　親しくなったり急に冷淡になったりという繰り返しは――あれはなんだったの？　僕もオリヴァーも、こっそり相手のことをうかがい見ながら、それを否定していたということ？　それとも、自分たちが本当に感じているのは無関心であることを願って、相手をはねつけようとしていたのか？

「どうして、わかってるって合図を送ってくれなかったの？」

「送ったさ。少なくとも送ろうとはした」

「いつ？」

「一度、テニスのあとで。君に触れただろ。好意を示すために。君の反応を見て、いやがってるんだと思った。だから距離を置くことにしたんだ」

僕たちにとって最高の時間は午後だった。昼食後、僕はちょうどコーヒーが出される頃に昼寝をしに二階へ行く。やがて昼食の客が帰るか、休憩のため来客用の離れに引っ込むかすると、父は書斎にこもるか母と一緒に少し昼寝をする。午後二時には家じゅうが静まり返る。世界じゅうが静まり返ったみたいにも感じられる。静寂を破るのは、ときどき鳩が鳴く声や、アンチーゼがあまり大きな音をたてないよう気を使って大工仕事をするときの槌音くらい。午後にアンチーゼが働く音を聞くのは好きだった。ものを叩く音やのこぎりを引く音、毎週水曜日に研ぎ師が砥石の回転盤をまわす音で目が覚めることはあったけれど、そんなときも僕は満足して心安らかだった。何年ものもののち、真夜中にケープコッドで霧笛が鳴る遠くの音を聞くときと同じように。

オリヴァーは午後によろい戸と窓を大きく開けて、自分たちと外界を隔てるものは風でふくらむ薄いカーテンだけにしておきたがる。こんなにたっぷりの日光を遮断して壮大な風景を視界からさえぎるのは〝罪〟だ、とりわけ一生これを享受できるわけではない者にとっては、と彼は言った。谷から丘の上まで広がる草原は、オリーブ色に立ちのぼる霧の中に鎮座しているようだ。ヒマワリ、ブドウの蔓（つる）、ラベンダー畑、裸でベッドに横たわる僕たちを窓からのぞき見る老いて背中の曲がったカカシみたいなずんぐりして謙虚なオリーブの木、彼の汗のにおい――それは僕のにおいでもある――、男でも女でもある僕の隣にいる男でも女でもある恋人。マファルダが使う洗剤の、すべてを包みこむようなカモミールの香りは、わが家のうだるように暑い午後の世界のにおいだ。

あの日々を思い出したとき、何についても後悔は感じない。あんな関係につきものの危険にも、恥の意識にも、先の見通しが完全に欠けていたことにも。情緒たっぷりの光を投げかける太陽、午後の強烈な暑さにうなだれる背の高い植物であふれる豊かな草原、木の床のきしみ、サイドテーブルの陶器の灰皿が軽く押されて大理石の板をこする音。残り時間が少ないのはわかっていたけれど、それを数えようとはしなかった。目的地はわかっていたけれど、道しるべを読もうとはしなかった。あえて、帰り道のためにパン屑を落とさなかった。落とす代わりに食べた。

オリヴァーは実は変人かもしれない。僕を取り返しもつかないほど変えて破滅させるかもしれない。時間やゴシップは僕たちが分かち合ったものすべてを無意味にして肉をそぎ落とし、あとには骨しか残らないかもしれない。僕はこの時代をなつかしむかもしれないし、はるかにいいものを手に入れるかもしれない。それでも、僕の部屋で過ごしたこういう午後が最高の時間だったことは、永久に忘れないだろう。

けれど、ある朝目覚めてB市全体を見渡したとき、黒く低い雲が空を駆け抜けていた。それが何を意味するかはよくわかっていた。秋がすぐそこに迫っていたんだ。

数時間後、雲はすっかり晴れ、ちょっとした悪ふざけの償いをするかのように天候は秋の気配をすべて消し去り、その夏最高に過ごしやすい一日を与えてくれた。でも僕は警告を心に留めていた。記録から抹消される前に裁判で採用できない証拠について聞かされた陪審員のように、それは頭に残っていた。僕は突然、天からわずかな時間を借りているだけなんだと悟った。時間は常に借り物で、賃貸業者は借り手にまだ返済準備ができておらずもっと借りたがっているときをねらって回収に来る。

そのときから僕は心の中で彼のスナップ写真を撮りはじめた。情けないけれど、テーブルから落ちたパン屑を拾い集めて隠れ家にしまい込むように、大事なもののリストをつくっていった。岩、段丘、ベッド、灰皿のこすれる音。岩、段丘、ベッド……。映画に出てくる、銃弾が尽きてもう用はないとばかりに銃を投げ捨てる兵士みたいに、あるいは水筒の水を少しずつ飲むのではなく渇きに負けてがぶがぶ飲んでしまって道中力尽きて倒れる砂漠の逃亡者みたいに、自暴自棄になってすべてを投げ捨てたかった。なのにそうはせず、将来訪れる不毛な日々に過去の輝きを取り出せるよう、小さなものをしまい込んだ。

不承不承ながら、いずれ背負い込むことがわかっている借金を返済できるよう、今ある宝物を盗んでいった。これが、晴れた午後によろい戸を閉めるくらいの罪なのはわかっていた。でもマファルダの迷信深い世界なら、最悪の事態を防ぐ確実な方法はそれを予期しておくことなのを知っていた。

ある夜散歩に出て、オリヴァーがもうすぐ帰国すると言ったとき、僕は自分のいわゆる先見の明がまったく無意味だったことを悟った。爆弾は二度と同じ場所に落ちない、といわれている。この爆弾が落ちたのはたった一度だけれど、それは僕が予測したまさにその場所、僕の隠れ家の真上に落ちたのだった。

オリヴァーは八月の中頃にアメリカへ帰る。八月に入って間もなく、彼は最後の三日間をローマで過ごし、イタリアで彼の本を出す出版社の社長と会って最終的な原稿を完成させたいと言った。そこから直接帰国するという。

一緒に来ないか？　僕は行くと答えた。まず君のご両親に頼んだほうがいいかな？　頼まなくていいよ、両親は絶対にだめって言わないから。そうだろうな、だけどご心配なさるんじゃ……？　しないよ。オリヴァーが予定より早く出発してローマで数日過ごすと聞いたとき、母のほうから――もちろん〝イル・カイボーイ〟が承知してくれるならだが――僕もついていったらどうかと言ってきた。父も反対しなかった。

荷造りは母が手伝ってくれた。出版者がディナーに招待してくれたときに備えてジャケットがいるんじゃない？　ディナーなんか行かないよ。それに、どうして僕まで招待されるわけ？　それでもジャケットは必要だ、と母は主張した。僕は同年代の若者がするみたいにバックパックで行きたいと言った。好きにすればいいわ。それでも、持っていきたいものすべてを入れる余裕がないと判明したとき、母はバックパックを空にして詰め直すのを手伝ってくれた。あなた、ほんの二、三日行くだけなのよ。僕もオリヴァーも、一緒に過ごす最後の日々についてははっきりと意識しないようにしていた。母の言う〝ほんの二、三日〟にその朝僕がどれほど傷ついたか、母が知ることはないだろう。どのホテルに泊まるつもりなの？　何々という民宿（ペンシオーネ）。聞いたことがないわね、でも私はそんなに知らないし、と母は言った。父は安宿に泊まることを認めず、自らホテルを予約してくれた。プレゼントだ、と父は言った。

オリヴァーは自分のダッフルバッグを詰め、ローマ行き特急（ディレッティシモ）に乗る当日に自分のスーツケースを出してきて、部屋の、彼が着いた日に僕が置いたのとまったく同じ場所に置いた。あの日の僕は、自分の部屋を取り戻すときまで時間を早送りして考えていた。今は、何と引き換えてでも六月末の午後まで時間を巻き戻したいと思っている。僕が儀礼上彼に敷地を案内し、いろいろ見てまわったあと廃線のそばの人けがなく乾燥した空き地まで行き、そこで最初の「あとで」の洗礼を受けた、あのときに。僕の年齢の人間なら、あの日敷地のいちばん奥までてくてく歩いていくくらいなら、昼寝をするほうを選んだはずだ。あのときすでに、僕は自分の望みをわかっていたんだろう。

最初と最後の対称性を思ったとき、あるいはごっそり泥棒に持っていかれたみたいに空っぽになった部屋を見たとき、胸が詰まった。あまりにも早く終わった旅行のあとポーターが荷物を下まで運んでくれるのを待っているときのホテルの部屋というより、持ち物をすべて詰め、一週間前の自分と同じようにまだ入院手続きを終えていない次の患者が救急治療室で待っているときの病室が連想された。

これは最終的な別れのリハーサルだ。数日後にスイッチが切られる予定の人工呼吸器をつけた人に会うようなもの。

この部屋が僕に返されるのはうれしかった。僕のでもあり彼のでもある部屋にいれば、ふたりで過ごした夜を思い出しやすくなる。

いや、今の部屋にいるほうがいい。そうすれば、オリヴァーがまだ隣の部屋にいると思い込める。彼がいないのは、以前みたいに外出しているからにすぎないと思っていられる。僕が時間を数え、音に聞き入っていた夜みたいに。

クローゼットを開けると、水着、下着、チノパンツ、きれいなシャツがまだハンガーにかかっていた。あのシャツは知っている。波打つシャツだ。それから水着も。赤。今朝最後に泳ぎに行ったときにはいていたもの。

「この水着について言わなくちゃいけないことがある」クローゼットのドアを閉めると、僕は言った。

「なんだい？」

「列車の中で話すよ」

それでも僕は話した。「約束して、帰る前にこれを僕にくれるって」

「それだけでいいのか？」

「あの、一日じゅうはいてて――でも泳がないで」

「ビョーキの変態だな」

「ビョーキの変態で、すごく悲しんでる」

「君のこんなところは見たことがない」

「波打つシャツも欲しい。エスパドリーユも。サングラスも。それから君も」

列車に乗ってから、オリヴァーが溺死したと思った日のことを話した。あのとき僕は、集められるだけの漁師を集めて彼を捜しに行くよう父に頼もう、溺死体が見つかったら海岸で薪を燃やして火葬してもらおう、キッチンからマファルダの包丁を取ってきて彼の心臓をえぐり出そう、と決意していた。僕の人生に残されるのは彼の心臓とシャツだけだから。心臓とシャツ。濡れたシャツで包んだオリヴァーの心臓——アンチーゼが魚を持ってきたときみたいに。

第三部

サン・クレメンテ症候群

ローマのテルミニ駅に到着したのは水曜日の午後七時頃だった。空気はむっとして蒸し暑い。暴風雨に襲われたあと湿気が少しも抜けていないみたいな感じ。日没まではあと一時間。街灯は鈍い光の輪を放ち、照明をつけた店の前は色とりどりに輝いている。誰も彼も汗びっしょり。僕はオリヴァーの顔を撫でたかった。ホテルに行ってシャワーを浴びてベッドに身を投げ出すのが待ちきれない。エアコンが効いていないなら、いくらシャワーを浴びてもすっきりしないのはわかっているけれど。とはいえ、この街を覆うけだるさも気に入った。肩にまわされた、恋人の疲れて不安定な腕のようなもの。

ホテルの部屋にはバルコニーがあるかもしれない。ぜひあってほしい。冷たい大理石のステップに座って、ローマの日没を見ていたい。ミネラルウォーター。あるいはビール。ちょっとしたスナック菓子。父はローマで最高クラスのホテルを予約してくれていた。

オリヴァーは最初タクシーに乗りたがった。でも僕はバスのほうがよかった。混雑したバスに憧れていた。バスに乗り、オリヴァーを従えて、汗をかいた人々のあいだを縫って進みたかった。だけどバスに飛び乗ったとたん、おりることにした。リアルすぎる、と僕たちは冗談めかして言った。どんどん乗ってくる帰宅客をかき分けて乗車口まで戻ろうとした。客は逆行する僕たちに腹を立てた。僕は女の人の足を踏んでしまった。「この人ごめんなさいも言わないのよ（エ・ノン・キエデ・マンコ・スクーザ）」彼女は、バスに乗ってきて僕たちを出してくれようとしないまわりの客に向かって、怒りを込めてささやいた。

ようやくバスをおりたあと、タクシーを止めた。ホテルの名前を見、僕たちが英語を話しているのを聞いた運転手は、何度か不可解に道を曲がった。「そんなに近道しなくていい。（イヌーティレ・プレンデレ・タンテ・スコルチャトイエ）こっちは急いでないから！」僕はローマの方言で言った。

うれしいことに、隣り合ってふたつある寝室の広いほうにはバルコニーと窓がついていた。フランス窓を開けると眼下には眺望が広がり、夕日に照らされた無数の教会のきらめくドームが見えた。部屋には花束とフルーツバスケットが届けられていた。イタリアでオリヴァーの本を出す出版社からのメモが添えられている。〝八時半頃書店においでください。原稿をお持ちくださいますようお願いします。弊社から本を出していただく、ある作家のためのパーティを開催しております。お待ちしております（ティ・アスペッティアーモ）〟

もともと僕たちには、夕食を取ったあと街をぶらぶらする計画しかなかった。「だけど、僕も招待されてるの？」ちょっと気まずく感じながら尋ねる。「たった今招待されたよ」オリヴァーは答えた。

僕たちはテレビ台のそばに置かれたフルーツバスケットからイチジクを取り、お互い相手のために皮をむいた。

オリヴァーはシャワーを浴びると言った。彼が裸になったのを見て、僕もすぐさま服を脱いだ。「ちょっとだけ」ふたりの体が触れ合う。汗で濡れた彼の体は気持ちがよかった。「体を洗わなくていいならよかったのに」オリヴァーのにおいはマルツィアのにおいを思い出させる。彼女も、海岸に風が吹かず、熱い灰みたいな砂のにおいしかしない日には、いつも磯の香りを漂わせていた。オリヴァーの腕や肩、背骨の隆起についた汗の塩気が好きだ。僕にとって、それはまだ新鮮なにおいだった。「今横になったらブックパーティに出られないぞ」オリヴァーは言った。

誰にも邪魔されない最高の幸せを感じているときに発せられたそんな言葉を思い出すたびに、僕はこのホテルの部屋、聖母被昇天（フェラゴスト）の祝日である八月十五日の夜に戻れるだろう。

僕たちは素っ裸のまま窓枠に腕を置いて寄りかかり、耐えられないほど暑いローマの夕方の風景を見おろした。ふたりともまだ、ほかの乗客に見られながら頭を寄せ合って眠った、今頃はナポリに近づいているはずの混雑した南行き列車の客室のにおいをさせていた。夜気の中に身を乗り出しているとき、こんな時間はもう二度と与えられないだろうと思いながらも、それを信じたくなかった。オリヴァーも同じ思いを抱いていたようだ。僕たちは肩を並べて壮大な都市の景色を眺め、タバコをふかし、新鮮なイチジクを食べた。この瞬間を記念することをしたかった僕は、そのとき何より自然に感じられた衝動に従い、左手でオリヴァーの尻を撫でて中指を入れはじめた。「それを続けたら、絶対にパーティには行けなくなるぞ」でも僕は、外を眺めたまま少し前のほうに身を乗り出すよう頼んだ。指全体が中に入ると、頭がくらくらした。今から始めてもいいけれど、そうしたら時間までに終われそうにない。

中途半端なままシャワーを浴びて外に出たら、電気の通った被覆されない二本の電線のように、僕たちはちょっと触れるたびに火花を飛ばしただろう。古い家々を見て、一軒ずつに抱きつこうとしただろう。街角で電柱を見たら、犬みたいに小便を引っかけたくなっただろう。画廊の前を通ったら、裸体画に穴が開いていないか探そうとしただろう。人とすれ違って相手がちょっとでも微笑みかけてきたなら、その人の服をすっかり脱がせ、まずは酒に、次は食事に誘っただろう。ローマのあらゆる場所でキューピッドを探しただろう。僕たちが片方の翼を切ってしまったから、ぐるぐる円を描いて飛ぶしかないキューピッドを。

これまで一緒にシャワーを浴びたことはなかった。一緒にバスルームに入ったこともなかった。「水を流さないで」僕は言った。「見たいんだ」それを見たとき、彼、彼の肉体、彼の命が急にもろくて無防備なものに感じられ、僕は同情を覚えた。「これで僕たちの体にはもうなんの秘密もない」次に僕がトイレに腰をおろした。「僕のも見て」僕が言うと、オリヴァーは浴槽に入っていて、シャワーの栓を開けようとしているところだった。オリヴァーはそれ以上のことをした。浴槽から出て僕の口にキスをし、てのひらで僕のおなかをマッサージしながら一部始終を見守ったんだ。

ふたりのあいだには、どんな秘密もどんな衝立もいらなかった。〝僕の体は君の体だ〟僕たちはそう言い、何も隠さない率直さによって絆を強めていった。それは、恥の意識を小さなランタンで明るく照らすのが楽しかったからだ。でも僕はそのことにまったく気づいていなかった。ランタンは闇の中に置いておきたい部分を明るく照らした。ランタンは親密さをもたらした。けれど、みだらなことをし尽くして、互いの体になんの神秘もなくなったあとも、親密さは持続するのか？

自分が当時そんな疑問を抱いたかどうかわからないし、今でも答えられる自信はない。僕たちの親密さは間違ったものだったのか？

そもそも、親密さはどこで見つけても、どんなふうにでも、何と引き換えにしても——ブラックマーケットで、グレーマーケットで、課税で、非課税で、テーブルの下からこっそりと、カウンターの上から堂々と——手に入れたいものなのか？

僕にわかっていたのは、もう彼に隠すものは何ひとつないということだけだった。人生でこれほど自由で安全に感じたことはなかった。

僕たちは三日間ふたりきりでいられる。この街に知人はいない。僕は誰にでもなれるし、なんでも言えるし、なんでもできる。突然侵略軍によって解放され、今から家に帰っていい、書類の記入も報告も尋問もなく、バスに乗せられることもなく、通行証はいらず、きれいな服をもらうのに列に並ばなくてもよく——ただ歩き出せばいいと言われた戦争捕虜みたいな、途方もなく解放的な気分。

僕たちはシャワーを浴びた。服を交換して着た。下着も交換した。僕の発案だった。

もしかすると僕とのこういうたわむれによって、オリヴァーは元気や若さを得ていたのかもしれない。

もしかするとオリヴァーは何年も前に〝そこ〟に行ったことがあって、正しい道に戻る前にちょっと僕という寄り道をしたのかもしれない。

もしかするとオリヴァーは僕に同情して調子を合わせていただけかもしれない。

もしかするとオリヴァーは誰ともそれをしたことがなく、たまたま僕がちょうどいいタイミングで現れたのかもしれない。

オリヴァーは原稿とサングラスを持ち、僕たちはホテルの部屋を出た。電気の通った電線二本のように。エレベーターを出る。誰に対しても大きな笑みを向ける。ホテルのスタッフ。路上の花売り。新聞売り場の女の子。

僕たちが微笑むと、世界は微笑み返した。「オリヴァー、僕は幸せだよ」

オリヴァーはびっくりしたように僕を見た。「気が高ぶってるだけじゃないのか」

「ううん、幸せなんだ」

途中でダンテに扮した生きた銅像を見かけた。赤い服、誇張したワシ鼻、人をひどくさげすんだ表情。赤いトーガと赤いかぶりもの、太い縁の木のメガネは、もともと険しい顔立ちに、無慈悲な聴罪司祭のようないかめしさを与えている。偉大な詩人の像のまわりには群衆が集まっていた。ダンテは挑むように腕組みをしたまま、じっと動かず歩道にすっくと立っている。ウェルギリウスを待っているかのように、あるいは遅れているバスを待っているかのように。ひとりの観光客が穴をくりぬいた古そうな本にコインを投げ入れると、銅像はヴェッキオ橋をのんびり歩く初恋の人ベアトリーチェをのぞき見てうっとりするダンテを演じたあと、コブラのように長い首を伸ばし、いかにも大道芸人らしく早口で詩を吟じた。

〝グイド、願わくは私と貴方とラポが（ヴォーレイ・ケ・トゥ・エ・ラポ・エオ・イオ）
強い魔力に引かれて船に乗り（フォッシモ・プレージ・ペール・インカンタメント）
風を操り思いのままに（エ・メッシ・アド・ウン・ヴァッシエル・カード・オニ・ヴェント）
海を渡っていかんことを（ペール・マーレ・アンダッセ・ア・ヴォレール・ヴォストロ・エ・ミオ）

まさにそのとおりだ、と僕は思った。オリヴァー、僕と君と僕たちにとって大切な人たち皆が一軒の家で永遠に暮らしていけたらいいのに……。

柔らかな声で詩を吟じたあと、ダンテはゆっくりと、厭世（えんせい）的な怖い顔に戻った。やがて別の観光客がコインを投げる。

〝かの人が私に触れるやいなや（エ・イオ・クワンド・エル・スオ・ブラッチョ・ア・メ・ディステーゼ）
私はその焼けてやつれた顔から目が離せなくなる（フィカイ・リ・オッキ・ペル・ロ・コット・アスペット）
やがて傷ついた顔の下から（シ・ケ・エル・ヴィーゾ・アブルシアート・ノン・ディフィエーゼ）

記憶にたがわぬ表情が現れる（ラ・コノシェンツァ・スア・アル・ミオ・インテレット）。
私は彼の顔に触れ（エ・キナンド・ラ・マノ・ア・ラ・スア・ファッチャ）
答える（リスプオシ）。「ここにいらっしゃったのですか（シエテ・ヴォイ・クイ）、セル・ブルネット？」〟

またさっきと同じさげすみの表情、開いた口。群衆はちりぢりに去っていった。今のが『神曲』地獄篇、第十五歌、ダンテがかつての師ブルネット・ラティーニと出会う一節であることには、誰も気づかなかったらしい。アメリカ人ふたりがナップサックから数枚の硬貨を捜し出してダンテに投げた。ダンテは腹立たしげな顔でにらみつづけたまま吟じた。

〝だからなんだ（マ・ケ・チャリフレガ）、それがどうした（ケ・チャリン・ポルタ）、
主人がワインを水で薄めたって（セ・ロステ・アル・ヴィーノ・メッソ・ラクア）。
俺たちは言ってやる（エ・ノイ・イエ・ディーモ）、言ってやるんだ（エ・ノイ・イエ・ファーモ）、
「水なんて入れたら（チャイ・メッソ・ラクア）
お代はなしだ（ア・ヌン・テ・パガーモ）」〟

途方に暮れた観光客を見てなぜ皆がバカにしたように笑ったのか、オリヴァーには理解できなかったらしい。ダンテはローマに伝わる酒の歌を暗唱していて、その歌を知らなければ

ちっとも面白くないんだ。

僕は書店までの近道を教えるとオリヴァーに言った。でも彼は遠まわりでも構わなかった。遠まわりでいいよ、なんで急ぐんだ？　僕の行き方のほうがいいぞ。オリヴァーはいらついた様子で言い張った。「何か僕が知っといたほうがいいことがあるの？」僕はその質問で、気になることがあるなら白状するようさりげなく彼にうながした。何か居心地悪いことがあるの？　それは本の出版者と関係ある？　別の人のこと？　もしかして僕の存在？　君がひとりで行ったほうがいいなら、僕のことは気にしなくていいよ。そのとき不意に、彼を悩ませていることに見当がついた。教授の息子を連れ歩くのがいやなんだろう。

「全然違うよ、バカだな」

「だったら何？」

歩きながら、オリヴァーは僕の腰に腕をまわした。

「今夜は何も変わってほしくないし、僕たちのあいだにどんな邪魔も入ってほしくないんだ」

「君こそバカみたい」

彼は僕をじっと見つめた。

結局僕の提案が通り、モンテチトーリオ広場を横切ってコルソ通りまで行き、ベルシアーナ通りに向かった。「このあたりで、あれが始まったんだ」僕は言った。

「何が？」

「あれだよ」

「だからここを通りたかったのか？」

「君とね」

そのことは以前彼に話していた。三年前、食料品店の店員か使い走りらしい若者がエプロン姿で自転車に乗って細い道を走りながら、僕の顔をじっと見つめた。僕は笑みを見せず、戸惑って、彼が通り過ぎるまで見つめ返した。そして、こういう場合に誰もがしそうなことをした。数秒後に振り返ったんだ。若者も同じように振り返った。僕の家族は見ず知らずの人に気軽に話しかけたりしないけれど、若者はそうするらしかった。自転車をUターンさせて、僕のところまで漕いできた。特に中身のない言葉をかけて、あたりさわりのない会話をしようとした。彼の口からはそんな言葉がすらすらと出た。質問、質問、質問――話をつなぐためだけに。一方僕は「はい」や「いいえ」すら言えずにいた。若者は握手してきたけれど、それが僕の手を握る口実なのは明らかだった。そのあと彼は僕の体に腕をまわして引き寄せた。まるで、冗談を言い合って笑って親しくなったみたいに。一緒に近くの映画館にでも行かないか？　僕は首を横に振った。うちの店までついてこないか――主人はもうこの時間なら家に帰ってるはずだ。僕はまた首を振った。人見知りなのか？　僕はうなずいた。若者はそのあいだも僕の手を離さず、きつく握り締め、肩をつかみ、親しげで寛大な笑みを浮かべながら僕のうなじを撫でていた。僕を誘うのはあきらめたけど、まだ離れたくないみたいだった。どうしてだめなんだい？　若者はそう訊きつづけた。僕はついていこうと思えばついていけた——簡単に。でもついていかなかった。

「あれから何人もの誘いを断った。誰にもついていかなかった」

「なのに僕にはついてきた」

「相手が君だったから」

フラッティーナ通り、ボルゴニョナ通り、コンドッティ通り、カロッツェ通り、クローチェ通り、ヴィットーリア通り。急に、そんな道路すべてが好きになった。書店に近づくと、オリヴァーは先に行っててくれ、ちょっと市内電話をかけるから、と言った。ホテルから電話をかけることもできただろうに。僕に聞かれたくなかったのかもしれない。僕は歩きつづけ、途中で酒場に寄ってタバコを買った。大きなガラスドアがあって、古代ローマの胸像二体が古い切り株みたいに飾られた書店に着いたとき、急に胸がどきどきした。店内は混雑している。周囲にブロンズの飾りをつけた分厚いガラスドア越しに人の群れが見える。皆プチフールみたいなものを食べていた。中にいる人がのぞき込んでいる僕に気づいて、入ってくるよう手招きした。僕はかぶりを振り、遠慮がちに人差し指を出して、あとから来る連れを待っているんだと示した。

ところが書店主かその助手らしき人はクラブの支配人みたいに、中から腕を伸ばしてガラスドアを大きく開けて押さえ、ほとんど命令口調で言った。「入った入った（ヴェンガ・ス・ヴェンガ）！」彼のシャツの袖は粋に肩までまくり上げられている。作者による朗読はまだ始まっていないけれど、書店内は満員で、誰もがタバコをふかし、大声で話し、新しい本のページをめくり、それぞれがスコッチウィスキーらしい液体の入ったプラスチックカップを持っている。二階のギャラリーも満員で、手すりには女性のむき出しの肘や腕がずらりと並んでいた。著者は見た瞬間にわかった。僕とマルツィアが買った詩集『もしも愛ならば（セ・ラモーレ）』にサインしてくれた、あの詩人だ。何人かと握手をしている。

彼がそばを通ったとき、僕も思わず手を出して握手を求め、あなたの詩は素晴らしかったと言った。まだ一般発売されてないのにどうして読めたんだい？　ほかの人もその質問を耳にした――この人たちは僕をペテン師扱いして店から放り出すつもりだろうか？

「何週間か前にB市の本屋で買ったんです。あなたはご親切にもサインしてくださいました」

彼はその夜のことを思い出した。「本物のファン（ウン・ヴェロ・ファン）だ」声の届く範囲にいる人たちに聞こえるよう、彼は大声で言った。皆が振り返った。「ファンじゃないかも――こんなに若い人なら、追っかけと呼ぶほうがいいんじゃないかしら」首が太く派手な色の服を着ているため鳥のオオハシに見える年配女性が言った。

「どの詩をいちばん気に入った？」

「アルフレード、あなた口頭試問をしてる教師みたいよ」三十代の女性がたしなめた。

「どの詩がいちばんよかったか知りたいだけだ。訊くだけなら害はないだろう？」アルフレードはいらだちを装って声を震わせた。

僕は一瞬、彼をたしなめた女性のおかげで答える必要はなくなったと思った。でもそれは間違いだった。

「だから教えてくれ。どれかな」

「人生をサン・クレメンテ聖堂になぞらえた詩です」

「愛をサン・クレメンテ聖堂になぞらえた詩だよ」詩人は修正したが、自分と僕の発言の意味について考え込んでいるようだった。「『サン・クレメンテ症候群』だね」彼は僕を見つめた。「どうして？」

「ちょっと、問い詰めちゃ気の毒じゃない」さっきの女性の発言を聞いていた別の女性が割り込んだ。僕の手をつかむ。「食べ物のところに連れてってあげるわ。エゴが自分の足くらい大きなこのモンスターから離れられるでしょ——この人の靴の大きさを見た？　アルフレード、あなた、靴をなんとかすべきよ」彼女は混雑した店の奥から声をあげた。

「靴？　靴のどこが悪いんだ？」詩人が尋ねた。

「それ、大きすぎるでしょ。ねえ、巨大だと思わない？」女性は僕に訊いた。「詩人はそんなに大きな足をしてちゃいけないのよ」

「私の足のことはほっといてくれ」

誰かが詩人に同情した。「彼の足をバカにするのはやめようよ、ルチア。足は何も悪くない」

「物乞いの足よ。いつも裸足で歩きまわってばかり。そのうえ、次のクリスマスまでに足がさらに大きくなったときに備えて一サイズ大きなのを買うんだから。家族はクリスマスのために貯金してるのに！」彼女は短気で辛辣な皮肉屋を演じている。

でも僕は彼女の手を放さなかったし、彼女も僕の手を放さなかった。都会における友愛。女性の手を握っているのは気持ちがいい。とりわけ、その女性について何も知らないときには。〝もしも愛ならば(セ・ラモーレ)〟、と僕は思った。ギャラリーから見おろしている女性たちの日焼けした腕や肘がいとおしくなった。セ・ラモーレ。

書店主は口喧嘩を演じているらしい夫婦に割り込んで「セ・ラモーレ」と叫んだ。全員がどっと笑う。その笑いが夫婦の口論が中断されたことへの安堵のしるしか、あるいは〝セ・ラモーレ〟という言葉が〝もしもこれが愛なら、そうすると……〟ということを示唆しているからか、定かではなかった。

でも人々はこれが朗読の開始の合図でもあることを察して、ゆったり座ったり壁にもたれたりした。特等席は僕たちのいる螺旋(らせん)階段で、めいめい踏み板に腰をおろした。手はつないだままだった。出版者が詩人を紹介しようとしたとき、ドアがきしんで開いた。オリヴァーが華やかなモデルか映画女優のような美女ふたりとともに、人垣を縫ってこようとしている。道で彼女たちを拾って、ひとりは自分のため、もうひとりは僕のために連れてきたみたいに感じられた。セ・ラモーレ。

「オリヴァー！　やっと来てくれたね！」出版者はスコッチのグラスを掲げて声を張りあげた。「ようこそ、ようこそ」

　全員が振り返った。

「非常に若く非常に才能豊かなアメリカ人哲学者が、うるわしきわが娘たちに付き添われて来てくれた。あの子たちがいなかったら、『セ・ラモーレ』は日の目を見なかったはずだよ」

　詩人はうなずいた。彼の妻は僕のほうを見てささやいた。「美人でしょ？」出版者は小階段をおりてオリヴァーをハグした。オリヴァーから大型封筒を受け取る。「原稿かな？」「原稿だ」出版者はそれと交換に今夜読まれる本を手渡した。「この前一冊もらったよ」「そうだった」それでもオリヴァーは礼儀正しく表紙を眺めたあと見まわして、ルチアと一緒に座っている僕を見つけた。歩いてきて僕の肩に腕をまわし、身を乗り出してルチアにキスをする。彼女は僕を見たあとオリヴァーに目をやって事情を理解した。「オリヴァー、あなた堕落してる(セイ・ウン・ディツソルート)わね」

「セ・ラモーレ」オリヴァーはそう言いながら本を掲げた。自分が人生で行うことはすべてすでに彼女の夫の本に書かれているから許されるんだ、というように。

「セ・ラモーレね」

オリヴァーが堕落していると言われた理由が、美女ふたりを連れてきたからか、それとも僕のことだったのかは、はっきりわからなかった。

オリヴァーは美女たちに僕を紹介した。彼がこのふたりと前からの知り合いで、彼女たちがオリヴァーに好意を持っているのは明らかだった。「オリヴァーのお友達ね？（セイ・ラミーコ・ディ・オリヴァー、ヴェーロ）」ひとりが言った。「彼、あなたのこと話してたわ」

「どんなことを？」

「いいことよ」

彼女は、そのとき詩人の妻の横で立っていた僕の隣に来て壁にもたれかかった。「この子ったら、私の手を放そうとしないのよ」ルチアはここにいない第三者に話しかけるみたいに言った。美女ふたりに気づいてほしかったのかもしれない。

僕はまだルチアの手を放したくなかったけれど、放すべきなのはわかっていた。だからその手を両手でつかんで唇まで持ち上げ、端のほうにキスをしてから放した。長いあいだかかって傷ついた羽がやっと治った鳥を解放するように、午後じゅう彼女をひとり占めしていて今夫のもとに返すみたいな気がした。

「セ・ラモーレ」叱責するかのように首を横に振りながら、ルチアは言った。「連れに劣らず堕落してるわね、この子のほうがかわいいけど。この子はあなたたちにあげるわ」

娘のひとりはわざとらしく笑った。「好きにさせてもらおうかしら」

僕は楽しくてたまらなかった。

彼女は僕の名前を知っていた。彼女の名前はアマンダ。妹はアデル。「あとひとりいるのよ」アマンダは三人姉妹であることをさりげなく告げた。「もう来てるはずなんだけど」

詩人が咳払いをしてスピーチを始めた。お決まりの、皆さまへの感謝の言葉。最後になりましたが、最愛の妻ルチアに。彼女はどうして私に耐えてくれているんでしょう？　ほんと、どうしてかしらね？　妻は詩人に愛情たっぷりの笑みを向けてささやいた。

「靴のおかげです」詩人は言った。

「もう、やめてよ」

「さっさと話を進めなさいよ」首の太いオオハシ女が言う。

「『セ・ラモーレ』。『セ・ラモーレ』は、タイでダンテを教えて過ごした一シーズンについて書いた詩を集めたものです。多くの方々がご存じのように、私は行く前はタイが大好きで、現地に着いたとたんに大嫌いになりました。言い換えましょう。現地に着いてすぐ大嫌いになり、去ったとたんに大好きになりました」

笑い。

飲み物が配られる。

「バンコクにいるときはローマのことばかり考えていました――ほかに考えることがありますか？――この道端の小さな店、日没前の道路、復活祭の日に鳴る教会の鐘の音。雨の日には、というかバンコクは雨ばかりだったのですが、私は泣きそうになりました。ルチア、ル

チア、ルチア、どうして行くなと言ってくれなかったんだ？　こんな日の私が、荒涼とした辺境の地に追放されて死んだオウィディウスよりも落ち込んで君を恋しく思うことを、君だって知っていただろうに。故郷を離れた私は愚か者でしたし、帰ったときも少しも賢くなっていませんでした。タイの人々は美しい――だからこそ、ちょっと一杯やって、すれ違った最初の他人に触れそうになったとき、寂しさが余計にこたえるのです。彼らはみんな美しい。だけど笑顔を見たければ金を払って酒を買わなくちゃならない」彼は考えをまとめるため、いったん言葉を切った。「私はこの詩を『悲しみ（トリスティア）』と名づけました」

『トリスティア』の朗読には二十分ほどかかった。終わると拍手喝采が起きた。娘のひとりが賛辞に使った言葉は〝強い（フォルテ）〟だった。〝とても強い（モルト・フォルテ）〟。オオハシ女は、詩人の一語一語をうなずきながら聞き入って今は「抜群に最高（ストラオルディナリオ・ファンタスティコ）」と繰り返している別の女性のほうを向いた。詩人は演壇からおりて水を飲み、しばらく息を止めた――しゃっくりを止めるために。僕は最初しゃっくりを、嗚咽をこらえているのだと勘違いした。

詩人はスポーツジャケットのポケットすべてを探って空なのを確かめたあと、人差し指と中指をそろえて口に持っていき、少しタバコを吸って聴衆と歓談したいと書店主に合図した。「ストラオルディナリオ・ファンタスティコ」を唱えていた女がそれを見てタバコの箱を差し出す。「今夜は眠れない（スタセーラ・ノン・ドルモ）わ、詩のせいで」彼女は詩を咎めるかのように、興奮で眠れぬ夜を過ごすことになりそうだと言った。

　この頃には全員が汗だくで、書店の内も外も温室みたいな蒸し暑さは耐えがたくなっていた。

「頼むからドアを開けてくれ」詩人は書店主に大声で頼んだ。「窒息しそうだ」書店主のミスター・〝入った（ヴェンガ）〟は小さな木切れを取り出し、ドアを開け、壁とブロンズの戸枠のあいだに木切れを押し込んだ。

「ちょっとはましになりましたか？」彼はうやうやしく尋ねた。

「いいや。しかし、ドアが開いてると思えば気休めにはなる」

　オリヴァーは〝詩は気に入った？〟と尋ねるようにこちらを見てきた。僕は肩をすくめ、判断は留保すると伝えた。でもそれは本音じゃなかった。詩はとても気に入っていた。

　詩よりも、この夜のほうを気に入ったのかもしれない。僕はあらゆるものに胸を躍らせていた。僕に向けられた視線は、すべて賛辞に思えた。あるいは、僕とまわりの世界とのあいだに漂う質問と約束に。僕は興奮していた――冷やかし、皮肉、視線、僕の存在に喜んでいるような笑顔に。ガラスドアからプチフール、プラスチックカップになみなみと注がれた琥珀色のおいしそうなスコッチウィスキー、ミスター・〝ヴェンガ〟のまくり上げた袖、詩人、僕たちが美人姉妹とともに集まっていた螺旋階段に至る、あらゆるものを包むうきうきした空気に。すべてが、うっとりして高ぶった魅力で輝いているようだった。

僕はこうした人々の暮らしをうらやんだ。すっかり性的に枯れた両親、〝午餐のお仕事〟つきの退屈な昼食、人形の家のような自宅での生活、迫りくる最後の高校生活に思いを馳せる。すべてが、ここでの暮らしに比べて子どもだましに思える。どうして一年後にはアメリカに行く必要がある？　四年間を、こういう朗読会に来て、今すでに一部の人がしているようにじっくりおしゃべりして過ごすこともできるというのに。大西洋の向こうにある立派な大学に行くよりも、この小さく混雑した書店にいるほうが、学ぶべきことはたくさんあるだろうに。

もじゃもじゃの顎ひげをはやした太鼓腹の年配男性がスコッチのカップを差し出した。

「どうぞ（エッコ）」

「僕にですか？」

「もちろん君にだ。詩は気に入ったかい？」

「すごく気に入りました」なぜか僕は、皮肉めいて嘘っぽく見せようとした。

「私は彼の名づけ親だし、君の意見は尊重する」彼は僕のはったりを見抜いているけれど追及する気はないようだった。「しかしそれより、君の若さを尊敬する」

「あと何年かしたら、もう若さはなくなってしまいますよ」僕は、長く生きてきて自分をよく知る人間のような達観した自嘲の響きを持たせようとしていた。

「そうだな。だがその頃には私はそばにいないから、気づきもしないだろうね」

この人は僕を口説こうとしているのか?

「だから受け取ってくれ」彼は再びプラスチックカップを差し出した。僕はためらったあと受け取った。父が家で飲んでいるのと同じブランドのスコッチだった。

このやりとりに気づいたルチアが言った。「たっぷり飲んで、スコッチがあと一杯多かろうが少なかろうが、それであなたの堕落ぶりが変わるわけじゃないわ」

「ほんとに堕落してたらいいんですけど」僕は太鼓腹を無視してルチアのほうを向いた。

「あら、あなたの人生には何かが欠けてるの?」

「僕の人生に何かが欠けてるか?」僕は〝何もかも〟と答えようとしたけれど、考え直した。

「友達です。ここではみんなが親友同士みたいに見えます。僕にもそんな友達がいてほしいんです。あなたみたいな」

「そういう友情を結ぶ時間はたっぷりあるわ。友達がいたら、あなたは堕落せずにすむの?」

堕落と言われるたびに、性格のひどく醜い欠陥を責められている気がする。

「失わずにすむ友達がひとりでもいればいいのにと思います」

ルチアは悲しげな笑みを浮かべてこちらを見た。

「あなたはすごく多くを語ってるわ。でも今夜読むのは短い詩だけよ」

彼女は僕から視線をそらさない。「あなたに同情するわ」手を僕の顔まで持ってきて、悲しそうに、離れがたい様子で撫でる。僕が突然実の子どもになったみたいに。

それは気持ちがよかった。

「あなたは若すぎて、私の言うことが理解できないでしょうね——でもいつか近いうちにまたお話ししたいわ。そのとき、私が発言を撤回できるくらいあなたが大きくなってるかどうか見てみましょう。冗談よ（スケルツァーヴォ）」彼女は僕の頬にキスをした。

なんと素晴らしい世界だろう。ルチアは倍以上の年齢なのに、僕は今この瞬間にも彼女と愛を交わし、彼女とともに泣いてしまいそうだった。

「乾杯しないか？」店の別の場所から誰かが叫んだ。

とたんにあちこちから声があがる。

すると、肩に手が置かれた。アマンダの手だ。腰にまわされた別の手。ああ、この手はよく知っている。今夜は決して離さないでほしい。あの手のあらゆる指、君が噛むその指の爪を、僕は崇拝しているんだ。いとしいオリヴァー——まだ手を離さないで、僕にはその手が必要だから。背筋がぞくりとした。

「私はエイダよ」誰かがすまなさそうに言った。店内を縫ってここまで来るのにひどく時間がかかったのを自覚していて、自分がみんなで噂していたに違いないエイダ本人であることを明らかにすることでそれを埋め合わせようとしているみたいに。彼女のハスキーで魅力的な声、名乗るのに時間をかけたこと、あらゆるもの——ブックパーティ、紹介、友情——を軽く見ている様子から、僕は間違いなく今夜魅惑の世界に足を踏み入れたのだと確信した。

こんな世界に来たことはなかったけれど、大好きになった。その世界の言葉を話せるようになったら、もっと好きになるだろう――だって、それこそが僕の言葉だから。心の奥底にある恋心が軽い冗談の中に隠されて伝えられる言葉。ショッキングかもしれないものには笑みを張りつけておくほうが無難だからではなく、僕が足を踏み入れたこの新たな世界では欲望はすべて冗談の中でしか伝えられないから。

誰もが人と付き合う余裕があり、余裕を持って――ローマという街そのもののように――生き、自分以外の人も皆そう望んでいると考えている。僕もこの人たちのようになりたかった。

書店主がレジの横にあるベルを鳴らすと、全員が黙り込んだ。

詩人が話し出す。「今夜この詩を読むつもりはなかったんですが、誰かが、誰かが」――ここで彼は口調を変えた――「誰かがこれのことを言ったので、読まずにいられなくなりました。題名は『サン・クレメンテ症候群』。これは、韻文作家が自分の作品についてこう言うことを許されるのであれば、私のいちばんのお気に入りです」（あとで知ったのだが、アルフレードは決して自らを詩人と呼ばないそうだ）「これを書くのがいちばん大変だったから、この詩で私はひどくホームシックになったから、この詩のおかげで私はタイで救われたから、この詩が私の全人生を説明してくれているからです。私はサン・クレメンテのことを考えて、あと何日、あと何晩と帰国までの日々を数えました。この長い詩を書き終えることなくローマに戻るのは、バンコクの空港であと一週間足止めを食らうのよりも恐ろしく思えました。とはいえ、結局この詩を完成させたのは、私たちがサン・クレメンテ聖堂から二百メートルと離れていないところに住んでいる、このローマに戻ってからでした。皮肉なことに、大昔にバンコクでこの詩を書きはじめたのは、まさにローマが宇宙の果てに思えたからなのです」

彼が長い詩を読みはじめる。僕は彼と違って、残りの日数を数えまいとしてきたことを考えた。僕たちはあと三日でローマを去る——そして僕とオリヴァーの関係は終わりを迎える。アメリカで会おう、手紙を書こう、電話しようと話してはいた——けれど、すべては不可解なほど非現実的に感じられて、あえて今後のことを具体的には決めなかった。曖昧にしておいたのは、会えなかった場合に自分自身でなく状況を責められるようにしたかったからではない。関係を続ける計画を立てないことで、関係が消えてしまうかもしれないという予測を避けていたんだ。

僕たちは事態を直視しないようにしてローマに来た。ローマは、学校が始まって互いが別々の道を行く前に最後のひと騒ぎをする場所だった。ここへ来ることで別れを先延ばしにし、お開きの時間を過ぎてもパーティを延長しようとしていた。もしかすると、無意識のうちに、短いバカンス以上のことをしていたのかもしれない。それぞれが目的地の異なる帰りの切符を持って駆け落ちしていたんだ。

それは、彼から僕への贈り物だったのかもしれない。

父から僕たちふたりへの贈り物だったのかもしれない。

腹や腰に彼の手を感じずに生きていけるのか？　治るのに僕と別れてから数週間かかりそうな彼の脇腹のすり傷にキスしたり舐めたりすることなく？　僕が僕の名前で呼ぶ人は、ほかに現れるのか？

もちろんほかにも恋人はいくらでもできるだろう。けれど情熱のまっただ中で相手を僕の名前で呼んでも、それはつくりものの興奮、見せかけに感じるだろう。

空っぽのクローゼット、荷物を詰めて彼のベッドの横に置かれたスーツケースが思い出される。僕はもうすぐオリヴァーの部屋で眠ることになる。彼のシャツを抱いて、横に置いて、着て、眠るつもりだ。

朗読が終わるとさらなる拍手喝采が起き、パーティはいっそう盛り上がり、もっと酒がふるまわれた。やがて閉店時刻となった。B市の本屋が閉まるときのマルツィアが思い出された。あれははるか遠くの出来事、まったく違う出来事。彼女はひどく現実離れした存在になっていた。

誰かが、皆で食事に行こうと言い出した。全部で三十人ほどいる。別の誰かがアルバーノ湖のレストランを提案した。星空に照らされた夜景の見えるレストランの情景が、中世後期の彩色写本から飛び出したように脳裏に浮かんだ。いや、遠すぎる、と誰かが言う。そうだ、でも夜の湖に映った明かりは……。夜の湖に映った明かりを楽しむのはまた別のときにしよう。カッシア街道沿いの店はどうだ？　いいけど、それでも車の問題は解決できない。全員が乗るには車が足りない。いや、車は充分あるはずだ。ほんのしばらく人の膝に座ることになっても、気にする人はいるか？　もちろんいない。とりわけ美女ふたりにはさまれて座れるのなら。だけど太鼓腹が美女の膝に座ることになったら？

車は五台しかなく、それぞれ書店からそう遠くない別々の路地に駐車されていた。だから全員で一緒に移動はできないため、ミルヴィオ橋のあたりで集合ということになった。そこからカッシア街道を進んで目的のレストランへ行く。正確な場所は誰かが知っているだろうと思われたけれど、結局誰ひとり知らなかった。

目的地に着いたのは四十五分以上たってからだった——夜の湖に映った明かりが素晴らしい遠くのアルバーノ湖までの所要時間よりも長くかかった。行ったのは広い屋外レストランで、市松模様のテーブルクロスがかけられ、蚊よけの蝋燭が客のあいだにまばらに立てられている。時刻は十一時過ぎ。空気はまだじめじめしていた。湿気は顔にも服にもこびりついている。皆、疲れてぐったりしていた。テーブルクロスすら力なくぐったりしているようだった。でもレストランは丘の上にあり、ときどき木々の隙間から息もできないほど強い風が吹いた。明日は雨になりそうだけど、蒸し暑さは変わらないだろう。

六十歳近いウェイトレスが素早く僕たちの人数を数え、テーブルを二重の蹄鉄形に並べた。そしてこれから出せる食べ物や飲み物を告げた。僕たちで決める必要がなくてよかった。彼が決めるのなら——と詩人の妻は言った——あと一時間はかかるだろうし、その頃には厨房に食べ物がなくなっているだろうから。ウェイトレスは前菜の長いリストを読み上げ、僕たちが承知するとそれはすぐに供された。続いてパン、ワイン、ミネラルウォーター。水は発泡水と普通の水がある。簡単な食事ですよ、とウェイトレスは説明した。簡単でけっこう、と出版者は言った。「今年はまた赤字だからね」

またしても詩人への乾杯が行われた。出版者にも。書店主にも。妻にも、娘たちにも。ほかには?

笑い、親睦。エイダはちょっとした即席のスピーチをした——実はそれほど即席ではないんですが、と彼女は認めた。太鼓腹とオオハシ女はこの企みにひと役買ったことを認めた。

三十分以上たってからトルッテリーニのクリームソース和えが出された。そのときには、僕はワインを飲まないと決めていた。急いで飲んだスコッチウィスキー二杯でかなり酔いがまわっていたから。三人姉妹は僕とオリヴァーのあいだに座り、僕たちのベンチにいる人々は皆、体を寄せ合っていた。天国だ。

次の料理はもっとよかった。ポットロースト、豆、サラダ。

そしてチーズ。

いろいろ話しているうちに、話題はバンコクになった。「誰もが美しい。しかも混血美人ぞろいだ。だから行きたかった」詩人は言った。「アジア人でもなく、白人でもない。ユーラシア人というのは単純すぎる呼び方だ。きわめてエキゾチックでありながら、異質ではない。初めて見ても、すぐに見分けられる。彼らが私たちの胸に起こさせる感情や、私たちに望むものを表す言葉はない。

最初私は、彼らは考え方も私たちと異なるのだと思っていた。やがて、考え方でなくものの感じ方が違うのだとわかった。言葉で表せないほど優しい。ここにいる人間の優しさとは段違いだ。いや、私たちだって親切で思いやり深くなれるし、明るく情熱的な地中海にふさわしく、非常に情熱的にもなれる。しかし彼らはとにかく優しい。無私無欲の優しさ、心の優しさ、肉体的な優しさ、少しの悲しみも悪意も交じらない優しさ、子どものように皮肉も恥ずかしさもない優しさ。彼らに偏見を抱いていた自分が情けなかった。ここは空想したとおりの極楽になりうる、と思った。私が滞在した安ホテルで夜にフロント係を務めていた、つばなし帽をかぶった二十四歳の若者は、あらゆるタイプの人間が現れては去るのを見ていた。彼は私を見つめ、私は見つめ返した。顔立ちは女性だった。しかし男装した女に見える男だった。アメリカン・エキスプレスのカウンターの女の子が見つめてきて、私は見つめ返した。彼女は女装した男に見える女で、結局は男だった。若者たちは男でも女でも、私が目を向けるといつもくすくす笑った。ミラノの方言を流暢に話す領事館の女の子も、毎朝同じ時刻に同じバスを待つ大学生も、私を見つめ、私は見つめ返した。そんなふうに皆が見つめてくるのは、結局私が思ったとおりのことを意味していた。好むと好まざるとにかかわらず、感情という点に関して、人類は皆同じ動物的な言語を話すのだ」

グラッパとサンブーカ（イタリアのリキュール）のおかわりが皆に注がれた。

「私はタイの人すべてと寝たかった。タイの人すべては私を誘っていた。一歩歩くごとに、誰かとぶつかりそうになる」

「さて、このグラッパをひと口飲んでみて、魔女の飲み物じゃないと言ってくれ」書店主が口をはさみ、詩人はウェイターにおかわりを注がせた。今回、彼はゆっくりと飲んだ。太鼓腹はひと口で飲み干した。〝ストラオルディナリオ・ファンタスティコ〟はグビグビと飲んだ。オリヴァーは舌鼓を打った。詩人はこれを飲むと若返ると言った。「夜にグラッパを飲むのは好きだ。活力がつく。しかし君には」――僕を見ている――「わからないだろうな。君の年齢なら、わざわざ活力をつける必要もないだろう」

彼は僕がグラスの中身を一部飲むのを見守った。「感じるかい？」

「何をですか？」

「活力だ」

僕はもう一度飲んだ。「あんまり」

「あんまり、か」詩人は困惑して失望した表情になった。

「それは、この人の年齢なら最初から活力にあふれてるからよ」ルチアが言う。

「そのとおりだ」誰かが言った。「君が言うように〝活力がつく〟のは、もう活力を失った人間だけだよ」

詩人は答えた。「バンコクで活力をつけるのは難しくない。ある暑い夜、ホテルの部屋にいたとき、頭が変になりそうだった。寂しさのせいか、外から聞こえる人の声のせいか、悪魔の仕業だったのか。そのときサン・クレメンテ聖堂のことを考えはじめた。最初、それはぼんやりした靄みたいな感じとして現れた。興奮でもあり、郷愁の念でもあり、何かの比喩でもあった。写真を見てある場所に旅をし、その国全体と一体化したいと願う。ところが実際行ってみると、現地の人とはなんの共通点もないことがわかる。人類共通だと思い込んでいた基本的なしぐさの意味も理解できない。すべては間違いだった、頭の中で勝手なイメージをつくっていただけだと結論づける。しかしもっと掘り下げて考えてみたとき、理性に反してまだ彼らを求めていることを自覚する、とはいえ自分が具体的に彼らに何を求めているのか、彼らが自分に何を求めているのかはわからない。結局のところ、彼らもひとつのことだけを考えて自分を見つめているのだとわかる。しかしそれは思い込みだ、と自分に言う。荷造りをしてローマに戻ろうとする。なぜなら、彼らの見せる思わせぶりなしぐさで頭がおかしくなりそうだからだ。そのとき突然、何かがひらめく。秘密の地下通路が見つかったかのように。そして悟る。私が彼らを求めているのと同じく、彼らも必死で私を求めているのだと。最悪なのは、経験豊かで、ブラックユーモアのセンスに恵まれ、恥ずかしさが顔を出そうとしてもそれを克服する力がある人間でありながら、すっかり途方に暮れてしまうことだ。私には彼らの言葉がわからず、彼らの心が語る言葉もわからず、自分の心が語る言葉もわからなかった。どこへ行っても、すべてがベールで覆われていた――自分が求めるもの、求めているとわかっていないもの、求めていると知りたくないもの、求めていると昔から知っていたもの。これは奇跡、あるいは地獄だ。

人生において記憶に残るどんな経験とも同じく、私はすっかり混乱し、打ちのめされた。それこそが私という人間のすべてを表していた。日曜日の午後、家族や友人のために鼻歌交じりで炒め物をつくる私。凍える夜に目覚めたとき、セーターを着て机まで駆けていき、誰も知らない私という人間のことを書きたくなる私。互いに裸になって誰かと抱き合うことを渇望する私。ひとりきりになることを渇望する私。自分のあらゆる部分がそれぞれ時空を超えて離れたところに存在し、それぞれが私の名前を持っていると主張するときの私。

そんなふうにいくつもの自分がモザイク模様をつくることを、私はサン・クレメンテ症候群と名づけた。現在のサン・クレメンテ聖堂は、かつて迫害されたキリスト教徒の隠れ家だった場所に建てられている。古代ローマの執政官ティトゥス・フラウィウス・クレメンスの家は皇帝ネロの統治時代に焼き払われた。次に焼け跡の広い地下室と思われるところに、ローマ人は異教の神ミトラに捧げる地下神殿を築いた。朝日の神、光明神だ。その神殿の上に、初期のキリスト教徒は別の教会を建てた。これは――偶然かどうかは今後の調査を待たねばならないが――別のクレメンスを崇めていた。教皇の聖クレメンスだ。さらにその上に別の教会が建てられたがそれは焼け落ち、そこに今日の聖堂ができた。発掘すればもっといろいろなものが出てくるかもしれない。潜在意識のように、愛のように、記憶のように、時間そのもののように、私たちひとりひとりのように、聖堂はのちに復元された廃墟の上に建てられている。基礎となる岩はなく、最初はなく、最後もなく、秘密の通路や続き部屋が何層にも重なっている。キリスト教の地下墓地のように、あるいはユダヤ教の地下墓地のように。

しかし友よ、ニーチェが言うように、私は具体的な話の前に寓意を言ってしまったようだ

「アルフレード、どうか手短に頼むよ」

レストランの支配人は僕たちがまだしばらく居座るらしいことを見て取り、もう一度グラッパとサンブーカを全員に出した。

「あの暑い夜、頭が変になりそうだと思ったとき、私は安ホテルの安っぽいバーにいた。ふと隣のテーブルを見ると、あの奇妙なつばなし帽をかぶった夜のフロント係が座っている。非番かい？　私は尋ねた。非番です、と彼は答えた。だったらどうして家に帰らないんだ？住み込みなんです。寝る前にちょっと一杯やってるんですよ。

私は彼を見つめ、彼は見つめ返した。

すると彼はすぐさま、片方の手でグラスを、もう片方でデカンターを持って――私に声をかけられて気分を害したからひとりになるため離れたテーブルに移るのだと思いきや――意外にも私のテーブルに来て向かい側に座った。これ、ちょっと試してみます？　と彼は尋ね

た。いいだろう、郷に入れば郷に従え、タイに入れば……。もちろん私もいろいろ話は聞いていたし、うさんくさく怪しいとは感じた。しかしまあ、調子を合わせてみようと思った。彼は指を鳴らし、有無を言わさぬ調子で私のために小さいグラスを持ってこさせた。それはすぐに出てきた。

ひと口飲んでみてください。

好みじゃないかもしれない、と私は言った。

いいから飲んで。彼は私に少し注ぐと、自分にも注いだ。

非常にうまい酒だった。グラスは祖母が靴下を繕うときに使っていた指ぬきくらいの大きさしかなかった。

もう一杯どうぞ——味を確かめるために。

私はそれも飲み干した。間違いなくうまかった。グラッパに少し似ているが、それより強く、酸っぱさはなかった。

そのあいだもフロント係は私を見つめつづけた。そんなに強く見つめられるのは居心地が悪かった。彼の視線は耐えがたかった。彼はくすくす笑い出しそうだった。

ずっと見つめているね。私はついに言った。

そうです。

どうしてだい？

彼は身を乗り出してきた。あなたが好きだからですよ。

なあ——私は言いかけた。

もう一杯。彼は自分と私におかわりを注いだ。

はっきり言わせてくれ。私は——。

しかし彼は最後まで言わせてくれなかった。

だったらなおさら、もう一杯飲むべきですよ。

私の頭は警戒信号を発していた。ああいう輩は人を酔っ払わせてどこかへ連れていき、身ぐるみはぐ。警察に届けても、警察は泥棒と同じくらい腐敗してるから、供述調書を取って写真を撮るだけ。別の不安も頭をもたげた。注文した人間は着色した茶を飲んで酔ったふりをするだけで、酒を飲まされたほうに天文学的な金額が請求されるのかもしれない。昔からある手口だ——私は何も知らない赤ん坊なのか？

私はあまり興味がないんだ。頼むから——。

どうぞ、もう一杯。

愛想のいい笑顔。

私はうんざりと抗議の言葉を繰り返そうとしたが、また彼の言葉が聞こえてきた——もう一杯。私は思わず笑った。

彼は私が笑っているのを見た。何に笑っているかはどうでもいい、とにかく私が笑っていればそれでよかったようだ。

彼は自分に酒を注いだ。

なあ、私が酒の代金を払うとは思わないでくれよ。

私の中のブルジョア根性がついに顔を出し、はっきりと言った。そういう策略で外国人からぼったくるつもりなのはお見通しだぞ。

酒の代金を払ってもらおうとは思ってません。それを言うなら僕の代金も。

皮肉なことに、彼は気分を害していなかった。こういうことを言われるのは予期していたのだろう。何万回も経験していたに違いない——あんな仕事にはつきものなのだろう。

ほら、もう一杯どうぞ——友情を祝って。

友情?

僕を怖がる必要はありませんよ。

私は君と寝ないぞ。

寝ないかもしれません。寝るかもしれません。まだ宵の口です。僕はあきらめてませんから。

そのとき彼は帽子を脱いで髪をおろした。あんな小さな帽子には考えられないほど大量の豊かな髪だった。彼は女性だったのだ。

がっかりしました?

いや、その反対だ。

ほっそりした手首、はにかんだ様子、この世で最も柔らかな皮膚、目からこぼれ出るような優しさ、ベッドではそのあたりにいる人々のようななまめかしい奔放さではなく、胸が詰まるほどの優美さと慎ましさを示してくれそうな様子。私はがっかりしたか？　したかもしれない――刺激的な雰囲気がすっかり消えてしまったからだ。

すると彼女は私の頬に手を置いた。ショックと驚きを和らげようとするみたいに。少しは気分がよくなりました？

私はうなずいた。

もう一杯飲んでください。

君も飲め。私はそう言って彼女のグラスに注いでやった。

どうしてわざわざ男だと思わせるんだ、と尋ねた。予想していたのは、〝仕事のためにはこのほうが安全だから〟、あるいはもう少し気の利いた、〝こういう瞬間のために〟といった答えだった。

すると彼女はくすくす笑った。本物の笑いだ。いたずらを仕掛けて、その結果には不満でも意外でもないと言いたげに。でも僕は男なんです、と彼女は言った。

きょとんとした私の前で彼女は何度もうなずいた。うなずくこと自体がいたずらの一部であるかのように。

君は男？　私は尋ねた。彼女が女だと思ったときと同じく、がっかりしていた。

そうなんです、残念ながら。

彼は両肘をテーブルについて、私と鼻を触れ合わせんばかりに身を乗り出して言った。あなたがすごく好きなんです、シニョール・アルフレード。あなたも僕をすごく好きですよね

――素晴らしいのは、私たちはお互いにそれを知っていたことだ。

私は彼を見つめた。いや彼女か。どちらでもいいが。もう一杯飲もう、と私は言った。

僕もそう言おうとしてました、といたずらな友は言った。

僕に男でいてほしいですか、それとも女のほうがいいですか？　彼あるいは彼女が訊く。どちらにでも生まれ変われるみたいに。

私はどう答えていいかわからなかった。中間でいてほしいと言いたかった。だから言った、両方でいてほしい、あるいはその合間で。

彼は愕然とした。

まあ、いやらしい、と彼は言った。その日初めて、私はひどく堕落した考えで彼を心から驚かせたようだった。

トイレに行くため立ち上がった彼を見たとき、ドレスを着てハイヒールを履いた女性であることに気がついた。非常に魅力的な足首の非常に魅力的な肌に、見入らずにはいられなかった。

　またしても私の関心を引いたことを知って、彼女は心からおかしそうにくすくす笑いはじめた。

　ハンドバッグを見ててもらえます？　と彼女は尋ねた。持ち物を見ているよう頼まなかったら、私が勘定をすませてバーを出ていくだろうと感じたに違いない。

　要はこういうことが、私がサン・クレメンテ症候群と呼ぶものだよ」

　喝采が起こった。心のこもった喝采だった。僕たちは話そのものを気に入っただけでなく、彼がその話をしてくれたという事実も気に入っていた。

「サン・クレメンテ症候群万歳（エヴィヴァ・イル・シンドロモ・ディ・サン・クレメンテ）」〝ストラオルディナリオ・ファンタスティコ〟が言う。

「症候群は男性形じゃなくて女性形の〝ラ・シンドロメ〟」隣に座った人が訂正した。

「サン・クレメンテ症候群万歳（エヴィヴァ・ラ・シンドロメ・ディ・サン・クレメンテ）」何かを叫びたくてたまらなかったらしい男が声高に言った。

彼はあと二、三人とともにかなり遅れて食事にやってきて、ローマの方言で「通してくれ（ラサテッチェ・パッサ）」と支配人に大声で言うことで僕たちに到着を告げていた。皆はとっくに食べはじめていた。

彼の車はミルヴィオ橋のあたりで曲がるところを間違えてレストランを見つけられなかったという。そのため最初のふたつの料理を食べそこなった。今はテーブルのいちばん端に座って、一緒に書店から来た仲間とともに、店にあった最後のチーズと、あとタルトの一種フランをひとり二個ずつ食べている。残っているのはそれだけだったからだ。彼は逃した食べ物を大量のワインで埋め合わせている。サン・クレメンテについての詩人の話の大部分は聞いていた。

「こういう〝クレメンテ化〞は」男は言った。「面白いと思う。といっても、われわれは何者か、何を求めるのか、どこへ向かうのかを、この比喩が今飲んでるワイン以上によく教えてくれるとは思えんのだがね。しかしまあ、詩人の仕事が、ワインと同じく、われわれがものを二重に見るのに寄与することだとしたら、もう一度乾杯しよう。飲んでるうちに、四つの目で見ているみたいに世界が見えてくる――油断してると八つの目にもなる」

「万歳（エヴィヴァ）！」アマンダがなんとか男を黙らせようと、彼に向かってグラスを掲げた。

「エヴィヴァ！」全員が声をそろえて乾杯する。

「また新しく詩集を出してほしいわね――なるべく早く」〝ストラオルディナリオ・ファンタスティコ〞は言った。

誰かがレストランからそう遠くないアイスクリームショップへ行こうと言い出した。いや、アイスクリームはやめてコーヒーにしよう。僕たちはルンゴテヴェレ通りをパンテオンのほうへと向かった。

車の中で、僕は幸せだった。でも、サン・クレメンテ聖堂のこと、それが今夜とよく似ていることをずっと考えていた。ひとつの出来事が次の出来事へ、また次のまったく予測できない出来事へとつながっていき、サイクルが終わったと思ったちょうどそのときまったく新しいものが現れ、そのあとまた別のことが起こり、やがて気がつけば出発点、ローマの旧市街に戻っている。昨日僕たちは月光の下で泳いでいた。今はここにいる。数日後、オリヴァーはいなくなる。ちょうど一年後、彼が戻ってきてくれたらどんなにいいだろう。僕はオリヴァーと腕を組み、エイダにもたれかかって眠りに落ちた。

〈カフェ・サンテウスターキオ〉に着いたとき、時刻は午前一時を優に過ぎていた。全員がコーヒーを注文した。誰もが〈サンテウスターキオ〉のコーヒーを絶賛する理由が、僕にもわかった気がした。少なくともわかったと思いたかった。でも自信はなかった。ここのコーヒーが好きかどうかもよくわからなかった。もしかするとほかの人も僕と同じで、一般的な意見に賛成して、これがないと生きていけないと言わざるをえないと感じているだけかもしれない。

ローマで有名なこの喫茶店は、コーヒーを立って飲む人、座って飲む人で混雑している。薄着した人たちがすぐそばに立って、飲むという同じ基本的なことを行っているのを見るのは楽しかった——この夜への愛、街への愛、街の人々への愛、誰とでもいいから一緒にいたいという熱望。ここへ一緒に来たグループがばらばらになることを防ぐあらゆるものへの愛。コーヒーを飲んだあとそろそろ解散しようかということになったとき、誰かが言った。「いや、まだ別れたくない」誰かが近くのパブへ行こうと言い出した。ローマで最高のビールを出す店だ。それはいいね。ということで、僕たちは長く狭い路地をカンポ・デ・フィオーリ広場のほうへ向かった。ルチアは僕と詩人にはさまれて歩いた。オリヴァーは僕たちの後ろで姉妹のうちふたりと話していた。初老の男は〝ストラオルディナリオ・ファンタスティコ〟と親しくなり、サン・クレメンテについて話し合っていた。「人生を表す素敵な比喩だわ！」〝ストラオルディナリオ・ファンタスティコ〟が言う。「おいおい！　なんでもかんでも〝クレメンテ化〟しなくていいんだぞ。単なるひとつのたとえなんだから」太鼓腹は言った。彼は名づけ子の成功に充分満足しているようだ。

エイダがひとりで歩いているのに気づいた僕はあとずさって彼女の手をつかんだ。彼女は白い服を着ていて、日焼けした肌は汗で濡れて光っており、僕は全身の毛穴という毛穴に触れたくなった。話はしなかった。ハイヒールが石畳を踏むコツコツという音がする。暗い中で、彼女の姿は幻に思えた。

いつまでも歩きつづけていたい。静かで人けのない路地は怪しげで、古くて穴だらけの敷石は湿気を帯びて光っている。古代の運搬人が壺のどろどろの中身をこぼしたあと古代都市のある地下に姿を消したかのようだ。あらゆる人がローマを去ったみたいに感じられた。すべてを見てきたのちに空っぽになった街は、今や僕たちだけのもの、今夜ひと晩だけでも街を自らの心象に取り込んだ詩人のもの。今夜、湿気は消えそうにない。望めば僕たちは同じところをぐるぐるまわることもできる。誰も気づかないだろうし、誰も気にしないだろう。

まばらにしか街灯のない迷路のようながらんとした道を歩いているとき、このサン・クレメンテについての話が僕たちとどう関係あるのかと考えはじめた——僕たちが時間の中をどう移動するか、時間が僕たちの中をどう移動するか、僕たちがどう変わり、どう変わりつづけ、最後は同じ人間に戻るのか。年を取る中で何も学ばない人も、これだけは学ぶかもしれない。それこそが詩人の伝えたかった寓意だと思う。一カ月ほどして僕がローマを再訪したら、今夜オリヴァーと一緒にここにいたことがひどく非現実的に思えるだろう。まったく別の僕に起こったことみたいに。そして、三年前に使い走りの青年が僕をいかがわしい安映画館に連れていこうとしたときに芽生えた願望は、今から三カ月後も、三年前と変わらず満たされていないと感じられるだろう。彼は来た。彼は去った。何も変わらなかった。僕も変わらなかった。世界も変わらなかった。それでいて何ひとつ同じではない。残っているのは、夢と、覚えのない記憶だけ。

　僕たちが着いたとき、パブは店を閉めようとしていた。「二時に閉店なんです」「だったら、まだ飲む時間はあるだろう」オリヴァーはマティーニを欲しがった。アメリカ風のマティーニ。それはいい、と詩人は言った。「私も同じものを」別の誰かが言う。大型ジュークボックスでは、その年の七月に僕たちがずっと聞いていた夏のヒット曲がかかっていた。〝マティーニ〟という言葉を聞いて、初老の男と出版者も同じものを注文した。

「おい（エィ）！　マスター（タヴェルニエーレ）！」太鼓腹が叫ぶ。ウェイターは、ワインかビールしか出せないと言った。バーテンダーは母親が重病で病院に運ばれたので今夜は早引きしたそうだ。ウェイターのもごもごした話しぶりに、皆が笑いを押し殺した。オリヴァーはマティーニの値段を尋ね、ウェイターはレジの女の子に質問を伝えた。彼女は値段を答えた。「だったら、僕がマティーニをつくるのはどうだい？　値段は、こっちがカクテルを自分でつくることを考慮して決めてくれたらいい」

ウェイターとレジの女の子は躊躇した。経営者はとっくに帰宅している。「いいんじゃない？」女の子が言った。「つくり方を知ってるんなら、どうぞやってみて（ファッチャ・プーレ）」

オリヴァーは拍手喝采を浴びながらのんびり歩いてカウンターの後ろにまわり、数秒後、ジンとベルモットに氷を加えてシェイカーを勢いよく振りはじめた。カウンターの近くにある小さな冷蔵庫にはオリーブが見つからなかった。レジの子が来て調べ、ボウルを出した。

「オリーブよ」オリヴァーをまっすぐに見て言う。あたかも〝あなたの目の前にあったのよ――ちゃんと見たの？　ほかに何かいる？〟というように。「君にもマティーニをおごらせてもらおうかな」オリヴァーは言った。「今夜は目がまわるほど忙しかったわ。一杯飲んでもこれ以上目はまわらないわね。ちょっとだけにしてね」

「つくり方を教えようか？」

そしてオリヴァーはストレートアップのドライマティーニについて細部にわたった説明をした。彼はバーの従業員に対してバーテンダーを演じるのもオーケーだった。

「そんなのどこで覚えたの？」僕は尋ねた。

「カクテル技術入門講座。ハーバードでね。大学時代、週末はバーテンダーのアルバイトをしてたんだ。そのあとはシェフ、それからケータリングもした。そのあいだもずっとポーカーはやってたけど」

彼の大学時代は、彼がそれについて話すたびに、スポットライトに照らされた輝く魔法に感じられる。別の人生、すでに過去のものになっているため僕には手が届かない人生。それが存在した証拠は、たとえば今みたいに彼がカクテルをつくれること、グラッパの微妙な味の違いを識別できること、どんな女性にも話しかけられること、世界じゅうから彼宛てにうちに届いた謎の四角い封筒などに、少しずつ現れていた。

僕は、オリヴァーの過去に嫉妬したことも脅威を感じたこともなかった。彼の人生のそういう面には、僕が生まれるずっと前に父の人生に起こったけれど現在にまで影響を与えている出来事と同じような、ミステリアスな性質を持つ出来事がたくさんある。僕に会う前のオリヴァーの生活をうらやんではいないし、時間をさかのぼって彼が僕の年齢だった時代まで行きたいとは思わなかった。

そのときは少なくとも十五人がいて、質素なテーブルのひとつを占領していた。ウェイターは再びラストオーダーだと告げた。十分もすると、ほかの客は帰っていった。そろそろ閉店時間(キューズラ)ということで、ウェイターはシャッターをおろしかけていた。ジュークボックスはためらいなくプラグが抜かれた。でも僕たちは、夜明けまででもおしゃべりを続けられそうだった。

「君にショックを与えたかな？」詩人が尋ねた。

「僕ですか？」彼がどうしてテーブルにいる人々の中で僕を選んで話しかけたのか、僕にはわからなかった。

ルチアがこちらを見た。「アルフレード、堕落した若者のことなら、この子はあなたよりずっとよく知ってるんじゃないかしら。どうしようもなく堕落してるもの（エ・ウン・ディッソルート・アソルート）」

「この詩が言いたいことは、たったのひとつね」〝ストラオルディナリオ・ファンタスティコ〟が言う。

「サン・クレメンテは四層あるぞ——少なくとも！」詩人は言い返した。

三度目のラストオーダーの告知。

「なあ」書店主がウェイターに言った。「まだいさせてくれないか？　終わったら女の子をタクシーに乗せて帰らせる。金はちゃんと払う。もう一杯ずつマティーニを飲ませてほしい」

「どうぞお好きに」ウェイターはあきらめてエプロンを外した。「僕は帰ります」

オリヴァーが僕のところに来て、ピアノで何か弾いてくれと言った。

「何がいい？」

「なんでも」

人生最高の夜への感謝を表そう、と僕は思った。二杯目のマティーニをひと口飲む。おおいにタバコをふかしておおいに飲んでどんな映画の最後でも溝で死んでいるのが見つかるという、堕落したジャズピアノ奏者の気分。

ブラームスを弾きたかったけれど、とても静かで瞑想的な曲を演奏しろと本能が告げた。だからバッハの『ゴルトベルク変奏曲』から一曲を選んで弾いた。静かで瞑想的になれる曲だ。十五人ほどの聴衆がため息をついて聞き入ったので、僕はうれしかった。この素敵な夜に報いる方法は、これしか知らなかったから。

ほかにも弾いてくれと言われたので、ブラームスの奇想曲を提案し、全員賛成した。ところが奇想曲の最初の数小節を弾いたあとふと気が変わり、イタリア民謡の一種ストロネッリを弾きはじめた。あまりの変化に聴衆は驚いたけれど、すぐに皆が歌い出した。といってもユニゾンではなく、めいめいが自分の知るストロネッリを歌った。でも反復部分（リフレイン）にくるたびに、同じ歌詞を歌うようになった。それはここへ来る前に僕とオリヴァーが聞いた、ダンテ像が暗唱していた詩だ。ひとり残らず高揚し、僕はもう一曲、あと一曲とリクエストされた。ローマのストロネッリはたいてい下品で陽気な歌で、ナポリの感傷的で胸に迫る歌とはまったく違う。三曲目を弾いたあと僕はオリヴァーを見て、外へ出て新鮮な空気を吸いたいと言った。

「どうした、彼は具合が悪いのか？」詩人はオリヴァーに訊いた。

「いえ、ちょっと酸素が足りないだけです。皆さんはどうぞそのままで」

レジの女の子が大きく身を乗り出し、片方の腕でシャッターを上げた。僕が下の隙間から外に出たとたん、気持ちのいい風が無人の路地に吹いた。「ちょっと歩ける?」オリヴァーに尋ねる。

ふたりで暗い路地をゆっくりと歩いた。若きダンテと年配のダンテのように。まだとても暑い。街灯の光がオリヴァーの額を照らす。非常に静かな路地から路地へと入っていく。非現実的でじめじめした悪鬼の小道に引き込まれて、意識朦朧としたまま異次元の地下世界に迷い込んだみたいだった。聞こえるのは野良猫の鳴き声や近くの水音だけ。大理石の噴水か、ローマ市内のあらゆる場所に無数にある水飲み場(フォンタネーレ)だろう。「水」僕は息を切らせた。「マティーニは体に合わないよ。すっかり酔っちゃった」

「飲んじゃいけなかったんだ。君はスコッチを飲み、そのあとワイン、グラッパ、しかもマティーニだ」

「今夜はもう性欲なんてなくなった」

オリヴァーはにやりとした。「顔色が悪いぞ」

「吐き気がしてきた」

「最高の治療法は、吐いてしまうことだな」

「どうやって?」

「屈み込んで、指を口の中に突っ込め」

僕は首を横に振った。「そんなの無理だよ」

歩道にゴミ箱があった。「ここの中に吐くんだ」

僕は普通、人前で吐くのには抵抗する。でも恥ずかしすぎて、今さら子どもみたいにだだをこねることもできない。とはいえ彼の前で嘔吐するのはみっともない。アマンダがついてきていないという確信もない。

「ほら、屈めよ。頭を支えててやるから」

僕はまだ抵抗していた。「ほっといたらおさまると思う。絶対おさまるって」

「口を開けろ」

僕は口を開けた。オリヴァーが喉仏に触れた瞬間、激しく嘔吐した。

でも、頭を支えてもらうのは気持ちがよかった。吐いている人間の頭を支えるのは、なんと献身的で勇敢な行為だろう。立場が逆だとしたら、僕も同じことができるだろうか？

「終わったと思う」

「もうちょっと出るかもしれないぞ」

彼の言うとおり、僕は再び吐き気に襲われ、今夜食べたり飲んだりしたものを戻した。

「豆はそのまま飲み込んでるのか？」オリヴァーは微笑みかけてきた。

そんなふうにからかわれるのは楽しい。

「君の靴を汚してなけりゃいいけど」

「靴じゃない。サンダルだ」

僕たちは大笑いした。

まわりを見たとき、吐いたのはパスクイーノ像の真横だとわかった。ローマで最も敬われる風刺家に見られながら嘔吐するなんて、いかにも僕らしいじゃないか。

「ほら、一度も噛んでなくてインドの貧しい子どもに与えられそうな豆があるぞ」

僕たちはさらに笑った。僕は帰り道にあった噴水で顔を洗い、口をすすいだ。

すぐ前に、またしてもダンテの生きた銅像が現れた。ケープを脱ぎ、長い黒髪をおろしていた。あんな重い衣装を着ていたら、汗で体重が二キロは減っただろう。彼は今、古代エジプトの王妃ネフェルティティの生きた銅像と口論している。ネフェルティティも仮面を取っており、長髪は汗でべっとりしている。「今夜はもう荷物を片づけておさらばだ。ああ、せいせいする」「せいせいするのはこっちよ、くたばっちまえ（ヴァファンクーロ）」「おまえこそくたばれ（ファンクーロ）、このバカ（エ・ポイ・ティン）女め（クーロ）」といった調子だ。ネフェルティティは数枚のコインをダンテに投げつけた。ダンテはかわしたものの、一枚が顔にあたった。「イテーよ（アイィーオ）」彼は叫んだ。僕は一瞬、ふたりが殴り合うんじゃないかとはらはらした。

僕たちは今と同じく暗くて人けがなく敷石がつややかに光る別の路地に入ったあと、サンタ・マリア・デッラリマ通りに出た。頭上から、角っこの小さく古い建物の壁に取りつけられた四角い街灯が弱い光を投げかけている。昔はここにガス灯があったんだろう。「最低だよ、人生最高の日の締めくくりに吐くなんて」でもオリヴァーは聞いていなかった。彼は僕を壁に押しつけてキスを始めた。腰で僕の腰をぐいっと押し、腕は僕の体を持ち上げんばかりにきつく抱き締める。僕は目を閉じていたけれど、オリヴァーがキスをやめてまわりに目をやったのはわかった。きっと通行人が歩いているだろう。僕は見たくなかった。心配するのは彼にまかせよう。僕たちはまたキスをした。目を閉じたままの僕は、ふたつの声を聞いたように思った。老人の声だ。あのふたりを見てみろ、昔ならこんな光景を目にすることはなかっただろう、といったことをぶつぶつ言っている。でも僕はその人たちのことを考えたくなかった。心配したくなかった。オリヴァーが心配していないのなら、僕も心配しない。残りの生涯をこうやって過ごしてもいい。オリヴァーとともに、夜、ローマで、目を閉じて、片方の脚を彼に巻きつけて。数週間後、数カ月後にまたここに来ることを想像した――だって、ここが〝僕たちの場所〟だから。

パブに戻ると、ほかの人たちはもう帰っていた。午前三時か、もっと遅くなっていたかもしれない。ときどき車が通る以外は、街は静寂に包まれている。うっかり道を間違えてしまい、普段は混雑しているパンテオン近くのロトンダ広場に行ってしまったけれど、そこもいつになく人けがなかった。いるのは、大きなナップサックを重そうに運ぶ数人の観光客、何人かの酔っ払い、ありふれた麻薬密売人。オリヴァーは売り子を呼び止めてレモンソーダを買ってくれた。レモンの味は刺激的ですっきりしていて、気分がよくなった。オリヴァーは苦みのあるオレンジジュースとスイカひと切れも買った。ひと口食べるかと訊かれたけれど、僕は断った。こんな蒸し暑い夜、レモンソーダに半ば酔いながら、体に腕をまわされてローマのきらめく石畳を歩くのは、なんと素晴らしいんだろう。

左へ曲がってフェボ広場に向かっていると、どこからともなく誰かがギターを爪弾き、ロックではない曲を歌っているのが聞こえてきた。音のほうに近づくと、それは非常に古いナポリ民謡だった。『フェネスタ・カ・ルチーヴ』しばらくして歌がわかった。そして思い出した。

ずっと昔、僕が小さいときマファルダが教えてくれた歌だ。彼女が歌う子守歌。僕はほとんどナポリを知らないし、マファルダとその親しい仲間、数回両親とナポリへ遊びに行ったとき会った人たちを除けば、ナポリの人とはかかわりがなかった。それでも、哀愁漂う歌の調べは、失われた愛や、自分やそれより昔の祖父などが人生で失ったさまざまなものへの強い郷愁の念をかき立てた。

僕の意識は突然、マファルダの先祖のような素朴な人々の貧しくわびしい世界へと連れ去られた。古いナポリの街をせわしなく行き交う人々。彼らの記憶を一語一句たがわずオリヴァーと分かち合いたい。彼が外国の港町で出会った、マファルダやマンフレディやアンチーゼと同じ南部人であるかのように。南部人なら、絶滅した言語による死者への祈りと同じく、この古い歌も歌詞をまったく理解できない者にも涙を誘う理由が、すぐにわかるだろう。

この歌はイスラエル国家を連想させる、とオリヴァーは言った。それとも、これはスメタナの『モルダウ』に影響されているのか？　いや、ベッリーニのオペラ『夢遊病の女』かもしれないな。温かみはあるけど、ちょっと違うんじゃないかな、と僕。といっても、確かにこの歌はよくベッリーニがつくったといわれているけれど。僕たちはクレメンテ化してるんだ、とオリヴァーは言った。

　僕は歌詞をナポリ語からイタリア語へ、そして英語へと訳した。これは、ひとりの青年が恋人の家の前を通ったとき恋人の妹から姉のネンネーラは死んだと言われる話だ。〝あのとき花が咲いてた口から、今出てくるのはウジ虫だけ。さよなら、窓よ、僕のネンナはもう窓から外を眺められない〟

　ひとりで旅していて今夜かなり飲んだらしいドイツ人観光客が、僕が歌詞を英語に訳しているのを耳にして近づいてきて、それをドイツ語に訳してくれないかとたどたどしい英語で頼んできた。ホテルに向かって歩きながら、僕はオリヴァーとドイツ人にリフレインの部分の歌い方を教え、三人は何度もそこを繰り返して歌った。三人それぞれが自分なりの下手なナポリ語で歌う声が、ローマの狭く湿った小道にこだまする。ナヴォーナ広場まで来ると、僕たちはドイツ人と別れた。ホテルまでの道すがら、僕とオリヴァーはまた小さな声でリフレインを歌い出した。

〝彼女はいつも泣いていた（チァニェーヴァ・センペ）、ひとりで眠ってたからだ（カ・デュルメーヴァー・ソーラ）

今は死人たちと一緒に眠ってる(モ・ドルメ・コ・リ・ヌオールテ・アコンパニャータ)〟

あれから長年たった今でも、ふたりの若者が夜明けまでナポリ語で歌う声が聞こえる。ローマの旧市街の暗い路地で抱き合って何度もキスをしているとき、僕たちふたりとも、自分たちがもう二度と愛を交わさないことを知らなかった。

「明日サン・クレメンテ聖堂に行こうよ」僕は言った。

「明日はもう今日だぞ」オリヴァーは答えた。

第四部
ゴーストスポット

アンチーゼは駅で待っていた。列車が入り江沿いの長いカーブを曲がり、速度を落とし、僕の大好きな針葉樹林に触れそうになったところで、彼が見えた。木々の隙間から、いつも歓迎してくれる輝く午後の海がちらりと見える。僕は窓をおろして顔に風を受け、はるか前方でエンジンをふかす車の姿をとらえた。

B市に来るといつもほっとする。毎年六月初めに学校が終わってここに来るときのことが思い出される。風、暑さ、第一次世界大戦以来昔の駅長の宿舎が永久に閉鎖されている灰色のきらめくプラットホーム、静寂。すべてが、大好きな季節の、人けがない大好きな時間を示している。夏は始まったばかりで、まだ何も起こっていなくて、僕の頭はまだ試験前の詰め込み勉強のせいでガンガン鳴っていて、今年海を見るのは今が初めてだ、という気がした。

オリヴァー？ それは誰？

列車は短時間停車して五人ほどの乗客をおろした。いつものように、車体がぶるぶる震えてエンジンが轟音をあげる。そして止まったときと同じくなめらかに、車両は一両ずつ駅から遠ざかっていった。完全なる静寂。

僕は束の間、乾いた木の屋根の下でたたずんだ。板を打ちつけた宿舎を含めたこの場所全体から、石油、タール、はがれ落ちた塗料、小便の強いにおいが発せられている。

そしていつもと同じく、クロウタドリ、マツの木、セミ。

夏だ。

秋から始まる新学期のことは、ほとんど考えていなかった。暑くて夏真っ盛りの今、新学期がまだずっと先のように感じられるのがうれしかった。

到着して数分後、ローマ行き特急(ディレッティシモ)が向かい側の線路に入ってきた――いつもと同じく時刻表どおりに。三日前、僕たちはあの列車に乗った。窓から外を見てこう考えたのを覚えている。〝おまえは三日後に戻ってくる。おまえはひとりだ。それはつらい。だから覚悟を決めておけ。不意を突かれないよう用心しろ〟僕はオリヴァーを失うところをあらかじめ思い描いていた。前もって少しずつ苦しみを味わっておくことでつらさを払拭しようとしただけでなく、迷信深い人々がするように、最悪を進んで受け入れることで運命が打撃を和らげてくれるのを期待したから。夜に戦闘訓練をする兵士と同じく、真の闇に包まれても目が見えるよう、暗い中で暮らしていた。苦痛を和らげるため、その前から苦痛を味わっておく。いわばホメオパシー治療。

では、何も苦しみをもたらさないかどうかを確認しよう。入り江の景色。チェック。

マツの木の香り。チェック。

駅長の宿舎。チェック。

僕たちが街から自転車で戻るため坂道を高速で駆けおり、ロマの女の子を轢きそうになった朝のことを思い出させる、遠くの丘の風景。チェック。

小便、石油、タール、エナメル塗料のにおい。チェック、チェック、チェック、チェック。

アンチーゼが僕のバックパックをつかんで車まで運ぶと言ったけど、僕は断った。バックパックは持ち主以外が持ち運べるようにはつくられていない。アンチーゼはあまり理解していなかったが、それでもバックパックを返してくれた。

シニョール・ウリヴァはもう行ったのか、と彼は尋ねた。

うん、今朝。

「悲しいですね（トリステ）」

「うん、ちょっとね」

「俺も残念です（アンケ・ア・メ・ドゥオーレ）」

僕は彼の視線を避けた。アンチーゼには、この話題についてもう何も言ってほしくない。

帰宅すると、母は旅行についてすべてを知りたがった。特別なことは何もしなかった、カピトリヌスの丘やヴィラ・ボルゲーゼ、サン・クレメンテ聖堂を見た、と僕は答えた。あとはいろんなところを歩きまわった。たくさんの噴水。夜にはたくさんの知らない場所。ディナーは二回。「ディナー？」訊き返した母の声には、〝ほら、私の言ったとおりだったでしょ？〟という勝ち誇った響きがあった。「誰と？」「人と」「どんな人？」「作家、出版社の人、オリヴァーの友達。毎晩遅くまで起きてた」「まだ十八歳にもならないのに、もう甘い生活（ラ・ドルチェ・ヴィータ）ですかね」マファルダが皮肉めかして言う。母も同意した。

「あなたの部屋はもとどおり戻しておいたわ。やっと部屋を取り戻せて喜んでくれると思って」

僕はたちまち悲しみと怒りに見舞われた。誰が許可したんだ？　みんな、一緒にか別々にか知らないけど、僕たちのことを詮索していたらしい。

最終的に部屋を取り戻すのはわかっていた。でも、オリヴァーが来る前の状態に戻すのには、もっとゆっくり時間をかけたかった。ベッドで横になり、オリヴァーの部屋まで忍んでいく勇気を出そうと必死になる自分を思い描いていた。マファルダがもう彼のシーツ——僕たちのシーツ——を交換したとは、まったく予想していなかった。幸い僕は、オリヴァーにローマ滞在中あの波打つシャツをずっと着てもらったあと、今朝シャツをくれと再び頼んでいた。それをホテルの部屋にあった洗濯物用のビニール袋に入れてきた。死ぬまでずっと誰の目にも触れないよう、隠しておかなくてはならない。ときどき、夜にシャツを袋から出そう。ビニールのにおいや僕の服のにおいがついていないことを確かめ、シャツを抱き締め、長い袖を自分の体に巻きつけ、闇の中で彼の名前をささやこう。「ウリヴァ、ウリヴァ、ウリヴァ」——マファルダとアンチーゼが彼を呼ぶときの発音をまねて、オリヴァーは僕をそう呼んだ。でも、僕もその名前で彼を呼びたかった。彼が僕の名前で僕を呼んでくれることを願って。僕は彼の代わりにその名前で僕に呼びかけ、そして彼にも呼びかけるんだ。「エリオ、エリオ、エリオ」と。

バルコニーから自分の部屋に入ってオリヴァーがいないのに気づくのを避けるため、家の中の階段を使った。ドアを開け、バックパックを床に置き、日に照らされて暖かいベッドに身を投げ出す。よかった。ベッドカバーは洗濯されていない。突然、家に帰ったのがうれしくなった。そのまま眠りに落ちることもできただろう。波打つシャツのことも、シャツについたにおいも、オリヴァーのこともすべて忘れて。地中海に面したこの明るい地方で午後二時か三時に、眠りの誘惑に抵抗できる人がいるだろうか？

疲れきっていたので、夕方になってから楽譜を出して、前にやめたところからハイドンの編曲の続きをしようと決めた。あるいはテニスコートに行って陽光を浴びながら温かなベンチに座ってもいい。きっと喜びで体がぞくぞくするだろう。そして、誰と試合ができそうかを見る。いつも誰かがいるから。

これほど穏やかに眠りを歓迎したのは、生まれて初めてだった。悲しむための時間はたっぷりある。よくいわれるように、たぶん悲しみはいずれひっそりとやってくるし、そう簡単には乗り越えられないだろう。悲しみを和らげるために悲しみを予期しておく――お粗末で臆病な戦略だ。でも自分がそういう戦略に長けているのはわかっている。けれど、悲しみが突然獰猛に襲いかかってきたら？　襲いかかって、去ってくれなかったら？　ずっとここにとどまって、以前彼への思慕で夜に眠れなかったように、今度は悲しみのせいで眠れなくなったら？　僕の人生にはきわめて重要なことが欠けていて、まるで体の一部が欠けているみたいに感じられる、そんな夜に。今彼を失うのは自分の手を失うようなものだ。家じゅうの写真には手が写っているのに、実際にはその手がない、というような。

以前とまったく同じ自分には戻れない。いずれ失うとわかっていて心の準備ができていても、喪失にはとても耐えられない。それについて考えないことを願うのも、その夢を見ないことを祈るのと同じく、やはりつらい。

そのときふと、おかしなことを考えた。僕の体が――僕の体と心が――彼の体を求めて泣き叫んだとしたら？　そのときはどうする？

夜、彼が横にいるか僕の中に入っているかしなければ耐えられないとしたら？　そのときは何をすればいい？

苦痛が起こる前に苦痛について考えろ。

自分が何をしているかはわかっていた。眠っているときもわかっていた。僕は自分自身に免疫をつけようとしていたんだ。こんなふうにしていたら、結局思い出も何もかも失うことになるぞ――卑劣で狡猾な少年。それがおまえだ、卑劣で無情で狡猾な少年め。僕はそんな頭の中の声に対して微笑んだ。太陽は今、真上にある。僕はまるで異教徒のように、地上のさまざまなものを与えてくれた太陽を崇めた。そう、おまえは異教徒なんだ。大地、太陽、海をどんなに愛しているか、自分でもまったくわかっていなかった――人も、ものも、芸術すら、自然には勝てない。いや、僕はそんなふうに自分をごまかしているだけか？

午後になると、自分が眠りに逃避しているのではなく眠りを楽しんでいるのだと気がついた――眠りの中の眠り、夢の中の夢。これ以上楽しいことがあるか？　混じり気のない至福と思える最高の境地に、僕は近づきつつあった。今日は水曜日に違いないと思い、実際水曜日だった。研ぎ師が中庭にやってきて家じゅうの刃物を研ぐ日。マファルダはいつも砥石の上で精を出して刃物を動かす研ぎ師の横まで来ておしゃべりをし、レモネードを出す。午後の暑さの中で回転盤がたてる摩擦音が、喜びの音波を僕の部屋まで送ってくる。

　オリヴァーが僕の桃を食べたあの日、彼のおかげでどんなに幸せになれたか、これまでは自分に対しても認められずにいた。もちろん感動はしたけれど、有頂天にもなった。彼の行動はこう言っているようだった。〝君のすべての細胞は決して死なないはずだと、僕は全細胞で信じてる。もしどうしても死ぬのなら、僕の体の中で死なせよう〟と。彼はバルコニーから半開きのフランス窓を開けて部屋に入ってきた――あの日僕たちはあまり互いに口を利いていなかった。だからオリヴァーは入っていいかと尋ねなかった。尋ねられたらどうしただろう？　入ってきちゃだめだと言う？　そのとき僕は腕を上げて彼に挨拶し、もうすねるのはやめた、二度とすねないと伝えた。そして彼はシーツを持ち上げて僕のベッドに入ってきたんだ。今、セミの鳴き声に交じって砥石の音を聞いたとき、僕は目覚めてもいいしこのまま眠りつづけてもいいと思った。夢、睡眠、どちらでもいい。どちらも同じこと。だから片方だけを選ぶことも、両方選ぶこともできる。

　五時前に目覚めたとき、テニスはもうしたくなくなっていた。でもハイドンの編曲をする気分でもなかった。泳ごう。水着を着て階段をおりる。ヴィミニは自分の家の短い塀の上に座っていた。

「なんで泳ぐ気になったの？」少女は訊いた。

「わからない。ただそう思ったんだ。一緒に行く？」

「今日はやめとく。外にいたいならこの変てこな帽子をかぶれって、うるさく言われてるから。メキシコの山賊みたいでしょ」

「パンチョ・ヴィミニ。僕が泳ぎに行ったら、君は何をする？」

「見てる。あんたが向こうの岩に座らせてくれないんなら、砂浜に座って足を濡らす。帽子はかぶったままで」

「じゃあ行こう」

ヴィミニに手を出してと言う必要はない。彼女のほうから自然に手を出してくる。目の見えない人が反射的に人の肘をつかむように。「あんまり速く歩かないでね」

階段をおり、岩場に着くとヴィミニがいちばん好きな岩を見つけて座らせ、僕も隣に座った。ここは少女がいつもオリヴァーと過ごしたお気に入りの場所だ。岩は温かく、こんな夕方に日光を浴びるのは気持ちがいい。「帰ってこれてうれしいよ」

「ローマは楽しかった？」

僕はうなずいた。

「あたしたちは寂しかった」

「誰のこと？」

「あたし。マルツィア。あの人、この前あんたを捜しに来てたよ」

「そうか」

「あんたがどこへ行ったのか教えてあげた」

「そうか」

僕の顔をうかがい見る少女の視線が感じられた。「マルツィアは、あんたにあんまり好かれてないって知ってるよ」

反論してもしかたないだろう。

「それから？」

「それだけ。マルツィアがかわいそうだった。あたしは、あんたがすごく急いでたって教えてあげた」

ヴィミニは僕がマルツィアに教えずローマへ行ったことについて、僕に代わって弁解してくれたんだ。その策略に少女は自分でも満足げだった。

「マルツィアは君の言うことを信じた？」

「と思う。嘘ってわけじゃないでしょ」

「何が？」

「あんたたちふたり、さよならも言わずに出てったたってこと」

「そうだな。別に深い意味はなかったけど」

「あんたはどうでもいい。だけどオリヴァーが黙って行っちゃったのはいやだな」

「どうして？」

「どうしてって？　こんなこと言って悪いけど、あんたってあんまり頭よくないよね」

ヴィミニが言いたいことを理解するのには、しばらく時間がかかった。やがて僕ははっと気づいた。

「僕だって、二度と彼に会えないかもしれないんだ」

「でも会えるかもしれないでしょ。あたしはもう無理かな」

ヴィミニの病気のことを考えて僕は喉がふさがったので、ヴィミニを岩の上に残して水中に入っていった。まさに予想どおりのことが起こってしまった。海を見つめているとき、彼がもうここにいないこと、振り返って彼の姿がまだ脳裏に焼きついているバルコニーを見上げても無意味であることを、一瞬忘れてしまったんだ。つい数時間前、彼の体と僕の体は……。今頃オリヴァーは二度目の機内食を食べ終え、ジョン・F・ケネディ空港への着陸に備えているだろう。

フィウミチーノ空港のトイレの個室で最後のキスをしたとき彼が悲しみに満ちていたのは知っている。たとえ機内では飲み物や映画で気を紛らわせたとしても、ニューヨークの部屋でひとりになったとたん、彼はまた悲しみに襲われるだろう。彼が悲しむところを考えるのはつらい。僕たちの寝室——すぐに僕ひとりの寝室になった部屋——で僕が悲しむところを見るのは、彼だってつらいはずだ。

誰かが岩場に向かってくる。僕は悲しみを追い払ってくれるものを何か考えようとした。そのとき、僕とヴィミニの年の差は僕とオリヴァーの年の差とちょうど同じだという事実に気がついた。七年。七年後、と考えはじめたとき急に喉のあたりが焼けるように熱くなり、海に飛び込んだ。

電話が鳴ったのは夕食後だった。オリヴァーは無事に着いたそうだ。そう、ニューヨークです。そう、同じ部屋、同じ人、同じ音——残念ながら窓の外から聞こえてくるのも同じ音楽——ほら、聞こえるでしょう。彼は受話器を窓の外に向け、ニューヨークにあふれるヒスパニックのリズムを僕たちに聞かせた。一一四丁目、と彼は言った。友人たちと遅めの昼食に行くところだという。父と母はそれぞれリビングルームに置いた子機で話していた。僕はキッチンの子機を取った。こっち？　ほら、わかるだろう。いつもの夕食の客だ。今帰ったばかりだよ。ああ、すごく暑いよ。父は、これが有意義だったことを願うと言った。これって？　うちに滞在したことだよ、と父が説明する。人生最大の出来事でした。できるものなら、前と同じ飛行機に飛び乗って、シャツを着て予備の水着と歯ブラシだけを持ってまた行きたいですね。全員が笑った。大歓迎よ、あなた（カーロ）。冗談が行き交った。うちの伝統は知ってるわね、と母は説明した。いつでも訪ねてきなさいね、ほんの数日でもいいから。〝ほんの数日でも〟は二、三日だけという意味だけど、母は心からそう言っていたし、オリヴァーにもわかっていた。

「じゃあさよなら(アローラ・チャオ)、オリヴァー、またね(エ・ア・プレスト)」母が言い、父も同じようなことを言ったあと付け加えた。「ではエリオに代わるよ(ドンクエ・ティ・パッソ・エリオ)——じゃあな(ヴィ・ラッショ)」子機が切れるカチッという音がして、通話しているのは僕たちだけになった。父は僕がキッチンで受話器を持っているのを知っていたんだ。でも、時間の壁に思えるものを越えてふたりきりになる自由が急に訪れて、僕はうろたえてしまった。旅は楽しかった？　うん。食事はまずかった？　うん。僕のこと考えた？　質問が尽きた。これ以上問い詰めるのではなく、もっと何か考えるべきだった。「どう思う？」オリヴァーは曖昧に答えた——誰かがうっかり受話器を上げるのが心配だったのかもしれない。

ヴィミニがよろしくってさ、すごく怒ってたけど。明日何か買って速達便で送っとく。僕は生きてるかぎりローマを忘れないよ。僕もだ。自分の部屋は好き？　まあな。窓はやかましい中庭に面して、日光は入らないし、ほとんどものの置き場所はないし、本は自分で思ってた以上にたくさんあるし、ベッドは小さすぎるけど。その部屋で僕たちが最初からやり直せればいいね、と僕は言った。ローマでしたみたいに、夜にふたりで肩を寄せ合って窓から身を乗り出す——生涯毎日。僕も毎日そうしたい。そんなこと言ったら、僕はシャツと歯ブラシと楽譜だけを持って飛行機に飛び乗る、だから誘惑しないでよ。

君の部屋から盗んでいったものがある、とオリヴァーは言った。何を？ わからないだろうな。何なの？ 自分で突き止めろ。そのあと僕は言った。言いたかったからじゃなく、重苦しい沈黙がのしかかってきて、これが沈黙を埋めるいちばん簡単な方法だったから——そして、どうせいずれ言っただろうから。君を失いたくない、と。

手紙を書こう。僕は郵便局から電話するよ——そのほうが人に聞かれないから。クリスマスの話をし、感謝祭の話もした。そう、クリスマスに会おう。でも、以前キアラがオリヴァーの肩からむいた皮の薄さ程度にしか僕の世界から離れていないと思っていた彼の世界は、そのとき突然何光年ものかなたに去っていった。クリスマスには、僕たちのことはどうでもよくなっているんだろうと思った。最後にもう一度部屋の窓からの音を聞かせてよ。雑音が聞こえた。今度はあのとき君があげた声を聞かせて……。おずおずとしたかすかな声——ここにはほかに人がいるからな、とオリヴァーは言った。僕たちは笑った。それに、やつらは一緒に外出しようと僕を待ってるんだ。

彼が電話してこなければよかったのに、と僕は思った。彼に僕の名前をもう一度呼んでほしかった。遠く離れた今、オリヴァーとキアラのあいだで何があったのか訊きたかった。それと、彼が赤い水着をどこに置いたのかと尋ねるのも忘れてしまった。たぶんオリヴァーは僕との約束を忘れて持って帰ったんだろう。

電話のあと最初にしたのは、部屋まで行って、彼が思い出として何を持っていったか調べることだった。すると、部屋の壁に変色していない部分が見つかった。なるほど。オリヴァーは、一九〇五年頃にモネが描いた段丘の古い額縁入りの絵を印刷した絵葉書を盗んでいた。以前滞在したアメリカ人の夏の客が二年前パリのフリーマーケットで見つけて、土産として送ってくれた絵葉書。色褪せたカラーの絵葉書はもともと一九一四年に投函されていた――裏にはドイツ語でセピア色の走り書きがされており、宛先はイギリスの医師だった。その横にアメリカ人学生が黒インクで僕へのメッセージを書いていた――〝いつか僕のことを考えてくれ〟。この絵を見れば、オリヴァーは僕が初めて告白した朝を思い出すだろう。あるいは、それに気づかないふりをして自転車で段丘まで行った日を。あるいはそこでピクニックをして互いに触れないと約束し、それより午後にベッドで楽しむことにした日を。オリヴァーにはいつもあの絵を目の前に置いていてほしい。生涯ずっと。机の前に、ベッドの前に、どこにでも。どこへ行っても絵を壁に張ってほしい。

謎は解けた。いつもと同じく、その夜眠っているときに。そのときまで何も気づいていなかったけれど、丸二年間、事実はすぐ前にあったんだ。絵葉書をくれた学生の名前はメイナード。ある午後早く、皆がそれぞれの部屋で休んでいるとき、彼は僕の部屋のフランス窓を叩いて黒インクがないかと訊いてきた――使いきってしまったんだ、と。彼が黒インクしか使わないのは僕も知っていた。メイナードは入ってきた。水着姿だった僕は机まで行き、インク瓶を渡した。メイナードは僕を見つめ、一瞬気まずそうに立っていたあと、瓶を受け取った。その夜、彼は瓶をバルコニーに置いていった。ほかの人間なら、外から窓をノックして瓶を直接返したはずだ。あのとき僕は十五歳だった。でも、彼が誘ってきたら僕は断らなかったと思う。彼とは一度、お気に入りの段丘の話をしたことがあった。

でも、オリヴァーが絵葉書を取っていくまで、メイナードのことはすっかり忘れていた。

夕食後しばらくしたとき、父が朝食テーブルのいつもの場所に座っているのが見えた。椅子を海のほうに向け、膝には今度出す本の校正刷りを置いていた。普段と同じくカモミールティーを飲んで夜の時間を楽しんでいる。横にはシトロネラの大きな蝋燭が三本立っていた。今夜、蚊はすさまじい勢いで飛び交っている。僕は下におりて父のところへ行った。父とはこの時間に一緒に座る習慣があったけれど、この一カ月はそれをしていなかった。

「ローマの話をしてくれ」隣に座ろうとやってきた僕を見て、父は声をかけた。これは、その日最後のタバコを吸う時間でもある。父は原稿を大儀そうにぽんと脇に放った。〝さて、楽しい時間になったぞ〟とワクワクしているみたいに。そしてシトロネラの蝋燭を使って粋な格好でタバコに火をつけた。「で？」

話すことは何もない。だから母に言ったことを繰り返した。ホテル、カピトリヌスの丘、ヴィラ・ボルゲーゼ、サン・クレメンテ聖堂、レストラン。

「よく食べたか？」

僕はうなずいた。

「よく飲みもした？」

再びうなずいた。

「お祖父さんが生きていたら認めることをしたか？」今度は笑いながら否定した。パスクイーノ像のそばでの出来事について話した。「ひどいよね、話す像の前で吐くなんてさ！」

「映画は？　コンサートは？」

父が自分でも意識しないまま話をどこかに持っていこうとしているのではないかと感じて、僕はそわそわした。父は質問をしながらじわじわとその話題に近づいている。角を曲がったところで待ち受けているものが見えないうちから、僕は話をそらせようとしていた気がする。ローマの広場がいつも薄汚く荒廃していることを話した。暑さ、天気、交通渋滞、多すぎる修道女。どこどこの教会が閉鎖されたこと。あらゆる場所がゴミだらけであること。みっともなく修繕された建物。住民について、観光客について、カメラを持って野球帽をかぶった無数の人々が乗りおりするミニバスについて、不平を言った。

「前に話した、未公開の個人の中庭のどれかは見たか？」

父が前に話してくれた未公開の個人の中庭には行っていなかった。

「ジョルダーノ・ブルーノの像は見に行ったかな？」

見に行った。あの夜、僕はそこでも嘔吐しかけた。

僕と父は笑った。

短い沈黙。父はタバコをふかした。

さて。

「おまえたちはとても仲よくなったな」

僕の予想をはるかに超えて、父はずばりと核心を突いた。

「まあね」僕ははっきりと否定せず曖昧に答えた。少々反抗的で歯切れ悪く、大儀そうに〝うん、それが何か？〟と言いたいことに、父が気づかないことを望んでいた。

と同時に、僕が心の中で〝うん、それが何か？〟と思っているのを察して、父が僕をたしなめることを望んでもいた。僕の友人を自認する人に対して無礼や冷淡、あるいは批判的すぎることで、父はよく僕を叱る。いい友人関係はめったに持てない、最初付き合いにくいと思われた人でもたいていは悪気がなく、どんな人にもいいところがある、というこつものお説教を、父はするつもりなんだろう。人はひとりでは生きていけず、他人に背を向けて閉じこもることはできない、人には他の人が必要だ、などなど。

でも、それは間違いだった。

「おまえは利口だから、おまえたちふたりの関係がどんなに稀有で特別なものか、わかってるだろうな」

「オリヴァーはオリヴァーだよ」僕は言った。そのひとことですべてを要約するように。

「それは彼だったから（パルセ・ク・セテ・リュイ）、それは私だったから（パルセ・ク・セテ・モワ）」父は、エティエンヌ・ド・ラ・ボエシとの友情を要約したモンテーニュの言葉を引用した。

でも僕が考えていたのは、エミリー・ブロンテの小説に出てくる言葉、〝彼は私以上に私そのものだから〟だった。

「オリヴァーはすごく頭がいいかもしれない――」僕は言いかけた。その裏には〝でも〟が見え隠れしていた。なんとかして、父にこれ以上話をまずい方向に進めさせないようにしたかった。

「頭がいい？　彼は頭がいいどころじゃない。おまえたちふたりの関係は、知性とおおいに関係があるとも、なんの関係もないとも言える。彼は優秀な人間だし、ふたりとも相手に会えて幸運だった。おまえも非常に優秀だからな」

父が今まで、優秀さについてこんなふうに話したことはなかった。単にそれだけの話だったのか、と僕は警戒を解いた。

「オリヴァーは僕より優秀だと思うよ」

「彼もきっとおまえについて同じことを言うだろう。ふたりとも立派だ」

タバコの灰を落とすため灰皿のほうに身を乗り出したとき、父は手を伸ばして僕の手に触れた。

「これから言うのはすごく言いにくいことだ」父の口調が変わった。〝そのことについて話さなくてもいいが、私が今から話すことを知らないふりをするのはやめようじゃないか〟と言うかのように。

真実について父と話すためには、抽象的にするしかないだろう。

「恐れるな。打撃は訪れる。少なくとも私は、訪れると思う。それも最も予期していないときに。自然は洞察鋭く、われわれの最も弱い点を見いだす。でも覚えておいてくれ。私はここにいる。今おまえは何も感じたくないかもしれん。何か感じたいと思ったことはないだろう。それについておまえが話したい相手は、おそらく私ではないだろう。しかし実際、おまえは何かを感じたはずだ」

僕は父を見やった。父がまったく見当違いをしていると嘘をつくなら今だ。だからそう言おうとした。

「いいか」でも父は僕をさえぎった。「おまえたちは美しい友情を結んだ。友情以上のものだったかもしれない。私はおまえをうらやましく思う。たいていの親なら、こういうことは起こってほしくない、息子には早く地に足をつけてほしいと願うだろう。しかし私はそういう親じゃない。苦痛があるなら癒やせばいい。炎があるなら吹き消すな、乱暴に扱うな。炎によって夜に起きていられるなら、それを消すのはひどいことだ。他人に忘れてほしくないのに忘れられるのも、よくないことだ。放っておけば自然に治るものを、もっと早く治すために心の一部をむしり取ってしまえば、三十歳になる頃には心が空っぽになり、新しい相手と関係を始めようとしても相手に与えられるものがないことになる。何かを感じないために何も感じないようにするのは——なんと不毛なことだ！」

まったく予想外の言葉だった。

「余計な口出しだったか？」

僕はかぶりを振った。

「では、もうひとつ言わせてくれ。誤解のないように。私にも身に覚えがあるが、おまえのような行動には出られなかった。いつも何かが私を押しとどめ、妨害した。おまえが人生をどう生きるかは、おまえが決めることだ。しかし忘れるな、心も体も自分に与えられるのは一度だけだ。多くの人間は、ふた通りの生き方をしようとする。建前と本音。その中間にも多くの生き方がある。しかし本当の人生はひとつしかない。気がつけば心はくたびれ果て、体はいずれ誰も見てくれない、ましてや近づいてもくれないときが訪れる。今おまえが感じるのは悲しみだけだろう。私は苦痛をうらやましいとは思わない。しかし、おまえが苦痛を感じているのをうらやましく思う」

父はひと息ついた。

「この話は二度としない。話したことで私を恨まないでほしい。もしもいつの日か、おまえが私と話をしたくなり、そのときドアが閉じているか充分に開いていないと感じたとしたら、私はひどい父親だということになる。だから今話しておいた」

どうしてわかったのか、と僕は尋ねたかった。いや、わかって当然だった。気づかない人間がいるか？「母さんは知ってるの？」最初は〝感づいてる〟という言葉を使おうとしたけれど、思い直して〝知ってる〟にした。「知らないんじゃないかな」父の答えは、〝たとえ知ってるとしても、母さんも私と同じ態度をとったはずだ〟という意味だった。

僕たちはおやすみと言った。二階へ上がるとき、いつか父の人生について尋ねようと心に誓った。父が若い頃に付き合った女性についてはいろいろ聞いていたけれど、それ以外のことは何も知らなかったから。

父は僕が思っていたのと別人だったのか？そうだとしたら、僕は何者なんだろう？

オリヴァーは約束を守った。クリスマスの前に来て、新年までうちに泊まった。来たときは時差ボケに苦しんでいた。彼には時間が必要だろう、と僕は思った。でも僕自身にも時間は必要だった。彼はほとんどの時間を両親やヴィミニと過ごした。ヴィミニは自分と彼の関係が変わっていないことをおおいに喜んだ。僕は、自分たちが最初の頃に戻ることを恐れはじめた。裏庭で儀礼的に言葉を交わす以外は互いを避けて無関心を装っていた頃に。どうして彼から電話が来たとき、そういうことを予期しておかなかったんだろう？僕たちの仲が冷えたのは僕のせい？両親が何か言ったから？オリヴァーは僕に会いに来たのか？あるいは両親に会うため、この家に泊まるため、自分の生活から逃げるため？すでにイギリスとフランスとドイツで出版されてやっとイタリアでも近々出ることになった、自分の本のため？

その本は美しく装丁されていて、誰もが大満足だった。B市の本屋は、翌年の夏にこの本の出版を祝うブックパーティを開くと約束した。「そうですね。考えときます」自転車で本屋に立ち寄ったとき、オリヴァーはそう答えた。冬なのでアイスクリームの店は閉まっていた。花屋も、初めて段丘に行って彼がひどいすり傷を見せてくれたときに立ち寄った薬局も。それらはすべて、僕にとっては大昔のものだった。街に人けは感じられず、空は灰色。ある夜、オリヴァーは父とじっくり話をした。話題は僕だろうか。あるいは僕が大学に行く計画か、過ぎた夏のことか、彼の新しい本か。ふたりが部屋から出たあと、一階の廊下で笑い声がして、母が彼にキスしているのが聞こえた。

しばらくすると僕の部屋のドアがノックされた。フランス窓ではない——つまり、あの入り口は永遠に閉鎖されるということだ。「話をするかい？」僕はもうベッドに入っていた。オリヴァーはセーターを着ていて、散歩に出るような格好だった。ベッドの端に腰かけた彼は不安そうだった。この部屋が彼のものだったとき、僕も最初の頃はあんなに不安そうだったと思う。

「春に結婚するかもしれない」オリヴァーの言葉に、僕は愕然とした。「今まで何も言ってなかったのに」「実は、二年以上のあいだくっついたり離れたりだったんだ」「素晴らしいニュースなんだろうね」人が結婚するのは常に素晴らしいニュースだし、僕もいいことだと思う。結婚はいいことだ。顔に浮かんだ大きな笑みは心からのものだった。そんなニュースが僕たちにとって好ましいわけがない、と気づいたのは、少したってからだった。君は気にするか、と彼は尋ねた。「バカなこと言うなよ」僕は答えた。長い沈黙。「ベッドに入る？」僕が言うと、彼は用心深い表情を見せた。「ちょっとだけ。だけど何もしないよ」それは、「あとで」のもっと洗練された最新版に聞こえた。じゃあ、僕たち最初の頃の関係に戻るわけ？僕は彼のそっけない口調をまねたい衝動に駆られたけれど、思いとどまった。オリヴァーはセーターを着たまま僕の隣に毛布の上から横たわった。脱いだのはローファーだけだ。

「こんな気持ちはいつまで続くと思う？」オリヴァーは自嘲した口調で尋ねた。「そんなに長く続いてほしくないな」彼は僕の口にキスをしたけれど、それはパスクイーノ像の近く、彼が僕をサンタ・マリア・デッラリマ通りで壁に押しつけたときのような、激しいキスじゃなかった。でも、彼の味はすぐに思い出した。どんなにそれを気に入っていたか、どんなに長いあいだ恋しがっていたかは、少しも自覚していなかった。彼を永遠に失う前にチェックリストに載せておくべきなつかしいものが、またひとつ増えた。僕は毛布の下から出ようとした。「できない」オリヴァーはそう言って飛びのいた。「僕はできるよ」「ああ、だけど僕はだめだ」僕の目は凍らせた剃刀の刃のような光を放っていたらしく、オリヴァーはすぐさま、僕がどんなに怒っているかに気がついた。

「君の服を脱がせて抱き締める以上にしたいことはない。だけど無理なんだ」僕はオリヴァーの首にしがみついた。「だったら、もううちに泊まらないほうがいい。両親は僕たちのことを知ってる」「だと思った」「どうして?」「君のお父さんの話し方で。君は幸運だ。お父さんが僕の父みたいな人間だったら、僕を刑務所に放り込んだだろうな」僕はオリヴァーを見やった。もう一度キスしてほしい。

　彼をつかまえておけばよかった。その気になればつかまえられたはずだ。

だけど翌朝には、僕たちの仲は完全に冷えきっていた。

その週、小さな出来事があった。昼食後リビングルームでコーヒーを飲んでいると、父が大きな茶封筒を持ってきた。それぞれの志願者のパスポート写真をつけた申込書が六通入っている。次の夏にうちに来る候補者だ。父はオリヴァーの意見を求め、母、僕、前年と同じ理由で奥さん連れでここに来て昼食のためうちに来ていた同じ大学教授にも資料を見せた。

「僕の後輩ということですね」オリヴァーは一通の申込書を取り上げてみんなにまわした。

父は反射的に僕を見やったあと、すぐに視線をそらした。

　まったく同じことが一年前の同じ日に起きていた。メイナードの後輩となったパヴェルがクリスマスに訪ねてきて、資料を見るなりシカゴ出身の志願者を強く推した——彼がよく知る人物だったから。パヴェルもそれ以外の人も、ソクラテス以前の時代を専門としてコロンビア大学で教える博士研究員(ポスドク)に興味を示さなかった。あのとき僕は必要以上に長くオリヴァーの写真を眺めていた。幸い今は、誰の写真を見ても何も感じなかった。

今考えると、僕たちのあいだに起こったことのすべては、この部屋であのクリスマス休暇に始まったんだろう。

「僕もこんなふうに選ばれたんですか？」オリヴァーは、いつも母を魅了する、熱心で驚くほど率直な様子で質問した。

「君に来てほしかったんだ」その夜遅く、マンフレディに駅まで送ってもらう前に彼が車に荷物を積み込むのを手伝いながら、僕は言った。「僕はわざと、君が選ばれるようにしたんだよ」

その夜父のキャビネットを漁って、去年の申込書が入った封筒を取り出した。オリヴァーの写真が入っていた。開いた襟もと、波打つシャツ、長髪、不本意ながらパパラッチに写真を撮られた映画スターのような雰囲気。去年、僕がこの写真を見つめたのも当然だ。ちょうど一年前の午後に自分が感じたことを思い出したかった——はじけるような欲望と、直後に覚えた、それを覆すほどの不安。真のオリヴァー、毎日違う色の水着を着たオリヴァー、裸でベッドに横たわったオリヴァー、ローマのホテルで窓枠に寄りかかったオリヴァーが、初めてこのスナップ写真を見たとき僕の感じた不穏で混乱した気持ちを打ち消していた。

ほかの志願者の写真を見てみた。こいつもそんなに悪くない。オリヴァーの代わりに別の人間が現れていたとしたら、僕の人生はどうなっていただろう。ローマへは行かなかっただろう。けれど、別の場所に行ったかもしれない。サン・クレメンテ聖堂のことは何も知らなかっただろう。でも、僕が見落としていて決して知らなかったはずの別のことを知ったかもしれない。僕は変わらなかったかもしれないし、今の自分とは違っていたかもしれないし、別人になったかもしれない。

その別人とはどんな人間だろう。今の僕より幸せだろうか？　数時間、数日でいいから、その人になって確かめてみたい——もうひとつの人生のほうがいいかを調べ、オリヴァーのおかげで人生がすっかり変わったかどうかを確かめたい。そして、いつかこの別人に会えたら自分が何を言うかを考えたい。僕はその人間を好きになるか？　その人間は僕を好きになるか？　相手がこういう人間になった理由をお互い理解できるか？　自分たちが男でも女でもいいからオリヴァーのような人に出会っていて、その夏誰がうちに滞在したとしても自分はやはり同じ人間であると知って驚くのか？

最終的に運命を決めたのは母だった。パヴェルを嫌う母は、パヴェルの推薦する人物を除外するよう父に求めた。私たちは慎み深いユダヤ人だけど、パヴェルは反ユダヤ主義者だし、反ユダヤ主義者はもう置きたくない、と母は言った。

その会話はよく覚えている。彼の顔の写真に、その記憶も刻み込まれている。この人はユダヤ人なんだな、と思った覚えがある。

その夜僕は父の書斎で、前からしようと思っていたことをした。このオリヴァーというのがどういうやつかまだ知らないふりをしてみたんだ。今は去年のクリスマス。パヴェルは依然として友人を選ぶよう僕たちを説得しようとしている。まだ夏は来ていない。やがてオリヴァーがおそらくタクシーで来る。僕は彼の荷物を持ち、部屋まで案内し、階段をおりて海岸の岩場まで連れていき、そのあと時間があれば敷地の奥にある古い線路を見せ、ロマの人たちがサヴォイ家の紋章をつけた古い列車に住みついているといった話をする。数週間がたち、僕たちは時間のあるときB市の市街地まで自転車で行く。止まって飲み物を買う。彼を本屋に連れていく。そしてモネの段丘を案内する。こういうことはまだ起こっていないんだと空想した。

翌年の夏、オリヴァーが結婚したことを聞いた。家族でプレゼントを贈り、僕はそれにちょっとした警句をつけた。夏が来て、夏が過ぎた。オリヴァーに彼の〝後輩〟のことを教えたい、バルコニーを共有する新たな隣人について脚色した話を伝えたい、という誘惑に何度も駆られた。でも結局何も言わなかった。オリヴァーは悔やみの手紙を送ってきた。彼は当時アジアを旅していたため返事が届いたのはかなりたってからだったので、ヴィミニの死に対する彼の悔やみの言葉は、開いた傷を癒やすというより、むしろ治りかけた傷に塩をすり込んだ。翌年オリヴァーに送った手紙は、ヴィミニの死を伝える一通だけだった。オリヴァーにヴィミニについての手紙を書くのは、僕たちのあいだに最後に残った橋を渡るようなものだった。そのときには、ふたりのあいだに起こったことには決して触れない、それに触れないという事実にすら触れないんだと明らかになっていた。その手紙で僕は、以前滞在した客と積極的に文通する父が伝え忘れたときに備えて、アメリカのどの大学に進学することになったかを知らせもした。ところがオリヴァーが手紙を送ってきたのはイタリアの住所だった――これも手紙が届くのが遅れた理由だ。

そのあと空白の年月が続いた。ベッドをともにした相手によって自分の人生を区切ってふたつのカテゴリー――たとえば〝オリヴァー前〟と〝オリヴァー後〟――に分けるとするなら、僕は、時間の経過とともにこの区切りも前に動かすことができた。人生を〝X前〟と〝X後〟に分ける区切りとなった人は多くいた。僕に喜びや悲しみをもたらした人は多かった。僕を変えた人は多いけれど、ちっとも変えなかった人も多い。長いあいだ人生の秤における支点として存在していたオリヴァーにも、やがて後継者ができた。彼より素敵な人、彼を昔の道しるべ、小さな分岐点、冥王星への旅の途中にある小さく熱い水星に降格させられる人。考えてもみろ、と僕は自分に言う。オリヴァーと知り合った頃にはまだ誰々と会っていなかったけど、今は誰々のいない人生など考えられない、と。

オリヴァーの最後の手紙が届いてから九年後の夏、僕はアメリカで両親から電話を受けた。「誰が二日間うちに泊まってると思う？　おまえの古い部屋に。今私のすぐ目の前に立ってるよ」もちろん僕はすでに推測していたけれど、わからないふりをした。「言おうとしないということは、もう充分わかってるわけだ」父は含み笑いをし、別れを告げた。その後両親は、どちらが受話器を渡すかで争った。やがて彼の声が聞こえてきた。「エリオ」両親や子どもたちの声が後ろから聞こえてくる。僕の名前をあんなふうに呼んでくれる人は誰もいない。「エリオ」僕がそう言ったのは、電話に出ているのが僕であることを示すためであると同時に、昔のゲームを持ち出して何も忘れていないことを告げるためでもあった。「オリヴァーだよ」彼は言った。彼は忘れてしまったらしい。

「ご両親に写真を見せてもらった。君は変わってないね」オリヴァーは、今リビングルームで僕の母と遊んでいる八歳と六歳の息子について話し、ぜひ妻に会ってくれ、ここに来られてとてもうれしいと言った。僕は、オリヴァーが場所のせいでうれしがっているのだと思ったふりをして、世界でいちばん美しい場所だからね、と言った。ここに来られて僕がどんなに喜んでるか君にはわからないよ。オリヴァーはそこで言葉を切って母に受話器を渡した。母は僕に話しかける前に愛情を込めてオリヴァーに声をかけた。そのあと僕に「彼は感きわ（マ・セ・トゥ）まってるのよ（ツト・コモッソ）」と言った。「僕もそこにいられたらよかったよ」ほとんど考えなくなっていた人間のことを思って、僕も胸が詰まった。時間は人を感傷的にする。結局のところ、人が苦しむのも時間のせいかもしれない。

その四年後、彼の大学がある街を歩いているとき、それまでしなかったことをした。会いに行くことにしたんだ。彼が午後の講義を行うホールで席についた。授業のあと、オリヴァーが本を片づけてばらばらになった紙をフォルダーにしまっているとき、彼のところまで歩いていった。僕が誰か彼にあてさせたいと思ったわけじゃないけど、すぐに名乗りもしなかった。

オリヴァーに質問したがっている学生がいたので、僕は順番を待った。やがて学生は帰っていった。「たぶん僕を覚えてないだろうね」僕が話しかけると、オリヴァーはいぶかしげに目を細くした。自分たちが覚えてもいない場所で会ったのではと不安にとらわれたかのように、彼は突然よそよそしくなった。ためらいがちに、皮肉っぽく問いかけるような表情になり、ばつの悪いわざとらしい笑みを浮かべる。〝人違いじゃないでしょうか〟と言おうとするみたいに。そこで彼ははっとした。「なんだ――エリオじゃないか！」わからなかったのは顎ひげのせいだ、と彼は言った。僕を抱き締め、僕があの夏会った十七歳よりも若い少年であるかのようにひげもじゃの顔を軽く叩いた。僕の部屋に入ってきて結婚すると告げた夜にはできなかったハグを、そのときやっと行った。「何年ぶりだ？」

「十五年だよ。ここへ来るとき数えたんだ」そのあと僕は付け加えた。「いや、それは嘘だ。ずっと前から知ってたよ」

「十五年か。君は変わったな！　なあ、うちに一杯やりに来てくれ。食事も。妻や息子に会ってくれ。頼むよ」

「ぜひそうしたいけど――」

「オフィスに荷物を置いてくるから、そのあと行こう。駐車場まで歩くのは気持ちがいいよ」

「違うんだ。ぜひそうしたいけど、できないんだ」

〝できない〟というのは、彼の家を訪ねる時間がないということではなく、そんな気になれないという意味だった。

オリヴァーは紙を革のバッグにしまいながら僕を見つめた。

「僕のことは絶対に許してくれないんだな？」

「許す？　許さなくちゃいけないことなんてない。むしろ、君には感謝しかない。覚えてるのはいいことばかりだよ」

映画で登場人物がこういうふうに言うのを聞いたことがある。彼らは心からそう思っているようだった。

「だったらどうしてだ？」

僕たちは教室を出て広場に出た。東海岸の長くけだるい秋の日没、太陽は近隣の丘にオレンジ色の光を投げかけている。

ぜひ彼の家に行って家族に会いたいと思いながらそうできない理由を、どうやってオリヴァーに、あるいは自分自身にも説明すればいい？　《オリヴァーの妻》。《オリヴァーの息子》。《オリヴァーのペット》。《オリヴァーの書斎、机、本、世界、人生》。僕はいったい何を期待していたんだろう？　ハグ、握手、うわべだけの打ち解けた態度、そして避けられない「あとで！」か？

彼の家族に会う可能性を考えたとたん、僕はパニックを起こした――リアルすぎる、突然すぎる、直接的すぎる、充分心の準備ができていない。長年、オリヴァーを永遠の過去の存在、昔の恋人として心の隅にしまい込んでいた。彼を氷詰めにし、さまざまな記憶や防虫剤とともに、すべての夜の思い出と一緒に狩りの戦利品のように片づけていた。ときどき取り出しては炉棚に飾った。僕にとって、彼はもはや生身の人間じゃなかった。今彼の家を訪れたら、僕たちがまったく違う人生をたどったことが明らかになるだけではない。喪失の大きさに僕は打ちのめされるだろう――抽象的に考えたときにはなんとも思わない喪失も、それを現実のものとして目の前に突きつけられるのはつらい。失ったもの、二度と欲しくならないものについて考えるのをやめて長い月日がたってからでも、なつかしく思い出したときは胸が痛むのと同じように。

それとも僕は、彼の家族、彼が自力で築いた生活、僕が分かち合えずおそらくは決して知ることのないものに、嫉妬していたのか？　彼が憧れ、愛し、失ったもの、彼が失って打ちひしがれたもの、それが彼の人生に存在していたとき僕が目撃できなかったため何も知らないものに？　彼が手に入れたとき僕はその場におらず、彼が手放したときも僕はその場にいなかったものに？　それとも、もっと単純な気持ちだったのか？　僕は何か感じるか、何かがまだ息づいているかを確かめるためここに来たというのに、困ったことになんにも息づいていてほしくなかったのかもしれない。

長年、オリヴァーのことを考えるたびに、B市のこと、ローマでの最後の日々のこと、ふたつの場面に集約されるさまざまなことを思った——彼を思って苦しんでいたことを思い出させるバルコニー、そしてオリヴァーが僕を古い壁に押しつけてキスをして僕が脚を巻きつけたサンタ・マリア・デッラリマ通り。ローマへ行くたびに、僕はあの場所へ行く。思い出はまだ生きていて、現実と共鳴する。エドガー・アラン・ポーの小説にある死んでも打ちつづける心臓のように、思い出は昔の石畳の下でまだ鼓動を続け、僕はついに自分にふさわしい人生を見いだしたのにそれを持てなかったのだと指摘する。

彼がニューイングランドに住んでいるとは考えられなかった。僕が短期間ニューイングランドで暮らして彼とほんの八十キロしか離れていなかったときも、彼が非現実的な幽霊としてイタリアのどこかにいるところを想像しつづけた。彼がかつて暮らした街も生気がなく思われ、僕がその場所について考えるたびに、それらも非現実的な幽霊としてさまよっていた。ところが実際には、ニューイングランドの街も、オリヴァー自身も、生気にあふれていた。彼が結婚していようがいまいが、僕は何年も前に会いに行こうと思えば行けただろう——けれど、生きているように見えていながら、僕自身が非現実的な幽霊だったんだ。

それとも、僕はもっと卑俗な目的でここに来たのか？　彼がひとりで暮らし、僕を待ち、

B市に連れて帰ってもらうのを願っていたとでも？　そう、僕たちは同じ人工呼吸器で生きながら、ようやく会ってピアーヴェ川の記念碑まで戻れるときを待っていたのかもしれない。

僕は思わず口走った。「実は、何も感じずにいられる自信がないんだ。君の家族に会うなら、何も感じずにいたい」そして意味ありげに黙り込んで間を置いた。「もしかしたら、君への気持ちは消えてなかったのかも」

僕は真実を話していたのか？　あるいは張り詰めて微妙な空気が、僕が自分自身にも認めていなかった、いまだに本当かどうか定かでないことを言わせていたのか？「消えたとは思えない」

「そうか」オリヴァーのその言葉は僕の不安を要約していた。いや、彼は「そうか？」のつもりで言ったのかもしれない。長年たってもまだオリヴァーを求めていることの何がそんなにショッキングなのか、と尋ねるかのように。

「そうだ」僕は言った。第三者の架空の痛みや悲しみについて言うみたいに。その第三者とはたまたま僕だったんだが。

「それで、だからうちへ飲みに来られないのか？」

「それで、飲みに行けないんだ」

「バカだな！」

僕は彼の乱暴な言葉遣いをすっかり忘れていた。

　僕たちはオリヴァーのオフィスに着いた。彼は僕を同じ学科の同僚数人に紹介してくれたけれど、僕のキャリアについて驚くほど詳しかった。ほんのささいなことも含めてすべてを知っていた。僕についてインターネット検索しないと得られないような情報もあった。僕は感動した。オリヴァーは僕のことなんてすっかり忘れていると思い込んでいたのに。

「見せたいものがある」オリヴァーのオフィスには大きな革張りの椅子がある。《オリヴァーのソファ》。ではここが、彼が座って読書する場所なのか。隅っこの雪花石膏ランプの下を除いて、ソファのまわりや床には紙が散乱している。《オリヴァーのランプ》。僕の家にいたとき、彼の部屋の床に原稿が並べられていたのを覚えている。「わかるかい？」壁には、ひげ面のミトラ神を描いた保存状態の悪いフレスコ画の額入りカラー複製が飾られている。サン・クレメンテ聖堂を訪ねた朝に、ふたりが一枚ずつ買った絵だ。僕は自分の絵をもう何年も見ていなかった。絵の隣には、モネの段丘の絵葉書がかかっている。それは見た瞬間にわかった。

「昔は僕のだったけど、君のほうがはるかに長く持ってるんだね」僕たちはお互いのものだったけれど、長年離れて暮らしてきたから、今はもう別の人のものだ。僕たちの人生には、関係のない人たちばかりが居座っている。

「この絵葉書には長い歴史がある」

「知ってるよ。新しい額に入れ直すとき、裏に書かれた文章を見た。だから今は裏を見せて飾ってる。僕はよくこのメイナードってやつのことを考えたよ。〝いつか僕のことを考えてくれ〟」

「君の先輩だよ」僕はオリヴァーをからかうために言った。「だけど、君が思ってるようなことはなかった。将来これを誰にあげるつもり？」

「いずれ息子のどちらかが独立するときに持っていかせるつもりだった。僕は表側に言葉を書き加えたけど君には見せない。街に泊まるのか？」オリヴァーは話題を変え、レインコートを着込んだ。

「ああ、ひと晩だけ。明日の朝大学関係者と会って、それから帰る」

オリヴァーは僕を見た。あのクリスマス休暇のことを考えているのは僕にもわかっているし、僕がわかっていることを彼も知っていた。「じゃあ、僕は許されたと思っていいのかな」

彼は唇を結んで無言の謝罪を伝えた。

「僕のホテルで一杯やろうよ」

僕が言うと、オリヴァーは不安そうな顔になった。

「一杯やろうと言ったんだ。一発やろうじゃなくて」

彼は僕を見て、文字どおり赤面した。僕は彼を見つめた。彼は今も非常にハンサムだ。髪は薄くなく、太っておらず、きっと毎朝ジョギングをし、皮膚は当時と変わらずなめらか。手に日焼けのシミがぽつぽつとあるだけ。日焼けのシミ。それが気になってしかたなかった。

「それはどうしたの？」彼の手を指さして軽く触れる。「体じゅうにあるよ」日焼けのシミ。胸が痛み、シミひとつひとつに口づけたくなった。「若造の頃に太陽を浴びすぎた。驚くようなことじゃない。年を取ってるからね。三年後には、上の息子はあのときの君と同じ年になる——実際、今の息子と僕たちが一緒にいたときの君の年齢差のほうが、今の君と当時のエリオの年齢差よりずっと小さい。変な話だよ」

あの思い出を君は〝僕たちが一緒にいたとき〟と呼ぶの？ 僕はそう思った。

ニューイングランドの古いホテルのバーで、僕たちは川と広い花畑の見える静かな場所を見つけた。さまざまな花が満開だった。マティーニを二杯注文し——ボンベイ・サファイアのジン、とオリヴァーは特定して頼んだ——蹄鉄形のブースで隣り合って座った。それぞれの妻が化粧室に行ったため気まずく隣同士で座る羽目になった夫同士のように。

「あと八年したら、僕は四十七歳で君は四十歳。そこから五年後には僕が五十二歳で君は四十五歳。そのときはうちで食事してくれるかい？」

「うん。約束する」

「つまり、年を取って昔のことが気にならなくなってからしか来ないってことだな。うちの子どもたちが家を出てから。あるいは僕がお祖父ちゃんになってから。僕たちふたりの姿が思い浮かぶよ——その夜、僕たちは一緒に座って強いブランデーを飲む。君のお父さんがときどき夕食に出してたグラッパみたいに」

「そして小広場（ピアツェッタ）でピアーヴェ川の記念碑を向いて座ってた老人たちみたいに、数週間幸せに暮らしたふたりの若者のことを話す。彼らは残りの人生、その幸せという酒の入った器に綿棒を浸し、もう中身を使いきったんじゃないかと不安になり、勇気がなくて記念日のセレモニーでほんのひと口飲む以上のことはできない」それでも束の間の幸せは今も忘れられない、と僕は言いたかった。なくすことも、書き直すことも、帳消しにすることも、やり直すこともできない――単にその場に存在している。夏の夕方、野原で飛ぶホタルのイメージのように。それは言いつづけている。〝望めばこんな暮らしが手に入ったんだぞ〟と。でも昔に戻るのは間違っている。前に進むのも間違っている。別のほうを見るのも間違っている。間違っていることをすべて正そうとするのも結局は間違っている。

ミトラ神の閉鎖された祭室で響きつづける意味不明のこだまのように、僕の思いは永遠に閉ざされている。

沈黙。

「ローマでの最初の夜、食事のテーブルの向かい側で、みんな僕たちをうらやましがってたよな」オリヴァーは言った。「みんな僕たちを見つめてた。若者、老人、男、女――食事の席にいた人はひとり残らず――僕たちをじっと見てた。僕たちがすごく幸せだったからだ。僕たちは年を取っても、あの若者ふたりのことを話しつづけるんだ。たまたま僕たちと同じ列車に乗り合わせた他人みたいに。僕たちは彼らに見とれ、彼らを励ます。その気持ちは羨望と呼ぼう。後悔と呼んだら胸が張り裂けるから」

またしても沈黙。

「僕はまだ、その若者を他人と呼ぶ心の準備ができてないのかもしれない」僕は言った。

「こう言って少しでも気休めになるかどうかわからないけど、僕たちふたりとも、そんな心の準備ができることはないと思うよ」

「もう一杯飲もう」

オリヴァーは家に帰ると言って断ることもなく承知した。

僕たちはなんでも率直に話し合った。オリヴァーの暮らし、僕の暮らし、オリヴァーの仕事、僕の仕事、いいこと、悪いこと。オリヴァーの行きたい場所、僕の行きたい場所。僕の両親の話題は避けた。たぶん彼は両親のことを知っているんだろう。質問しないことで、彼は知っていると告げていた。

一時間後。

「君の最高の瞬間は？」オリヴァーが訊いた。

僕はしばらく考え込んだ。

「いちばんよく覚えてるのは、僕たちにとっての最初の夜だね——僕は何をしていいかわからず戸惑ってばかりいたから。でもローマのこともよく覚えてる。ローマに行くたびに、サンタ・マリア・デッラリマ通りで必ず訪れる場所がある。ちょっとそこに目をやるだけで、記憶がどっとよみがえる。あの夜僕はひどく吐いて、バーへの帰り道で君はキスしてくれた。人が横を歩いていったけど、僕は気にしなかったし、君も平気だった。あのキスの記憶は今もあそこに残ってる。君からもらったのはそれだけだよ。あのシャツと」

オリヴァーもそれを覚えていた。

「君は？　どの瞬間？」

「僕もローマだ。ナヴォーナ広場で夜明けまでみんな一緒に歌ったとき」

僕はすっかり忘れていた。あの夜歌ったのはナポリ民謡だけじゃなかった。若いオランダ人のグループがギターを取り出してビートルズの歌を次々と歌い、中央噴水のあたりにいた人全員が加わり、僕たちも参加した。ダンテもあとから現れて、下手な英語で一緒に歌った。

「みんな僕たちのために恋の歌を歌ってくれたよね？　それとも、あれは僕の錯覚？」

僕がそう言うと、オリヴァーは当惑の表情を向けてきた。

「彼らは、君のために恋の歌を歌ってたんだよ——君は正体がないほど酔っ払ってたけど。そのうち君は誰かからギターを借りて弾きはじめた。そして唐突に歌いはじめた。みんな唖然としてた。ヤク中どもも、ヘンデルに聞き入る羊みたいにおとなしく聞いてた。オランダ人の女の子は頭が変になりそうなほど感激してた。君はその子を連れて帰りたがったし、彼女も来たがった。大変な夜だったよ。結局僕たちは広場の裏にある閉店したカフェの誰もいないテラスに行った。僕と君と女の子で。みんな椅子にぐったり座り込んで日の出を眺めた」

彼は僕を見やった。「来てくれてよかった」

「来てよかった」

「ひとつ訊いていいか？」

どうして僕は急にどきどきしたのだろう？　「どうぞ」

「できるとしたら、また最初からやり直したいか？」

僕は彼を見つめた。「どうしてそんなこと訊くの？」

「ちょっと気になっただけだ。答えてくれ」

「できるとしたら、また最初からやり直したいか？　当然だろ。さて、もう二杯飲んだけど、今から三杯目を注文するよ」

オリヴァーはにっこり笑った。もちろん今度は僕が同じ質問をする番だけど、彼を戸惑わせたくはなかった。これこそ大好きなオリヴァーだ——僕とまったく同じように考える人間。

「君にここで会ったのは、二十年間の昏睡状態から目覚めたみたいなものだ。まわりを見ると、妻は去り、幼い頃をすっかり見逃した子どもたちは成長し、結婚した者もおり、両親はとっくに亡くなり、友人は誰もいない。丸メガネでこちらを見つめている小さい顔は、長い眠りから覚めたお祖父ちゃんを歓迎するために連れてこられた孫。鏡に映った自分の顔はまるで白いひげのリップ・ヴァン・ウィンクル（ワシントン・アーヴィング著作に出てくる、アメリカ版浦島太郎とも呼べるキャラクター）。だけど大事なのはこういうことだ——そうやって目覚めた人間は、まわりの者より二十年分若いんだ。だから僕も、君に会ったとたんに二十四歳に戻れる――今の僕は二十四歳だ。この昏睡期間をもっと長く想定したら、僕は目覚めたとき長男より若いということもありうる」

「それは、君が生きてきた人生とどう関係あるの？」

「僕の人生の一部は――一部だけだよ――昏睡状態だったってこと。でもそれよりは、パラレルな人生と呼びたいね。そのほうがいい響きだ。問題は、ほとんどの人間はふたつ以上のパラレルな人生を持ってる――というか生きてる――ことなんだ」

アルコールで頭がおかしくなっていたのかもしれないし、真実かもしれないし、物事を抽象的にしたくなかったのかもしれないけれど、僕は言うべきだと思った。今が言うべきときだから。これを言うために来たんだと不意に悟ったから。「死ぬとき僕がさよならを言いたい相手は君だけだ。だって、君がいて初めて僕の人生に意義があったと思えるから。君が死んだと聞いたら、僕の命、今君としゃべってるこの僕は、この世から存在しなくなる。ときどき、B市の僕の家で目覚めて海を眺めてたら、波が〝彼はゆうべ死んだ〟というニュースを伝えてくる、という恐ろしい想像をしてしまう。僕たちは素晴らしいチャンスをたくさん逃してしまった。まさに昏睡状態だよ。明日僕は昏睡状態に戻る。君も自分の昏睡状態に戻る。ごめん、気を悪くさせるつもりはなかった――君の人生は昏睡じゃなかったね」

「ああ、パラレルな人生だ」

これまでの人生で味わってきた悲しみのすべてが突然ここに集結したような、とてつもない悲しみに襲われ、必死でそれを振り払おうとした。僕のそんなところを彼が見ていなかったとしたら、それは彼もそういう悲しみに襲われていたからだろう。

僕はふと思いついて、トーマス・ハーディの『恋の魂』という小説を読んだかと尋ねた。いや、読んでいないとオリヴァーは答えた。ある男がある女と恋に落ち、女が男のもとを去って何年ものちに死ぬ。男は女の家を訪ねて彼女の娘に会うが、その娘とも恋に落ちる。彼女を失って何年ものち、今度はその娘と出会ってまた恋に落ちる。「こういうサイクルはやがて自然に終わるのか？　それとも、何世代にもわたって繰り返されるんだろうか？」

「息子には君とベッドに入ってほしくないな。もし君に息子ができたとしても、そいつに僕の息子とベッドに入ってほしくもない」

僕たちはくすくす笑った。「だけど、僕たちの父親同士が出会ってたらどうなってたかなと考えちゃうね」

オリヴァーはしばらく考えたあと微笑んだ。

「君の息子から悪い知らせを告げる手紙を受け取りたくはない。〝ところで、父があなたに返してくれと頼んでいた額入りの絵葉書を同封します〟とか。〝どうぞいつでも訪ねてきてください。きっとお父上は、自分が泊まった部屋にあなたが泊まることをお望みになるでしょう〟みたいな返事も書きたくない。そんなことにはさせないって約束してほしい」

「約束する」

「あの絵葉書の裏にはなんて書いたんだい？」

「サプライズのつもりだったんだが」

「この年でサプライズはいらないよ。それに、サプライズにはいつでも傷つけられる。僕は傷つけられたくない——君からは。教えてくれよ」

「ほんの一節だ」

「あててみようか。〝あとでなければ、いつ？〟だろ」

「ほんの一節って言ったろ。しかも、それだと残酷すぎる」

僕はしばらく考えた。

「降参」

「〝心の中の心(コル・コルディウム)〟だよ。これ以上率直に気持ちを込めた言葉は、生涯で誰にも言ったことがない」

僕は呆然と彼を見つめた。

ここが公共の場でよかった。でなければ、彼に抱きついていただろう。

「もう行かなきゃ」オリヴァーはたたんで横に置いていたレインコートを取って立ち上がった。

僕はホテルのロビーの外まで一緒に行き、そこで見送るつもりでいた。もうすぐ別れの挨拶をする。突然、僕の命の一部がむしり取られて二度と戻ってこないという気がした。

「君の車まで一緒に行くよ」

「うちに食事に来ればよかったのに」

「行けばよかったね」

外では夜の闇が急速に広がっていた。田舎の穏やかさや静けさは好きだ。日没時の山頂の輝き（アルペングロー）は徐々に薄れ、川は暗くなる。《オリヴァーの田舎》だ、と僕は思った。対岸の明かりが水面を照らす様子はゴッホの『ローヌ川の星月夜』を思い出させる。非常に秋らしく、非常に新学期の始まりらしく、非常に小春日和らしい。小春日和の日没時にはいつもそうだが、未完成の夏の仕事と未完成の宿題の名残が感じられ、常に来年の夏の幻想が漂う。そして太陽が完全に沈むと同時にそれらも消えてしまう。


オリヴァーの幸せな家族を思い描いてみた。宿題に没頭し、あるいは何かの長い練習から疲れて不機嫌に泥だらけの靴で足取り重く帰ってくる息子たち。脳裏には陳腐な情景が次々と浮かぶ。〝イタリアにいたとき、この人の家に泊まらせてもらったんだ〟オリヴァーは言うだろう。するとイタリア人にもイタリアの家にも興味がない青年ふたりはうんざりしてぶつぶつ言うだろう。しかし彼らも、こう言われたならショックで倒れそうになるだろう。

〝ああ、ついでに言うと、当時この人はちょうど今のおまえたちくらいの年齢で、毎日午前中はずっとハイドンの『十字架上のキリストの最後の七つの言葉』を黙って編曲してたけど、夜には僕の部屋に忍んできて、僕たちは頭がおかしくなるほどやりまくったんだ。だからこの人と握手して、愛想よくするんだぞ〟

それから、川岸にあるこの古いおんぼろのニューイングランドのホテルまで、夜の星に照らされた川沿いを車で走ったことを思った。この光景から、B市の入り江、ゴッホの描いた夜景、岩場で彼の首にキスをした夜、オリヴァーの出発を直前で延期させる奇跡は起こらないのだと悟って一緒に海岸の道を歩いた最後の夜のことを、自分たちふたりが思い出せることを願った。

彼の車で自問しているところを空想した。どうしよう、僕は彼と寝ることを望んでいるのか、オリヴァーは望んでいるのか、バーで一杯やるうちに答えは出るだろう、と。もしもその夜彼の家に行ったなら、食事のあいだじゅう、僕とオリヴァーはまったく同じことを心配しているだろう。起こってほしいと願いながらも、起こらないことを祈る。酒が決めてくれるはずだ——ワインボトルの栓を開けたり音楽を替えたりするとき視線をそらす彼の顔に、その気持ちが見えるだろう。彼も僕の頭をめぐる思いを読んで、自分も同じことを考えていると知らせたがるだろう。彼が妻と僕と自分自身にワインを注ぐとき、僕たちふたりはついに気づくだろう——オリヴァーは僕以上に僕自身なんだと。何年も前ベッドで彼が僕に、僕が彼になってから、オリヴァーは人生の紆余曲折をへたあとも永遠に僕の兄、僕の友、僕の父、僕の息子、僕の夫、僕の恋人、僕自身でありつづけるから。

あの夏一緒に過ごした数週間、ふたりの人生はほんの少し接しただけだったけど、僕たちふたりは川の向こうに渡っていた――時間が止まり、天が地に降臨して生来自分たちのものだった神聖なものを与えてくれる場所に。僕たちはお互いに別のほうを向いていた。あらゆることを話しながら、実は何も話していなかった。でも実は最初からすべてわかっていたんだ。今何も言わないことで、それがなおさら確認できた。僕たちは星を見つけたんだよ、僕と君は。そして、それが与えられるのは生涯でたったの一度なんだ。

去年の夏、ついに彼はイタリアに戻ってきた。ローマからフランスのマントンへ行く途中で、うちに寄って一泊するために。彼はタクシーで並木道をやってきた。車は二十年前とほぼ同じ場所で止まった。彼はノートパソコン、大きなスポーツバッグ、ギフト包装して明らかにプレゼントとわかる大きな箱を持って、車から飛び出した。「お母さんに」僕の視線をとらえると、彼は言った。「君から母にそう言ったほうがいいよ」彼を手伝って荷物を玄関まで運ぶとすぐに僕は言った。「疑い深いからね」オリヴァーもその意味を察した。

「昔の部屋？」僕は訊いた。

「昔の部屋」彼は答えた。といっても、段取りは全部、すでにメールで決めていた。

「じゃあ昔の部屋だ」

彼と一緒に二階へ上がるのは気が進まなかったので、マンフレディとマファルダがタクシーの音を聞くなり挨拶のためキッチンから出てきたときにはほっとした。彼らのうれしそうなハグとキスは、彼がうちに腰を落ち着けたら感じるとわかっていた不安を少し和らげてくれた。ふたりの興奮した歓迎が一時間くらいは続くことを願った。差し向かいでコーヒーを飲んでついに避けられない言葉を口にするのを防いでくれるものなら、なんでもありがたかった。あれから二十年、という言葉を。

僕たちはマンフレディが二階まで運んでくれることを期待してオリヴァーの荷物を玄関に置き、家のまわりをざっと見て歩いた。「君はきっと見たがってるだろう」と言ったのは裏庭、手すり、海の眺めのことだ。プールの向こう側をまわり、フランス窓の横にまだピアノが置いてあるリビングルームに入り、最後に玄関に戻ったら、彼の荷物は二階に運ばれているだろう。僕の一部は、彼が最後に来たときから何も変わっていないのを彼に知ってほしかった。〝天国の縁〟はまだあるし、海岸に向かうとき通る傾いた門はまだきしみ、世界は彼が去ったときとまったく同じ。こうして歓迎の態度を示すつもりだった。でも僕の別の部分は、今近況を伝え合うのは無駄であることをオリヴァーに知ってほしかった——僕たちはお互いなしで長い道のりを歩んできたから、ふたりのあいだに共通点はもう何もない、ということを。

たぶん僕は、彼に喪失の痛みや悲しみを感じてほしかったんだ。でも結局のところ妥協して、僕が何ひとつ忘れていないことを示すのがいちばん無難だと考えた。二十年前に案内したときと同じく乾燥した不毛な空き地に連れていこうとした。ところがそう言ったとたん

——「いいよ、行ったことあるから」。昔を忘れていないということを示す、彼なりの方法だ。「それより、ちょっと銀行に行きたいんじゃないか」僕が言うとオリヴァーは笑った。「僕の口座は閉鎖されてないんだろうな」「時間があれば、興味があるならだけど、鐘楼に案内するよ。一度ものぼったことないだろう」

「〝至高〟ってやつ？」

僕はにっこり笑った。彼は僕たち家族がつけた呼び名も忘れていなかった。

広大な海が目の前に広がるパティオまで行くと、オリヴァーは手すりに寄りかかって入り江を見おろし、僕はそんなオリヴァーを見つめた。

眼下に彼の岩が見える。夜にオリヴァーが座った岩、彼とヴィミニが午後じゅうを一緒に過ごした岩。

「生きてたら、あの子は三十歳だな」

「そうだね」

「毎日手紙を書いてきてくれたよ。一日も欠かさず」

オリヴァーはあの場所をじっと見つめている。彼とヴィミニが手をつなぎ、早足で海岸までおりていったのは、僕もよく覚えている。

「ある日突然手紙が来なくなった。そのときわかった。とにかくわかったんだ。手紙は全部取ってある」

僕は悲しい顔でオリヴァーを見やった。

「君のも」彼は急いで言った。僕を安心させるために。だけど僕がそれを聞きたがってるかどうかわからないので少し曖昧に。

次は僕の番。「僕も君の手紙は全部取ってるよ。ほかのものも。見せてあげる。あとで」

オリヴァーは波打つシャツのことを覚えていないのか？　あるいは慎み深く用心深いために、僕がなんのことを言っているか知っているという態度を見せまいとしているのか？　彼はまた沖合に目を向けた。

オリヴァーが来たのは絶好の日だった。雲ひとつなく、海に波は立っておらず、風はそよとも吹かない。「この場所をどんなに好きだったか、すっかり忘れてた。でも僕の記憶どおりだ。昼には、ここは天国になる」

僕はオリヴァーに話させておいた。彼の視線が沖合に向かってくれてよかった。たぶん彼も僕と面と向き合うのを避けているんだ。

「アンチーゼは？」

「癌で死んだ。気の毒だったよ。すごく老人だと思ってたのに、まだ五十歳にもなってなかった」

「アンチーゼもここがすごく好きだった――接ぎ木、果樹園」

「彼は僕の祖父の部屋で死んだ」

またしても沈黙。〝僕の前の部屋〟と言うつもりだったのに、寸前で気を変えていた。

「戻ってこられてうれしい？」

彼は僕自身が気づく前に質問の真意に気づいていた。

「君は僕が戻ってうれしいか？」

僕はオリヴァーを見やった。とても無防備に感じたけれど、怖くはなかった。すぐ顔を赤らめるけれどそれを恥じていない人と同じく、この無力感を無理に抑えようとはせず、感じるままにまかせた。

「僕が喜んでるのはわかってるくせに。必要以上に喜んでるのかも」

「僕もだ」

その発言がすべてを語っていた。

「父の遺灰の一部を埋めた場所に案内するよ」

僕たちは裏の階段をおり、かつて古い朝食用テーブルが置かれていた庭へ行った。「ここが父の場所だ。僕は父のゴーストスポットと呼んでる。僕の場所はあっちだった、覚えてると思うけど」僕はプールサイドの古いテーブルがあった場所を指さした。

「僕にも自分の場所があったっけ？」オリヴァーはにやりと笑った。

「もちろん君の場所はずっとあるよ」

プール、裏庭、家、テニスコート、〝天国の縁〟、この場所全体が永久に彼のゴーストスポットだ、と僕は言いたかった。その代わりに二階を指さし、彼の部屋のフランス窓を示した。君の目は永遠にあそこにあるよ、と言いたい。薄いカーテンに封じ込められて、今では誰も寝ていない二階の僕の部屋から外を見ているんだ、と。風が吹いてカーテンがふくらんだら、僕はここから見上げるかバルコニーに立つかして、君があそこにいて自分の世界から僕の世界を見ている、ある夜君が岩の上に座っていたとき言ったように〝僕はここにいられて幸せだった〟と言っている、と考える。

実際の君が何千キロ離れたところにいても、僕があの窓を見て水着、投げ捨てられたシャツ、手すりに置かれた腕のことを考えたとたん、君はそこに現れ、その日――二十年前の今日――一本目のタバコに火をつける。この家があるかぎり、ここが君のゴーストスポットだし、僕のゴーストスポットでもある。僕はそう言いたかった。

昔父とオリヴァーのことを語り合った場所で、僕たちはしばらくたたずんでいた。今は僕とオリヴァーとで父の話をしている。明日はこの瞬間のことを考えて、ここにいない者たちの幽霊に黄昏(たそがれ)時に歩きまわってもらおう。

「父は、こんなふうに君に来てほしかったんだと思う。特に、今日みたいに気持ちのいい晩夏の日に」

「そうだろうな。残りの遺灰はどこに埋めたんだい？」

「あちこちに撒(ま)いた。ハドソン川、エーゲ海、死海。でも僕は、父に会いたいときここに来る」

オリヴァーは無言だった。言うべきことは何もなかった。

「さて、君の気が変わる前にサンジャコモ寺院に案内するよ」やがて僕は言った。「昼食までまだ時間はある。道は覚えてる？」

「覚えてるさ」

「覚えてるんだ」

彼がこちらを見て微笑みかけてきたので、僕の気分はよくなった。たぶん、彼が僕をからかっているんだとわかっていたからだろう。

二十年前は昨日で、昨日は今朝で、今朝は数光年昔に感じられる。

「君と同じだよ」オリヴァーは言った。「僕はなんでも覚えてる」

僕は思わず足を止めた。そのときオリヴァーにこう言いたかったんだ——もし君がすべてを覚えてるなら、本当に僕と同じなら、明日出発する前、タクシーのドアを閉めようとするとき、ほかのみんなにさよならを言ってしまい、もうここの生活について何も言うことがなくなったとき、一度だけでいい、冗談めかしてでも、ふと思いついてでもいいから、振り返って僕を見て。僕たちが一緒にいたとき、君のそんなしぐさが僕には大きな意味があったんだ。

そしてあの頃みたいに僕の顔をまっすぐに見て、視線をとらえ、そして、僕を君の名前で呼んで。

訳者あとがき

本書は二〇一八年四月に日本で公開される映画『君の名前で僕を呼んで』の原作です。映画は二〇一七年にアメリカで公開されると絶賛され、大ヒットを記録しました。二〇一八年ゴールデングローブ賞映画部門の作品賞、主演男優賞、助演男優賞、そして二〇一八年アカデミー賞の作品賞、主演男優賞、脚色賞、歌曲賞にもノミネートされました。

著者のアンドレ・アシマンはエジプト生まれのユダヤ人小説家。子どもの頃、エジプトとイスラエルの政治的対立の影響で家族とともに祖国を出てイタリアに移り、その後アメリカに移住しました。現在はニューヨーク市立大学大学院センターで文学を教えています。高い評価を受けた自伝『Out of Egypt』を世に出したあと、本書を含めて数編の小説を発表しています。

本書の主人公エリオは大学教授を父に持つ、知的で音楽の才能にあふれた十七歳。両親からはもっと外に出て遊ぶようながされながらも、家で本を読んだりギターやピアノを弾いたりすることを好む、繊細で内向的な少年です。

エリオの父は毎年夏休み、将来有望な若手研究者をイタリア・リビエラ地方の自宅に滞在させています。この年選ばれて招かれたのは二十四歳のアメリカ人、オリヴァーでした。

オリヴァーはいかにもアメリカ人の若者らしく、細かい礼儀や形式にこだわらず、外向的で社交的。

そのあけっぴろげな性質と映画スターのような風貌から、たちまちエリオの家族のみならず街じゅうの人気者になります。そして多感な少年エリオも、オリヴァーに胸をときめかせます。

オリヴァーの一挙手一投足を追い、自分に向けられる表情や目つき、自分に対する行動や発言のひとつひとつについて意味を考え、ちょっとしたことで喜んだり落ち込んだり。彼を好きだと思いながらも無関心を装い、自分にもそう言い聞かせ、それでもやはり彼への思慕は否定できず、心は浮き沈み。幸福、落胆、歓喜、悲嘆、熱情、失望、焦燥……。本人が男でも女でも、相手が男でも女でも、恋する気持ちに違いはない。

小説は思春期の少年のそんな揺れる心を、多種多様な表現で描写します。

短くも濃密な六週間を大胆な筆致で描いた本書。

甘酸っぱいというよりはほろ苦い、胸の詰まるような青春の日々を、エリオとともに味わっていただければと思います。

君の名前で僕を呼んで

2018年04月27日　初版発行
2024年11月12日　第15刷発行

著　者　　アンドレ・アシマン
訳　者　　高岡　香
発行人　　長嶋うつぎ
発　行　　株式会社オークラ出版
　　　　　〒153-0051　東京都目黒区上目黒1-18-6　NMビル
営　業　　TEL:03-3792-2411　FAX:03-3793-7048
編　集　　TEL:03-3793-8012　FAX:03-5722-7626
郵便振替　00170-7-581612(加入者名:オークランド)
印　刷　　中央精版印刷株式会社

定価はカバーに表示してあります。
乱丁・落丁はお取り替えいたします。当社営業部までお送りください。

ISBN978-4-7755-2761-0